您知道西安事变吗？许多人会说知道。

您知道谁发动的西安事变吗？许多人会说张学良。

您知道是什么在关键时刻，坚定了张学良发动事变的决心吗？

告诉您，是一首歌，一首让当时的东北军一听就放声大哭的《松花江上》。周恩来总理曾经撰文说："一支名叫《松花江上》的歌曲，真使伤心的人断肠。"

您知道这首歌曲是谁写的吗？许多人更会摇头。一直多少年，人们都不知道这首歌曲的作者是谁。

松花江上

1=♭B $\frac{3}{4}$

张寒晖词曲

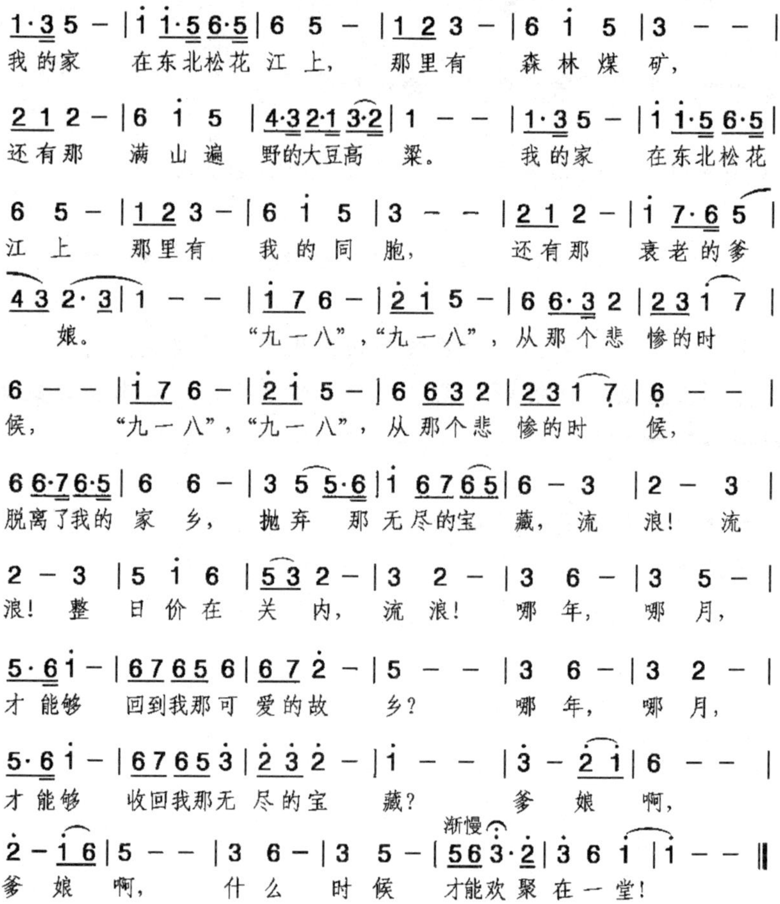

唤醒大地

——张寒晖

杨江敏 著

河北出版传媒集团
河北教育出版社

图书在版编目（CIP）数据

唤醒大地——张寒晖 / 杨江敏著 . -- 石家庄 : 河北教育出版社 , 2021.12（2025.1重印）
ISBN 978-7-5545-6829-3

Ⅰ . ①唤… Ⅱ . ①杨… Ⅲ . ①长篇小说 – 中国 – 当代 Ⅳ . ① I247.5

中国版本图书馆 CIP 数据核字 (2021) 第 248926 号

书　　名　唤醒大地——张寒晖
　　　　　HUANXING DADI—— ZHANG HANHUI
作　　者　杨江敏

策　　划　汪雅瑛　陈　娟
责任编辑　张　畅　王旭瑞
装帧设计　牛亚勋
出　　版　河北出版传媒集团
　　　　　河北教育出版社　http://www.hbep.com
　　　　　（石家庄市联盟路705号，050061）
印　　制　廊坊市佳艺印务有限公司
排　　版　河北河青传媒有限责任公司
开　　本　787mm × 1092mm　1/16
印　　张　18
字　　数　200 千字
版　　次　2021年12月第1版
印　　次　2025年1月第2次印刷
书　　号　ISBN 978-7-5545-6829-3
定　　价　78.00元

目录

楔子

1936年的12月9日，在中共地下党组织的领导下，西安城爆发了纪念一二·九运动一周年大游行活动，当时西安各阶层的广大人民，都积极拥护中国共产党提出的团结抗日的主张。中国共产党通过西北各界救国联合会在知识青年中进行的抗日爱国教育，有力地激发了学生们的爱国觉悟和革命热情。一万多学生为纪念一二·九运动一周年，举行示威游行，要求停止内战、一致抗日。国民党的特务警察竟开枪打伤了游行的学生，激起广大群众的义愤。群众当即决定前往临潼华清池向蒋介石请愿，停止内战，共同抗日。

蒋介石12月4日从洛阳抵达西安，他向张学良和杨虎城摊牌，提出两个办法，要他们作最后的抉择：一个是服从命令，把东北军和十七路军全部投入陕北前线，在其嫡系部队监视之下积极“进剿”红军；一个是如果不愿“剿共”，就将东北军调闽，十七路军调皖，把陕甘让给其嫡系部队。蒋介石所提出的这两个办法，都是张、杨所不能接受的，他们既不愿再替蒋介石打内战，也不愿让自己的部队离开西北这个根据地，为蒋介石所消灭。出路只有一条，就是迫

西安各界纪念一二·九运动一周年大会

使蒋介石停止内战，联共抗日。

张学良约西安绥靖公署主任兼十七路军总指挥杨虎城到官邸，想劝蒋介石停止内战，共同抗日。杨虎城认为蒋介石是个死不回头的人，哪里能劝得过来。张学良当时表示再劝他一次，不行就先礼后兵。

张学良为了最后争取蒋介石能同意联共抗日的要求，12 月 7 日又去了华清池找蒋介石，还向蒋介石进行了“哭谏”。不料蒋介石听了勃然大怒，骂张年轻无知，受了共产党的蛊惑。

回到西安，张学良告诉杨虎城，他们对蒋已经仁至义尽了，现在只有一条路了。蒋介石已经准备在陕西召开西北“剿共”会议，形势到了一触即发的关头。

由东北流亡大学学生为主体的各界请愿队伍，已经走出西安城门。他们高举着纪念一二·九运动一周年的横幅，向华清池进发，已经到了城外的十里铺。看到越来越近的游行的学生，士兵们都看着带队的长官，莫非真的要向我们的学生开枪吗？

游行的队伍走到离卡子口只有几十米远的时候，看到了对面东北军的枪口和刺刀。学生们大声地呼喊："你们也是东北人，你们都是我们的父老兄弟，你们不想着抗日，打回老家去，你们还拦截我们，你们是东北人吗？你们的老人孩子，就在日本帝国主义侵略军的刺刀下面，不知道是死是活，你们还有没有东北人的良心？"

士兵们的刺刀渐渐地垂下去，学生们迈着整齐的步伐，渐渐地抵近防线，有的已经挨上刺刀了，学生们用胸膛顶着刀尖，让双方紧张地对峙起来。蒋闻讯后令张学良严行镇压，"格杀勿论"。张学良急忙赶往十里铺劝说学生回去，游行队伍的人们看见他，都激动地高喊起来。一个弱弱的女学生在人群中喊着："张将军，你为什么派队伍阻挡我们，我们要去临潼找蒋委员长请愿，要求他带领我们抗日，这有什么错误吗？"

一位男同学也大声说："我们要向蒋委员长请愿，请他下命令抗日，让我们打回东北去，我们东北人不想再过这流浪的日子了。"

随后许多同学高喊着："打回老家去，打回老家去！"女同学挥手高呼说："同学们，前进。"阻挡学生的东北军士兵们都抬起枪口，对准了冲过来的学生。游行的学生手挽手向封锁线走过来，士兵们紧张地把子弹推上膛，学生们前进的脚步非常坚定，士兵们右手食指颤抖地扣着扳机，他们都不知道怎么对待对面的学生。

天地寂静，只听到游行队伍的脚步声，寒风吹动着飘飞的旗帜，吹得树叶在东北军士兵的枪口上飘落。突然一个似乎是从天外传来的声音、一个人在用沧桑的嗓音，在唱着一支歌。

我的家在东北松花江上，

那里有森林煤矿，

还有那满山遍野的大豆高粱。
我的家在东北松花江上，
那里有我的同胞，
还有那衰老的爹娘。

张学良被这凄惨的歌声感动了，他和他们都一样，都是东北人。他感到了自己身后巨大的力量，他们是不可战胜的，他的心里突然闪过一个念头。

九一八！九一八！
从那个悲惨的时候，
脱离了我的家乡，
抛弃那无尽的宝藏。
……
哪年，哪月，
才能够收回我那无尽的宝藏？
爹娘啊！爹娘啊！
什么时候才能欢聚在一堂?!
……

动情的歌声深深地打动了张学良，伴着歌声，天地之间一片哭声，学生和士兵都哭了。学生们群情激愤地向张请愿，张学良深为学生们的爱国热情所感动，更加坚定了逼蒋抗日的决心。

三天之后的1936年12月12日，张学良带领东北军和杨虎城的西北军，在《松花江上》的歌声中，发动了震惊中外的西安事变，为国共合作抗战拉开了序幕。但是，谁也不知道这首歌曲的作者是谁，所有流传的手抄或者油印的歌谱和歌词上都没有作者的名字，很少人知道这是张寒晖的音乐作品。许多人，包括我们的同志，都误认为他是东北人。直到 1958 年，时任文化部副部长的周巍峙来定州市体验生活，在西建阳村张寒晖的孙子张满囤家，发现了他家墙上张寒晖的照片，这才知道，张寒晖是河北省定州市西建阳村人。

张寒晖像

第一章 我要去救李先生

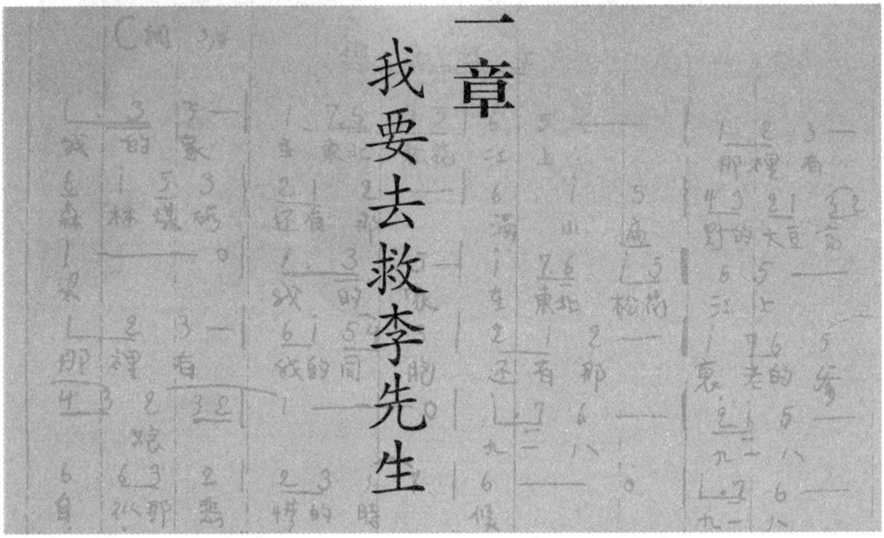

一

半夜时分，北京艺专矮小的学生宿舍里，戏剧系实习教师张寒晖被急速的敲击门窗声惊醒。他这几天正在熬夜写作一个话剧，准备参加北京艺术大会，这个话剧的主题就是唤醒沉睡的人们。嗒嗒，嗒，嗒嗒，嗒……

“谁？”他猛然一惊，这是地下党组织规定的有紧急突发事故的联络暗号。

“我，周建翔。”周建翔是燕京大学艺术系的学生，也是张寒晖正在创作的话剧中的男主角。他和张寒晖合作演出的话剧里，他总是扮演雄伟的男主角，而身材瘦弱的张寒晖总是扮演女性。这次为了展示话剧的艺术魅力，他们选中了女子大学的赵云霄出演女主角。

张寒晖压低声音着急地说：“门子开着，你进来吧。”

周建翔没有进来而是在窗外低低地哭泣，张寒晖急忙走出来说：“出什么事了？”

看到张寒晖出来，周建翔一把抱住他，抽泣着说：“李先生被张作霖抓走了。”

李先生是李大钊的代号，1927 年 4 月 6 日，张作霖在得到帝国主义与各国驻华公使团的默许和支持后，派出军警、便衣侦探两百多人，把北京东交民巷东、西、北三方围堵起来，不顾外交惯例和国际公法，强行进入大使馆界内，袭击了苏联大使馆西院及附近的庚子赔款委员会等处，逮捕了李大钊等进步人士八十余人，还搜去了文件、宣传品、书籍资料等大批物品。

听说李先生被张作霖抓走，张寒晖不相信地说：“李先生不是到苏联大使馆去了吗，怎么回事？”他着急地问周建翔。

周建翔痛苦地说：“张作霖派兵突袭了苏联大使馆，把李先生和我们的二十多个同志抓进了兵营。”

张寒晖感到了晴天一声霹雳，身体软软地倒下去，这几天因为手头没有钱，他一天只吃一顿饭，一顿饭就吃一个小烧饼。周建翔急忙把他扶进屋子里说：“寒晖，你这是又在进行饥饿训练了，是吧？”

张寒晖突然惊醒过来，转身就往外跑，周建翔拦住他说：“你这是要干什么？”

张寒晖着急地说：“我们去营救李先生，营救李先生啊！”说着又软软地倒在地上。周建翔急忙打开暖瓶，给他倒水，让他喝下去。张寒晖喝了水，眼睛直直看着周建翔说：“我们就看着这些军阀逮捕李先生？”

周建翔也悲愤地说：“我……我们有什么办法呢？我来就是告诉

你组织的决定，你在这危急的关头要沉住气。”

张寒晖强打精神说：“建翔，组织怎么说，我们怎么办？”

周建翔说：“组织上让我告诉你，北京艺术大会不要再搞了。我们几个，都上了黑名单，尤其是你，已经被通缉了，组织上决定，我们几个先疏散到外地躲避。”

张寒晖的眼泪流了出来，悲痛地说：“你说什么，组织上让我们躲避，这是谁的安排，李先生遭难，我们就当缩头乌龟呀？我们要想办法营救李先生才是啊。你周建翔也是个胆小鬼，你们都是胆小鬼。”

周建翔痛心地说：“组织上说，这是李先生传出来的指示，让我们保存力量，不要轻举妄动，我们的力量和苏联大使馆会出面保护李先生的。”

张寒晖几乎是咆哮着说：“你们都走，我不走，我要救李先生。”

周建翔生气地说：“你拿什么救，你一个手无缚鸡之力的书生，你能够把张作霖的兵营打开吗？”

张寒晖惨淡地一笑说：“赵云霄的父亲不是旅长吗，找他借兵啊。”

周建翔无奈地说：“你个呆子啊，这是与虎谋皮啊，她爸是张作霖的卫队旅长，你让他的兵去打张作霖，说好听的你这是痴人说梦，说重了你这就是‘左派’幼稚病。”

张寒晖突然咳嗽起来，按着胸膛喘不过气来，但是他还是坚持说：“我们好不容易开辟了工作阵地，这说放弃就放弃，你跟组织上说，就说我不走。”

周建翔急忙拍打着他的背说：“张寒晖，你有肺病，要多吃点儿有营养的东西，你这几天是不是又断顿了？你这人就是这个毛病，死要面子活受罪，你没有钱可以说话呀，我和云霄会接济你的。”

张寒晖停止了咳嗽，脸色煞白，周建翔急忙问他：“你怎么了，是不是患急病了？”他摇头说：“救急不救穷啊，我这拖家带口老婆孩子的，你们能够救济了我一时，救不了我一世。我没有事，就是心慌，低血糖，吃点儿东西就过了，那橱柜里还有一个烧饼，你给我拿出来。”

周建翔打开橱柜，一个老鼠从里面跑出来，周建翔紧追着踹了两脚说：“这里还有一个‘反革命’在搞破坏。”

放在里面的烧饼，有被老鼠咬了的印痕，周建翔一皱眉头说：“扔了扔了，这多脏啊，老鼠咬了的东西不能吃，就怕传染病啊。”说着一把夺过就要扔了出去。

张寒晖着急地抢回来说：“不干不净，吃了没病。”说着摸索着咬了一小口烧饼，又喝了一口水，一会儿他的脸色变得红润起来。

周建翔又要把他手里的烧饼扔掉，他说：“张寒晖，这东西坚决不能吃。”张寒晖急忙把烧饼放到办公桌的抽屉里说：“糟蹋粮食是犯罪，这一个烧饼要多少麦粒才能够做出来啊，你们这些财主的后代们，拿着糟蹋东西不当回事。”

周建翔不想和他磕牙，着急地说：“你做好准备，天亮就走，我这就去找赵云霄，让她给你买车票，你可是上了黑名单的人，马上就有通缉令下来，到时候，你就是想走也走不了啦，你走不是你胆小，是党组织尽量地减少损失。”

张寒晖坚定地说：“我不走，军阀的屠刀都架在我们脖子上了，我们都跑了，将来怎么见李先生，我们还算什么共产党。”

周建翔生气地说：“充英雄当好汉，一锤子买卖，谁都会，别以为就你一个人不怕死。你以为我是孬种吗？我也想冲击兵营，可是我们这样正对了军阀的心愿，他们想抓我们还找不到呢，我们这是送上门去，省了人家查找了。”

周建翔走的时候，把几张票子放在张寒晖手里说：“这是组织上发放的这两个月的津贴，李先生被逮捕了，不知道下个月的津贴还发不发呢。”

二

张寒晖想送他，等他穿上鞋出来，周建翔已经越墙而过，不见了踪影。只有北方晚春的月亮，亮着半个牙，冷冷地看着人间。偌大的北京城在这个时间，人们都进入了梦乡，连那些走街串巷的小贩们都回家了。不远处有猫头鹰发出凄惨的叫声，这是一夜之间最黑暗的时刻。

偶尔有一声孩子的哭声传来，似有似无，还有几声狗叫。站在台阶上的张寒晖，看着远处高大的宫墙和城门，他的悲愤从中而来。也许是寒风吹的，也许是巨大的孤独感，想到马上就要离开组织，离开朝夕相处的战友，离开大哥一样领他走上革命道路的周建翔，张寒晖的心情变得非常凄凉。

张寒晖是在参加天安门广场举行的反对八国最后通牒的示威大会上认识周建翔的。那天是1926年3月18日，在大会结束后，周建翔带着北京大学请愿团到铁狮子胡同段祺瑞的执政府请愿。当请愿队伍来到执政府门前的时候，警察的马队冲出来，用刀背砍杀着同学们，他们后面的人就把被砍倒的人抓起来。身材高大的周建翔奋力地解救这些被砍倒的同学，他拉起被马队撞倒在地上的张寒晖和赵云霄，带着他们向前奔跑。

后来，张寒晖才知道赵云霄和周建翔他们两个，一个是奉军旅长的女儿，一个是东北大皮货商的儿子，赵云霄进的是女子大学，周建翔进的是燕京大学。

一个军警在后面抓住赵云霄，举起手中的警棍就要打的时候，周建翔拿出白灰包，返身撒在那个军警脸上，疼得那个军警大叫一声："你个鳖犊子的，敢用白灰打老子。"

军警开枪，周建翔大声地说："弯下腰，挨墙根，快点儿快点儿。"他们跑到一个胡同的尽头，前面就是一堵墙，周建翔高大的身子把张寒晖和赵云霄托过墙去，自己跳下来的时候，把胳膊摔脱臼了。

赵云霄疼爱地说："疼不疼啊？"

周建翔不在乎地说："不疼，男子汉长这么大，谁不挨几次摔呀。"他让赵云霄抱住自己的胳膊说："我叫你向上就向上。"只听咯吱一声，周建翔疼得满头大汗："好了，归位了。"然后谈笑风生地对张寒晖说："喂，那个女同学，你是哪个学校的？"

张寒晖转身笑道："我是国立北京艺术专门学校的，我不是女同学。"

周建翔爽朗地笑了起来："错了错了，该打该打，我以为你是女同学呢！我是燕京大学的，这位是女子大学的赵云霄，交个朋友吧，我叫周建翔，你叫什么名字？"

张寒晖说："我叫张寒晖，定州人。在家靠父母，出门靠朋友，我愿意结识你。"

1926 年 10 月，经过周建翔的考察、介绍，张寒晖先是参加了共产主义青年团，一个多月后又转为中国共产党党员。周建翔和赵云霄是他的入党介绍人，在赵云霄的住处，张寒晖举行了入党仪式。赵云霄剪了一个斧头和镰刀的图案贴在墙上，张寒晖在周建翔的带领下宣读了入党誓词。

入党后，张寒晖两次到中共北方区委党校参加培训，李大钊对党校非常重视，经常亲临指导。

在党校学习时，张寒晖结识了共产党的北方创始人李大钊先生。李大钊先生的风骨让张寒晖非常崇敬，他的“铁肩担道义，妙手著文章”的风格，更让他感到李先生就是自己的榜样。张寒晖在这里接受了马克思主义理论武装，自发的革命要求产生了飞跃，成长为一名自觉的党的文艺战士。结业后，他加入了周建翔领导的地下党组织，他和赵云霄在一个活动小组，主要是领导北京青年学生们用艺术的形式，向黑暗势力进行斗争。

周建翔从张寒晖那儿出来，看到满街都是巡逻的东北军，他现在最担心的就是赵云霄，她怎么办呢。虽然她父亲是奉军的旅长，但她是庶出，在家里处于一个非常尴尬的位置，能够来北京上大学学习，已经是父亲给她放了一条生路。

周建翔一走到大街上，就遇到了警察盘问，幸亏他机警逃跑了。他不敢在大街上走动，就找了一个小旅馆住下，直到天明的时候才走进赵云霄住处，一个紧靠着故宫后墙的小院。他敲门的时候，赵云霄正准备出门。

三

赵云霄看到他就哭了，说：“张作霖袭击了苏联大使馆，李先生被逮捕了！”昨天晚上，她父亲来看她时说，张大帅袭击了苏联大使馆，把李大钊抓走了。就是周建翔不来，她也要去找他。李大钊等人被关押在北京西交民巷司法部后街京师看守所。敌人对他软硬兼施，妄图逼他供出党的机密，他坚贞不屈，不仅没有透露一点儿党的机密，他的“供词”还成了一篇宣传马克思主义必胜的宣言书。敌人对他使用了种种酷刑，甚至用竹签扎他的十指，剧烈的疼痛折磨着他，手指甲都裂了。酷刑折磨得他死去活来，敌人却没有得到一点儿情报。

在拘留所里，李大钊不放过一切斗争的机会，他向监狱的看守进行革命宣传，一个看守同情革命，李大钊争取了他，让他帮助传递消息，这个看守把党组织写来的信递给了李大钊。北方铁路工人知道他被捕后受了毒刑，强烈要求组织一支队伍，武装潜入北京，打进京师警察厅看守所，营救他和同志们出狱。组织上征求他的意见，但被李大钊坚决阻止了。

李大钊被捕当日下午接受了第一次审讯，次日下午又接受了第二次审讯。不论敌人如何威逼利诱，他都严守党的秘密，有策略地进行斗争，竭力保护同时被捕的同志和进步青年。

周建翔对她说：“组织上告诉我们，要马上进入地下活动，组织上让我们不行就撤离北京，先躲过这次危险。云霄，你怎么办？走还是不走？”

赵云霄一边拾掇一边说：“那个呆子怎么样？走还是不走？”

周建翔知道她说的是张寒晖，就说：“我已经通知了他，你马上给他办理一下车票，越快越好，最好今天就让他离开北京。”

赵云霄说：“我现在就去办理车票。”

周建翔说：“我们一块去，好有个照应。”

赵云霄拿出钱来说：“行，我们就一块去。你还没有吃早饭吧，我给你买果子豆浆去。”

赵云霄买果子豆浆回来，周建翔拿着果子却红了眼圈。赵云霄问：“你怎么了？”

周建翔难受地说："你是饱汉子不知道饿汉子饥啊，这个张寒晖呀，有点儿组织津贴，他还要顾家，给老家汇去。我昨晚去他那儿，看到他都饿晕了，一个烧饼，让老鼠啃了还舍不得扔。"

赵云霄忧郁地说："他是来北京寻找出路的，让他回去，就等于是扼杀了他的希望啊。"周建翔说："他已经被通缉了，在北京就会让军阀抓了去，他必须离开。"

赵云霄说："既然是这样，我们吃了马上就去办车票，我这儿还有老爹的名片，今天无论如何得让这个呆子离开北京。"

周建翔点头说："你怎么办呢？是留在北京还是回东北老家，还是跟我一起走，回我的家？"

赵云霄说："我们的事好说，现在最大的任务就是掩护张寒晖撤退，要是呆子出了事，就是我们对革命事业最大的犯罪。"

但当他们把车票办好，到北京艺术专科学校去找张寒晖的时候，学校却说他请假了，不知道他干什么去了。这时候该着赵云霄着急了，她说："你怎么连这么个事都办不了啊，我们怎么办？"

周建翔气愤地说："他肯定没有出北京，肯定是躲起来了，我这次找到了他，我若不打他个一佛出世、二佛涅槃，我就不姓周。"

第二章 做个慷慨悲歌之士

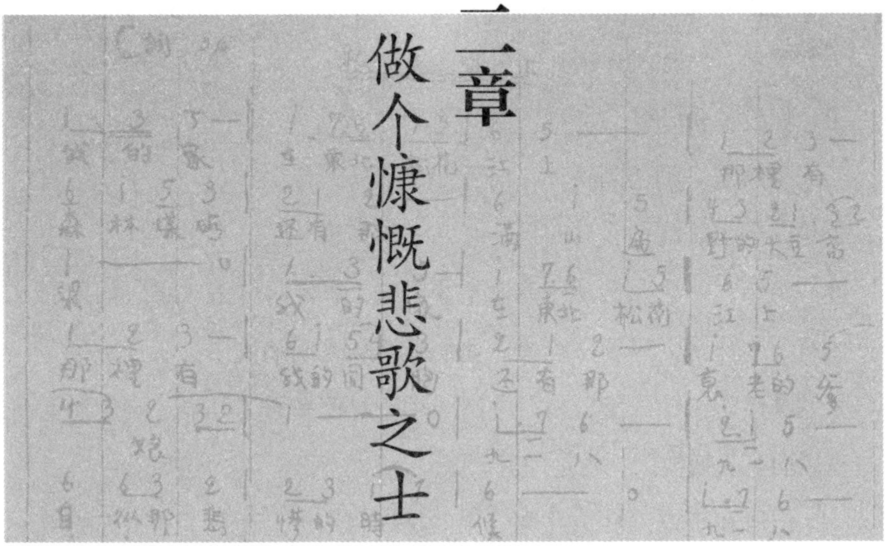

一

张寒晖真的没有出北京，他回到了北京东城的直隶新馆。他想尽自己的努力，找人把李先生保出来。但是，他认识的这些人，都是些教书先生，要不就是戏剧界的名人，他们一听李大钊的案子，都摇头，劝他说："你呀，就别费劲了，这共产党的案子，到了张大帅那里，没有人敢出面啊。"

黄昏时黑沉沉的紫禁城下，大街小巷都被白色恐怖笼罩着，不时有警笛响起，人们行色匆匆。突然，一队荷枪实弹的奉军骑兵疾驰而过，吆喝着让人们回避。路上人们急急往路边躲，挑担的小买卖人被他们冲撞得倒在地上，里面的瓜果散了一地。

到处碰壁的张寒晖，有些灰心地往直隶新馆走着。街边站岗的军警拦住他，让行人都面向街墙站住，不许随便走动，张寒晖面前的墙上贴着大幅的布告：宣传赤化，主张共产，不分首从，一律死刑。

突然，一阵汽车喇叭的声音传过来，有人说："大帅的轿车过来了，你看多威风啊。"

果然是一辆德国轿车，前后都是骑马的警卫人员，一个个张着手枪，虎视眈眈地看着四周，张寒晖想多看一眼，身上却挨了一皮鞭。突然，一个念头从张寒晖心里升起：炸死这群王八蛋。如果刚才有一包炸药，只要一点火，他们就会从人间消失了。车过去了，张寒晖还想扭头张望，引得站岗的军警对他多看了几眼。突然他觉得后面有人拽他，一看是门房老张。

门房老张说："张先生啊，果然是你啊，报上还登了通缉你的照片，你怎么还不躲起来，还在大街上逛游啊。今天你刚一出门，就来了一队大兵搜查，我合乎着就是抓你来的吧。"

回到新馆，老张把大门关上，小声说："你怎么得罪了张作霖这个胡子啊，我看你还是到外地躲躲去吧，你要是没地方去，到我们老家去，我们老家是曲阳县的，那边是晋军的地盘，奉军管不到。"

张寒晖说："大爷，你知道我们河北从前叫什么名字吗？燕赵大地，自古人称燕赵多慷慨悲歌之士，我的恩人被抓进去了，我就一走了之，我还算是人吗？"

老张叹口气说："你这孩子说的也是，可是我们不能够拿着鸡蛋碰石头啊。我们要量力而行啊。"为了他的安全，门房还是把他安排到后面一间不显眼的房子里，平时人们都不到这里来。他把淘茅房的粪桶和淘粪勺放在门口，说："有人问，我就说这里是打扫卫生的人住的。"因为是邻县老乡，老张对张寒晖非常照顾。

张寒晖第一次来北京报考北京电气工业学校，就住在这里，老张听说他是定州人，来报考电气学校的，表现出了极大的热情。

老张说：“你是定州的，我是曲阳的，我们是老乡啊。这学电气好啊，你要学的是最先进的技术啊，听说，故宫里有电灯呢，人们都说电灯是灯头朝下，你说那油不会撒了吧？”

老张祖上是石匠，他是跟着前代人修故宫来的北京，因为河北省曲阳县盛产汉白玉，故宫的白玉石栏杆就是从曲阳黄山开采的。

老张说：“我看你还是躲躲好，我觉得张胡子在北京待不长，胡子坐不了江山啊。孩子啊，你还是躲躲吧，好汉不跟势力斗啊。”

张寒晖坚决地说：“大爷，你的好心我领了，我就不信咱们河北就出不了个谭嗣同。”

老张摇头叹气地说：“你们这些读书人呀，不知道天高地厚，你呀，初生牛犊不怕虎哇。”

张寒晖说：“大爷，就是打不过他们，也要蹭他们一身鼻涕，我要让他们知道，我们也是不好惹的。”

老张说：“你这孩子，怎么就不听劝啊！”其实，张寒晖已经打好了主意，他要杀身成仁。他心里说自己：“你就连过去的荆轲都不如啊！”他自己计划好了，第一步，先弄到一把枪，然后就到紫禁城大门口去等着，只要他张土匪的轿车一出门，他就开枪。

二

晚饭后，张寒晖脱下长衫换了一身旧衣服出门，老张说：“你又到哪儿去？不行，不行，我不让你出去，我们是老乡，我要为你的父母负责任。”

张寒晖说：“我出去转转，在屋里憋得慌。”

老张说：“你可是不要瞎转悠，人家找你还找不到，你不要自己送上门去。”

张寒晖说：“大爷，你放心吧，我知道。”

老张关切地说：“你可不要任性，保命要紧呀。别走远了，听话啊。”

张寒晖说：“我也不想死，可是到了需要牺牲的时候，我不会退缩，要用鲜血染红这黑暗的大地。大爷，如果我没有回来，再有人来找我，你就对他们说我为主义献身了。”

老张生气地不给他开大门，张寒晖只好退回去，看着大爷进了屋子他就悄悄地跳墙出去了。经过一天的踩点，他已经发现南河沿的一个胡同里经常有奉军小军官到那里找暗门子。他们一般都是单独行动，没有人同行。他看准了一个瘦弱的小军官，他身上背着一把短枪。他已经打探了这个小军官的行踪，每天到了半夜里，他准会从这个暗门子里出来。

回家后，张寒晖决定在天快半夜的时候，埋伏在一个拐角里，等那个小军官过来，只要拿块板砖往他头上一拍，就能够把枪夺到手里。他在后院找了一块板砖，准备先练练手。

但是，张寒晖还面临一个重要的难题，就是他不会打人。他从小就是乖孩子，他没有打过架。他拿起那块板砖的时候犯了难，这板砖是拍在什么地方呢？当然是要拍在头部，关键是多大的力量才能够把那个人拍晕了，还不会要了他的性命。他和自己无冤无仇的，他也是一条性命啊。还有，是正面打还是后面打，千万不要让他看到自己。一想到这些，他就想起曾经一次被贼盯住的感觉，这让张寒晖身上微微发抖。他真的没有打过人，连孩子们打群架都没有打过。

让他最记忆深刻的就是打那个贼，他唯一一次没有打成的打人经历。

那次村里抓住的那个贼就拴在大街村公所门口，村警康老混把铜锣敲得当当响，大声地叫着。

“都打，这是祸害，将来不定谁家吃亏。常言说，没有家鬼引不来外鬼，谁不打谁就是和他有牵连，谁就是内鬼。”

贼被打得头破血流，有人觉得手打得不过瘾，就有人拿着家伙来，有个女人用做活的钢针扎得贼脑袋上流血，还有人用砖头砸他的脚骨。

康老混见张寒晖家没有人出来，就在大门口叫人，他说：“张秀才，你们家可是没有出人呢，这村人都得罪他了，就你们家是好人啊？不行，必须要打去，要不我怎么交代啊。”

张寒晖父亲张振洲说：“我是教师，我不能够伸手打人，你们随便打，我不拦着就是了。”

康老混说：“你这叫什么话，如果你这么说，再有人偷你家的东西，我们也不管了是吧。”

张振洲说：“你这人怎么这么说话，我是教师，你们抓住贼了送司法所啊，你们不应该私设公堂。”

康老混说：“张秀才啊，你这话说得不好听，你家还是必须出人打贼，不打就不行。”

张寒晖的四婶人称四快嘴，说：“康老混，你这是逼着斯文掉价啊，他是当老师的人，这样要是传出去了，谁还聘请他啊，这么办，我替他打去行吗？”

三

康老混看见四婶子出面了，忙说：“哎哟哎哟，这西建阳村的美人出面说话了，好啊，你替也行，但是有句话要说清楚，必须带上他们家一个人，哪怕是三岁的孩子也行。”

四婶过来拉着张寒晖说：“就让二全子跟我去行吧。”

康老混非常兴奋地说：“行，行，有你这大美人出面，没有办不了的事，走吧。”

张寒晖非常害怕地说：“四婶，我不敢打人啊，我没有打过人。”

四婶说：“你听四婶的，四婶怎么说，你就怎么做。”

康老混觉得非常有面子，他带着四婶过来对小偷说：“你听着啊，我们西建阳村的大美人出面了，你们记住这是张家老四媳妇，还有张振洲家的二儿子，二全子。”

四婶子在村里非常有名气，她嘴快，手快，干活的时候，没有人能够比过她。像康老混这样的光棍，平时跟她说话，她都不带搭理的。四婶子给了张寒晖一块大砖头说：“二全子，你拿着这块砖过去，狠狠地打下去。”

张寒晖永远忘不了那一刹那的情景，当他举起砖头要打在贼身上的时候，那个贼突然睁开眼睛，眼里流露出恶毒的眼神，一种凶恶报复的眼神。虽然只是那么一刹，却让张寒晖心灵一震，惧怕的感觉迅速传遍了全身。他扔掉砖头，吓得撒腿就跑到四婶子身边哭着说：“贼看我。”

四婶子说：“不怕。”

已经被打得半死的贼突然大声地说：“我大辛庄的，谁给我捎个信去，家里就我一个瞎眼的老妈了。就说我有事回不去，让她别等我吃饭。”

那天，那个贼被打死了。第二天大街上村公所前有人哭，是一个老妈妈的哭声。张寒晖知道，这是贼的瞎妈来找儿子了。他在房上悄悄看到，几个人赶着大车把贼的尸体拉走了，那哭声非常凄惨，这哭声在张寒晖脑子里一直挥之不去。

在后院拿着块板砖在那里比画的张寒晖，被寒风一吹不断咳嗽起来，他这肺结核已经有五六年了。他手里握着那块砖，想象自己缩在角落里，看到那个奉军小军官出来了，他紧握板砖扑过去，可是他犯了难，到底是打前边还是打后边啊？他吸一口冷气，强烈的咳嗽声让他蹲了下去。来给他送开水的老张，看到他拿着块青砖比画就喃喃地说："你这孩子，想干吗呀？"

张寒晖被他一说，身上来了力气，抡起板砖向树拍过去，只听啪的一声，砖被拍碎了，自己也趔趄着倒下去。老张嘟囔说："这孩子练的是什么功夫啊了。"

他挣扎说："大爷，我试试自己的力气，没有事，没有事。"

他蹲在那里，半天起不来，这一天只吃了一个小窝头，他饿得心慌，血糖低了。

第三章 好汉不承祖业产

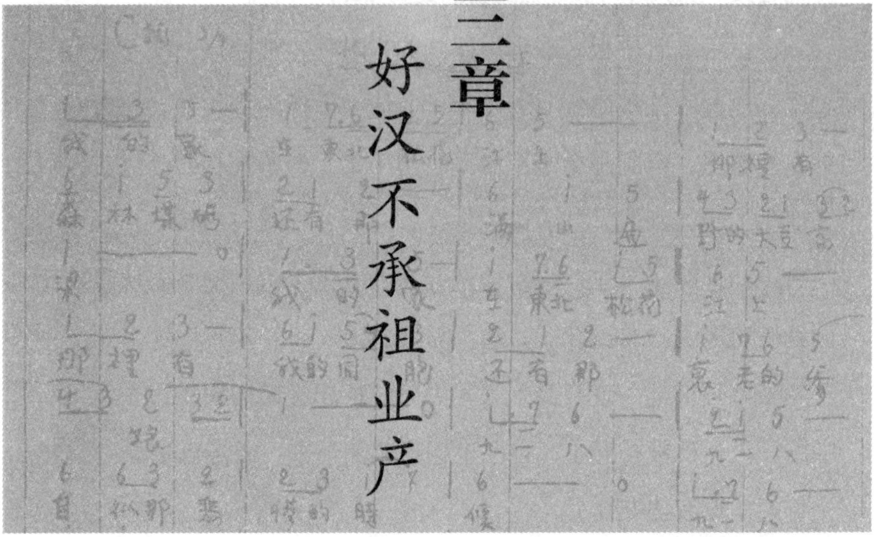

一

张寒晖从记事开始，饥饿就与他形影不离。虽然他家的老宅堂屋挂着穿着清朝官服的前人画像，两面还有对联：“春风大雅能容物，秋水文章不染尘。”但是，张寒晖这个中了进士的祖爷爷却不做官，他说：“一辈子做官，三辈子砸砖。”“砸砖”是那个时代乞丐的一种讨要的方式，手拿着一块青砖，不张口讨要，而只是用青板砖拍胸口。祖爷爷不做官，也不善于理财，到张寒晖出生的时候，1902 年，也就是光绪二十八年，他家已经衰败了，土地和房产都典当得只剩下一些勉强糊口的薄田。

父亲在新办的小学堂里当教员，微薄的薪水远远不够支撑这个家。在张寒晖的记忆中，充满了饥饿，每天想到的就是怎么吃饱肚子。他兄弟四个，他是老二，上面还有一个同父异母的大哥。为了给大哥订婚攒钱，就只有让他们少吃饭。平时吃得最多的三弟弟，在跟母亲去上庙的时候无缘无故地走丢了。

按说一个七八岁的儿子怎么就会走丢了呢，这让邻居们猜测了许多回，只有母亲什么都不说，她甚至都没有解释，只是在人们说得不说了的时候说上一句话，她说："说不定是神仙把他度化走了，但愿他能够找个好人家啊，吃饱了饭，穿上一件好衣裳。"

其实，这些都是借口，直到好多年之后，人们才知道，张寒晖的母亲谷氏为了给老大定亲，把自己的孩子卖了。张振洲在张寒晖的母亲之前娶过一个妻子，后来生病死了，留下一个大儿子。张寒晖和他后面的两个兄弟都是谷氏亲生的。

为了让张寒晖上学，张振洲已经尽了最大的力了。到了该给老大定亲的时候，人们都说他："你这个样子，还让老二读书，你就让他下地吧。"因为老大说过几门亲事，对方都以他有拖累为由不愿意。因为大儿子不是谷氏亲生，为了免得让别人说闲话，谷氏无奈之下把自己亲生的儿子卖了，给老大定下亲事。

张寒晖和其他的人一样，在少年的时候免不了淘气。比如说念《三字经》，张寒晖知道母亲不识字，背诵的时候故意念成："人之初，狗咬猪，性本善，大碗面，老师吃面我砸蒜，先生不吃我不念。"

他不知道母亲竟然知道他是胡说，母亲厉声地说："到先生面前跪着去。"

先生就是他家挂着的画像，母亲看到张寒晖还是不服气的样子，就让他自己去搬土坯来顶在头上。每逢这时候，张寒晖就大声哭起来，哭的声音非常大，母亲可是不管他哭不哭，罚不到时间就不让他起来。

每逢这个时候，四婶子就来当他的救星，她说："嫂子啊，你这是图什么啊？”

母亲说：“四弟妹啊，你知道这剩饭难吃，后娘难当啊，老大本来就不想让他上学，嫌他花钱，是我坚持让他上的，他这么不上进，《三字经》都背不下来，要他学什么呀。”

四婶子说：“全子，你给我背一个《三字经》，我听听，我就不信，你这么聪明的孩子，学不会《三字经》。要我说呀，我们全子啊，别说《三字经》，就是‘四字经’‘五字经’的都会背，是吧？”

谷氏笑了：“弟妹说笑话了，哪有什么‘四字经’‘五字经’的。”

其实，母亲是不想让他上学的，因为从张寒晖爷爷开始，就算是半吊子文人，常言说的“手不能够提篮，肩膀不能够挑担”，就是说的这些人。要不是母亲种着几亩薄田，张寒晖家如果光凭张振洲的薪水，早就吃不上饭了，这也是谷氏在家里说了算的原因。张振洲知道，他欠着妻子天大的恩情，卖了自己的亲生儿子，给前房的儿子定亲，这在西建阳村可以说是第一个。

二

每当看到母亲责罚张寒晖，父亲也非常心疼，但是他也知道母亲的用意是好的，所以也不敢阻拦。要不是有四婶子经常袒护着张寒晖，他还不知道要受多少责罚呢。

母亲有时候责罚了张寒晖，自己也哭，她说：“儿子，我顶着这么大的压力让你上学了，你不上进，你说你上这个学还有什么用啊？你说读书一不能够生钱，二不能够做官，你读这个书有什么用啊？还不如做好一个庄稼人，好有口饭吃啊。”

母亲说这个话的时候是流着泪说的，一个没有文化的农村妇女，她盼着什么呢，就是盼着自己的后代能够吃上饭，能够有个稳定的日子过，哪怕是苦一点儿，人家能够过你也能够过，可是像张寒晖这样的，从小就身子骨不结实，不是生病就是闹毛病，那年出天花差点儿死掉。她是怕自己死了之后，这个儿子没有人管，就这样读书不成，做庄稼活儿不会，只能去讨饭啊。

在张寒晖闹天花的日子里，人都烧得说胡话了，母亲从唐河滩里找来芦苇根，给他熬水喝。奶奶说这个孩子是菩萨身边的童儿，不要费事了，菩萨要收他回去呢。也有人说算了，这个儿子不要指着了。谁说什么母亲都不听，每天熬了芦苇根水喂他，张寒晖的牙关咬得很死，母亲一边流着泪，一边用筷子撬开他的牙，一点儿一点儿嘴对嘴喂他。芦根熬的水是苦的，母亲每次都是自己先喝一点儿，然后再一点儿一点儿把水吐进儿子的嘴里，一直喂了七八天啊。人们都说，七上八下，就是饿七天之后的人，肯定死在第八天。但是，这天张寒晖退烧了，母亲喂他水时，感到他的嘴唇凉飕飕的，母亲喜出望外地说："我的全子活了啊。"如果不是母亲的坚持，从死神手里把他抢了回来，他也许早就被扔到东西建阳之间的乱葬坟上去了。

也许是盼着什么就没有什么，张寒晖从小就长得清秀可人，身材软软的，这不是母亲想要的样子，她就是想让他能够健康地活着，长一身力气，能够当一个好庄稼人，能够在春天掌得起耧斗，夏天能够拿得起锄头，秋天能够拿得起镰刀。有时候她就发愁啊，我这个儿子，凭什么吃人间的这碗饭啊。

和所有没落的子弟一样，张寒晖的爷爷和父亲都非常爱好音律，尤其是父亲一手二胡拉得没人能比。村里有许多唱戏的班子都聘请张振洲去给伴奏，人们都说，西建阳的秧歌戏如果没有了张振洲的二胡，就听不出味来了。

其实谷氏也愿意听男人拉二胡，那奇妙的木头能够说话，能够说出你心里的话，虽然庄稼人一年到头地穷忙，但是人们对音乐的期盼还是有的。有钱人家唱戏是玩票，穷人家唱戏是为了挣个养家的小钱。张振洲因为是教员，挣着教员的薪水，他纯粹就是为了给人家捧场。

谷氏不管男人，但是她却不准张寒晖学二胡，她看得非常紧。如果张寒晖摸二胡，肯定会有笤帚疙瘩落到头上。张寒晖说："娘，我爹拉二胡你支持，我为什么就不能够学啊？"

母亲厉声说道："你看到哪个人家是靠二胡过日子的？"

张寒晖反抗说："我看爹就是拉二胡过日子。"

母亲狠狠用笤帚打着他的脑袋说："只要我活一天，你就不许学这个东西。你爹，你爹，你爹这样的有几个，西建阳村不就才出了一个吗？"

母亲其实对父亲心里有许多怨恨，这个也算是秀才的人，对农活是一点儿也不懂，都不知道二十四节气。有时候母亲会自叹说："真不知道，他的书读到哪儿去了啊？"

张寒晖有一次问父亲："爹，你的书都读到哪儿去了？"

父亲没有像母亲那样责备儿子，而是叹口气说："儿子啊，龙遇浅滩遭虾戏，虎落平阳被犬欺啊。你以为父亲就是个纨绔子弟吗？否啊，你父亲当年也算是意气风发的，如果不是科举废了，现在父亲怎么也能当个小小的七品知县啊。"

三

被时代洪流冲撞的一代农村读书人啊，他们有他们的辛酸，本以为将来通过科举能够做官，可是时代变革废除了科举，这音律就成了他们寄托哀伤一种出路。

有时候，看到母亲责罚张寒晖，父亲暗地里也说母亲：“你别这么管他了，人的命是死的，命里该有三合米，走到天涯不满升啊。”

母亲说：“你明知道读书没有了出路，你还让他读书干什么？早早让他下地，当个好庄稼人，也能够过上好日子啊。”

张振洲重重地长叹一声说：“庄稼人过好日子，你做梦去吧，你不看看，这些兵们，今天是阎锡山的兵打过来，明天又是张作霖的兵打过来，还有吴佩孚的，曹锟的兵，谁来了不是糟害老百姓啊。这年头当个好庄稼人都不容易了。”

母亲小声说：“我说不定哪天比你早走了，我就怕全子文不成武不就的，你说他怎么过这一辈子啊？”

父亲说：“人生下来，就带着自己的口粮，老天爷只要让他成人了，肯定就会有一碗饭吃。”

母亲的眼泪流了下来：“你不要看我这么打全子，我是恨铁不成钢，我的孩子，我最心疼的就是全子。如果我走了，你可是要高看他一眼啊。”

父亲知道母亲想说什么，他说：“老大那边，我想早早做一个了断，把地给他一半，我们就不管他了，可以说是活不养死不葬吧。”

母亲说：“你这样做，外人说什么呢，我这个后妈怎么当啊？”

虽然这样说，父亲还是找人当说合的，把十亩地给了老大一半，也就是五亩地。老大媳妇还不高兴地说：“老二上学，花了不少钱，我们也不计较了。他花的钱应该折成地亩数分给我们。”

从来就没有计较过的母亲突然放声大哭，谁劝都不行，张寒晖后来也不知道，母亲为什么那么大放悲声，还是四婶子过来说：“嫂子，你放心，你走了还有我呢，我就待见这个二全子。”

四叔也说："嫂子，你放心，我当老辈子的看着他们呢，谁也不许欺负二全子。"

母亲拉着他们的手说："二亩半啊，二亩半啊，全子怎么过啊。"

母亲心里想的是十亩地老大要了五亩，剩下的张寒晖和老四每个人就剩下二亩半了。这二亩半地真的养活不了一家人啊。眼前，他们都没有娶媳妇，一家人在一起，糠糠菜菜的还能够混个囫囵肚，如果他们再一分家，就只有当讨饭的份儿了。分家以后，张寒晖这天对母亲说："娘，你放心，人们都说，好汉不承祖业产，好女不穿嫁妆衣，我肯定会挣一份家业给你看的。"

母亲笑了，笑得眼泪流出来，她说："儿啊，你是不当家不知道柴米贵啊，你知道这成家立业有多难吗？要是能够像你说的这样容易，我还能够卖了你三弟吗？"

什么，卖了三弟？张寒晖一惊，从那天开始，他才知道，三弟是因为给大哥娶媳妇，母亲把他卖到了唐河北岸的高就村一个富户人家。母亲是在张寒晖十六岁那年去世的，那年，谷子长得好，他们种了三亩地的春谷子，谷穗都长得像小棒槌一样，母亲是在谷场上掐谷穗的时候死的。打下的谷子都用来还债了，到现在，给大哥娶媳妇的债还没有还完。

第四章 我们不是败退

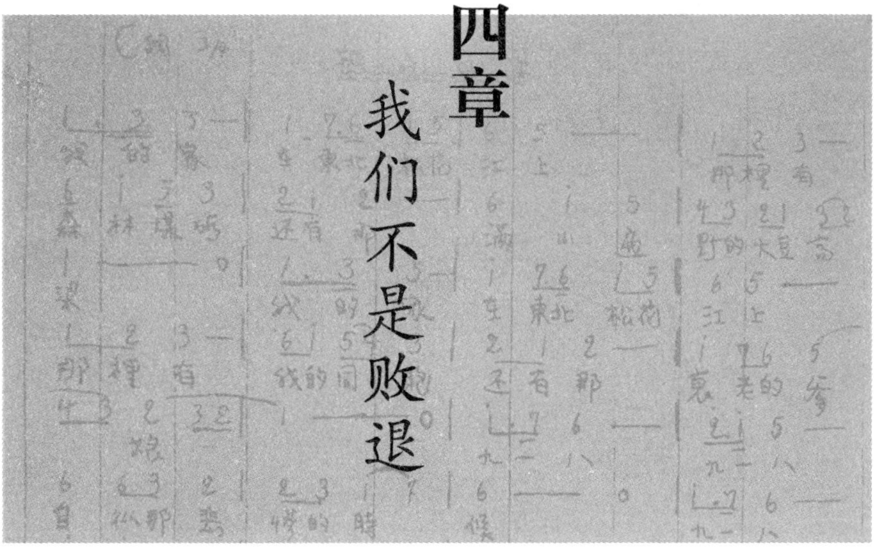

一

李大钊被张作霖抓走以后，从狱中传出来指示，就是让北京的党组织马上疏散躲避，进入地下活动。能够回家的就回家，他要人们为共产主义事业保留一点儿火种。他说：“今既被逮，惟有直言。倘因此而重获罪戾，则钊实当负其全责。惟望当局对于此等爱国青年宽大处理，不事株连，则钊感且不尽矣！”

因为张寒晖的失踪，周建翔在会议上受到了组织的严厉批评，被说为右倾，执行李先生的指示不彻底。组织上让他在一天之内给出答复，甚至有人怀疑，是不是周建翔把张寒晖出卖了。组织上目前给周建翔的重要任务就是安排张寒晖安全离开北京。

周建翔说：“我就不信，一个大活人说失踪就失踪了。”

赵云霄也批评他，周建翔生气地说：“这个书呆子，怎么就不听命令，我可是连路费都给他了。你说，他是不是为了省车费，自己走着回定州去了呢？”

赵云霄说：“你这个假设不成立，他要是走着回家，也会给我们留下话吧，张寒晖没有执行上级决定，没有走，也就是你的失误，你怎么不监督他呢？当时你就该把他押到火车上去。”

周建翔突然笑了：“云霄你的主意好，我怎么就没有想到呢。这个书呆子，我这次找到他，一定要押着他离开北京。”

但是，这个呆子在哪儿呢？找不到他，说什么都是白闹。赵云霄把买回来的小笼包子放到桌上说：“周大侠，你吃吧，吃完了好继续当你口头革命派。”

周建翔负气地说：“你要这么说，我还不吃军阀家的饭呢。”

赵云霄笑着说：“你不吃军阀家的饭也行，你吃的可是资本家的饭啊。”

周建翔也笑了：“我们的任务就是打倒资产阶级，他们是革命的对象啊。我父亲是大资本家，我吃他的不也算是革命吗，革命不就是剥夺资产阶级的财产吗，我现在就是开始蚕食、剥夺他们的资产呢。”

赵云霄也笑起来：“那我这是吃垮军阀，来吧，打倒军阀，打倒军阀，吃包子，吃包子。”

周建翔突然问赵云霄：“你说这个书呆子能够在哪儿呢？”

赵云霄认真地说：“你这问题问到了关键，你说他在哪儿呢？”

周建翔说：“我这两天都是在几个公开场合找他，你说一个蝇子飞起来，为什么又落到原来的地方呢？”

赵云霄也非常受启发地说：“你是说，张寒晖又回到北京艺术专门学校了是吧？”

客厅里的电话响了，她过去接电话，一边听着眼泪就流了下来。周建翔问：“怎么了，怎么回事？”

赵云霄痛苦地说：“刚才我父亲来电话了，他说张大帅已经把李先生绞死了。”

赵云霄父亲在电话里说，为了处死李先生，张作霖买了德国的绞刑架。4月28日，张作霖用绞刑架杀害了李大钊等二十名革命同志。李大钊视死如归，大义凛然，从容不迫，缓步登上绞刑台，当刽子手把绞绳套在他脖子上的时候，他面对十九位即将遇难的同志，发表了最后一次简短的演说：我们宣传的马克思主义，已经培养了许多革命同志，如同红花的种子撒遍全国各地。这种子需用鲜血浇灌，他们会开出艳丽的花。我深信，共产主义必将得到光荣的胜利！

周建翔用手一拍桌子说：“这个大军阀、大土匪，真是个土匪，他一点儿仁义都不讲，我要和他不共戴天。”

赵云霄说：“组织上还不知道吧？你马上去给组织汇报，我去找呆子。如果我们营救出来李先生来，他的事还好说，不走也行，现在，他必须离开了。我父亲说了，马上就要搜捕李先生的手下，他要我们做好准备工作。”

周建翔要出门的时候，赵云霄说：“你换一下衣服吧，你看你这长衫都脏了，还资本家的后代呢，现在和没落户一样了。”

周建翔说：“我早就背叛了我的家庭了，现在我已经是无产者了。”

赵云霄把父亲的一套西服拿出来说：“这是家父来北京的时候做的，就穿了一次，你试试。”

周建翔一试说：“还行，真的合适，你父亲不是给我做的吧。”

赵云霄拍他一巴掌说：“都什么时候，你还开玩笑，马上去，晚了要出事的。”

二

接到周建翔的情报之后，组织上的紧急会议是在北京青年俱乐部排演厅召开的，会场就在排练室里。这里晚上有演出，几个学校的人都在这里排练。为了掩饰来人的身份，他们来了有人给化妆，有的脱下长衫把一个女人大褂穿上，有的把头饰戴上。周建翔进来，人们迅速地集合在一起。

周建翔先说了情况，大家讨论目前的局势怎么办，人们的心情都十分沉重，有的人要求组织游行，有的人说要揭发张作霖的罪行。会议开了一上午，谁都拿不出一个主意来。原来有了大事都是李先生做主，现在可以说是群龙无首了，谁也说服不了谁。北京李先生的事，已经给上海报告了，要等上海的指示还是他们自己做主，这成了大家争论的焦点。

周建翔说：“我认为，我们现在还是执行原来李先生从监狱里传出来的指示，疏散人员，还有各路的一切营救行动马上停止，进行有组织有计划的撤退。”

操着一口陕西口音的刘尚达是艺术学校的学生，他非常固执地说：“我们不走，我要学谭嗣同，让我的鲜血唤醒人们起来和帝国主义还有他们的走狗斗争。难道李先生牺牲了，我们就一点儿表示也没有，我们就败退了吗？”

周建翔严厉地说：“刘尚达同志，这是组织的决定，我们不是败退，我们是要把火种撒往祖国的各地。你和张寒晖同志必须马上离开北京。你们已经上了黑名单，我们也收到确切的情报，这次张胡子是下决心了，只要是我们的人，抓一个毙一个。我们要保存革命的火种，我们不是败退。只要我们的革命同志在，我们就会不断壮大力量，成为推翻旧世界和建设新世界的队伍，我们就会联合千万个无产者一起革命。”

刘尚达说：“周建翔，我就怀疑你的革命动机，你一个大资本家的少爷，穿的这一身西服，大概要穷人一年的生活费吧，告诉我做这件衣服花了多少钱？”

周建翔也恼怒了：“人革命不革命，与穿什么衣服有关系吗？大街上的叫花子穿的破，你难道说他是革命者吗？”

刘尚达也非常激动：“谁说叫花子不能够当革命者，无产者是不是包括叫花子？请周同志解释一下这个问题好吗？”

周建翔着急地说：“我们的当务之急是如何应变李先生牺牲后的局面，我们不要在这些理论问题上进行争论好吗？”

刘尚达说：“要革命就要先解决理论问题，我们怎么就不能够进行争论，同志们说是不是？”

那时候，这些参加革命的人都二十多岁，他们还不知道革命是什么样。他们以往都是在李先生的领导下，进行各种活动，他们还没有应付突发情况的能力。他们当时进行的这些争论，在今天看来有些幼稚，有些不合时宜，不知道什么是轻什么是重。但是，这是真实的情况，当时的革命者们有时确实要面临这种情况。

也许这是青年人的嗜好，一争论起来就把开会的目的忘了。他们起劲地发表自己的意见，他们都争强好胜，不知道大把的青春往哪里发泄。周建翔当时坚持的意见无疑是正确的，但是正确的意见往往有时候不被大家采纳。

三

会议开到关键时刻，大家甚至都忘了这是秘密会议，竟然争吵起来。他们的声音过于大了，引得有人过来看他们。突然，放哨的同志进来报告说："警察局的人来了，大伙散开吧。"

周建翔非常义愤地说："马上排练，我们不要坚持个人的观点，我们要看大局，要和而不同。"

人们立即各就各位开始排练，台上正在进行的是话剧的彩排。周建翔饰演老妈子，和饰演男客的刘尚达平静地对话。

老妈子（摇头）：太太不答应把房子租给你。

男客：不把这房子租给我？不行，我必须要租。

老妈子：太太的脾气也太古怪了。她说，就是租也不租给像先生你这样的人。

男客：这房子以前有人租过没有，为什么不租给我？

一队东北军士兵进来，他们觉得好玩，就看了起来。一个队长模样的人走过来，他要登上舞台，周建翔大声叫着说："你干什么？这是艺术的舞台，你不能够这样上来，艺术是非常严肃的，我们要有崇敬之心。"

队长说："去你妈了巴子的，什么他妈的艺术，老子是来查共产党的。你是不是共产党？"

周建翔耸耸肩说："什么是共产党？"

队长说："我们大帅说了，共产党就是叫花子党，他们就是一群丐帮，你穿的这身衣服不像是丐帮啊，你说你应该是个有钱人的后代啊，怎么也想当丐帮啊？"

队长后面的人拿出一张照片来对照，周建翔一看上面的人就是张寒晖，队长说："认识这小子吗？"

周建翔摇摇头说："不认识。我们正在排练，请你尊重艺术舞台。"

一个士兵把化妆用的白粉挑翻了，冒起白烟似的粉雾。队长让士兵把白粉拿过来，用手枪顶住周建翔的下巴说："妈的，什么他妈的艺术舞台，这是什么？是不是白灰？老子上月就吃了你们的亏，让你们游行的学生用石灰粉迷了眼睛，差点儿让老子双目失明。今天该老子报仇了，告诉我，谁叫张寒晖，快说！"

周建翔把队长的枪推开说："你不要走了火，你要对我们这些人尊重一些。"

队长说："尊重他妈拉巴子的，你是不是张寒晖？"

一个士兵拿出通缉令来说："我看不像。"

队长说："一个一个对照，别让他跑了。"

周建翔笑笑说："我不是，这儿的人都不是，你不信看看就知道了，我们这里没有什么张寒晖。"

队长凶横地对着周建翔说："你要是说了假话，我枪毙了你。"

周建翔幽默地说："队长，你可别吓唬我，我特怕死。你拿照片对呀。"

士兵们一个个对照过后说："队长，这里没有我们要找的人。"

队长一挥手说："你们这个地方查封了，不许再来了，上学就好好上学，演他妈的什么戏，听到没有？"

走出俱乐部，才发现大街上到处都是搜查的士兵，周建翔担心地对刘尚达说："寒晖到哪儿去了？刘尚达，我们分头行动，务必找到他，这个人很倔强的，我就担心他出什么事情。"

刘尚达也非常着急："他这人平时非常通情达理的，可是有股子拧劲儿，他又是个书呆子，敌人封锁得这么紧，别让他自己闯进网里去了。”

周建翔和刘尚达分开去寻找张寒晖，周建翔先到了赵云霄住的地方，想看她找到张寒晖没有。赵云霄人没有在，他看到了贴在大街上的通缉名单和照片，张寒晖就在上面。周建翔着急地想，他这个时候能够到哪儿去呢，是不是躲在艺术学校里呢。他一回头，看到赵云霄走来便急忙说：“怎么样，找到了没有？”

赵云霄说：“你们开会说好了没有，我们怎么办？”

周建翔说：“在没有接到新的指示之前，我们还是执行李先生的指示，疏散隐蔽，等待命令。”

看到周建翔的西服上有许多油印子，赵云霄说：“你这是怎么搞的，怎么一身的污痕啊？”

周建翔说：“会没有开完，就赶上敌人搜查了，我们之后散会，连一个办法都没有商量出来。”

赵云霄着急地说：“你们开的什么会啊？”

周建翔说：“别说了，刘尚达这个陕西蛮子，胡搅蛮缠，就是个认死理的人。”

赵云霄说：“你还没有吃饭吧？走，先吃饭去。”

周建翔忽然说：“吃什么饭，我想起来了，这个张寒晖是不是给我打马虎眼，又回到艺术学校去了。你回去，我看看去。”

说着他叫了辆人力车：“你回去等我，我马上过去看看。”

看到满大街的士兵巡逻队，还有街口的警察宪兵队，赵云霄不放心地说：“我跟你去吧，两个人好说话点儿。”他们乘上人力车先后向艺术学校的方向去了。

第五章 周建翔机智救寒晖

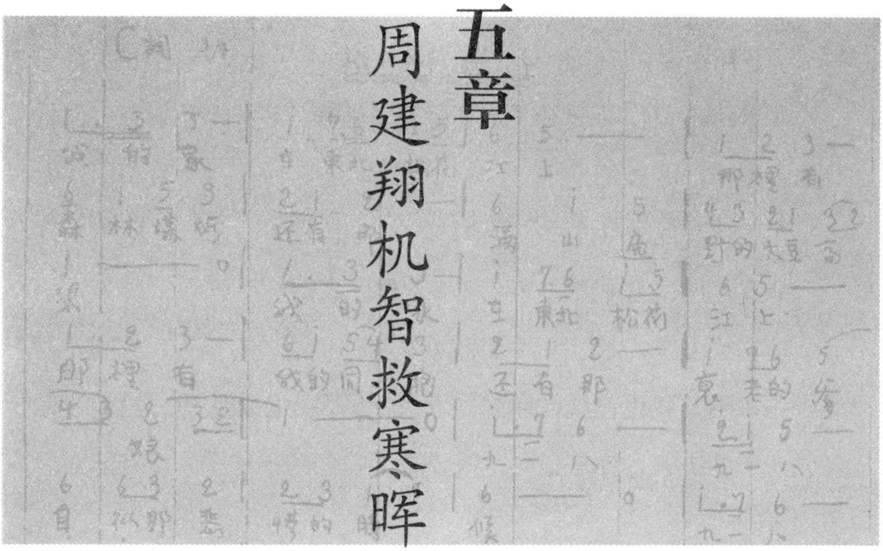

一

大街口上的军警们拿着照片一个个地对照行人，行人们匆匆忙忙走过来接受他们的检查。有几个人被他们抓住，被塞到警车上。有个人大声地说：“我是律师啊，你们怎么这样做，还有法律没有？”

军警班长抽他一个嘴巴说：“绿屎（律师的谐音），你吃青草啊，去他妈的法律，我们大帅就是法律，你不服啊，去大帅府告状去。”

那个人还要说什么，被班长踹了一个跟头，乖乖走到那些满面惊慌的被抓的人堆里去了，他们惊惶地聚集在一起。互相小声地询问，发生了什么事情，怎么让东北军这么惊慌。带头的军警大声说：“都他妈的不要互相说话，小心你的脑袋！”

周建翔的人力车走过来了，军警让他们站住，周建翔说：“别怕，走你的，出了事有我兜着。”

人力车继续前行。看到他不听指挥，军警班长冲天鸣枪，大喝说："人力车，给我站住！"

周建翔操着一口东北口音："老总啊，怎么了，我急着回公馆去呢。"

军警班长说："你是死了爹还是死了娘啊，我们都不着急，你急什么，下来，下来！"

军警搜查他的身体后往那边站的人一指说："过去，过去。"

周建翔说："我们都是东北老乡，你就高抬贵手吧。"

军警笑着说："高抬贵手？我就腻味你们这些有钱人，你刚才要是不牛气啊，我也许就放你过去了，就是因为你太牛气，我就让你尝尝老子的厉害，你知道吗，只要进了咱们的牢房里，没有能够活着回来的。"

周建翔有些着急地说："我真的是有急事，行行好，放我过去好不好啊，我真的有事。"

军警班长说："想找不好受是吧，快过去，你皮子痒痒了是吧？"

他们正说话的时候，赵云霄的车也到了，她看到军警难为周建翔，就大声说："就是他，拦住得正好，我这满世界找你还找不到呢。"

班长用枪把她一指说："你也下来，不知道北京城大戒严了，都出来跑什么玩意啊？"

赵云霄下来说："有事吗？"

军警班长说："检查乱党分子。"

赵云霄说："你看我像乱党吗？"

军警班长说："看你的样子不是乱党，你不是乱党出门干什么，这个时候待在家里多好。"

赵云霄说："没有听大帅说不让出门啊，你们这是干什么？"

军警班长笑笑说："小姐你是？"

赵云霄掏出一张赵公馆的名片轻蔑地说：“老爹是卫队旅的旅长，你认识？”

军警班长看过名片马上立正地说：“你是赵小姐，赵旅长是我们的老上司，我们是奉命行事，你不要到前面去了，你还是回去吧。”

赵云霄突然疯狂地扑进人群里去，上去就打了周建翔一巴掌，愤怒地说：“你个骗子，让你跑，让你跑，正好逮住你了，好啊，你家里都有了媳妇，为什么还给我写求爱信？为什么骗我？”

周建翔委屈地躲着说：“你别听他们胡说，我真的没有娶媳妇呀。我是爱你的，真的，我真的是爱你的，我对天发誓，如果我说了一句瞎话，让天打五雷轰，出门让车压死，掉到茅坑里淹死，行不行啊？”

军警班长笑着说：“我刚才就看着这小子不地道，你他妈的泡谁家的妞不行啊，泡我们赵旅长的小姐，你不要命了吗？赵小姐，你是领回去教训还是我们替你教训他。”

赵云霄掏出几张钞票说：“谢谢你，还是我带回去好好打理他吧。”

军警班长收过钱，踹周建翔一脚，骂骂咧咧地笑着说：“别以为我们东北女人好糊弄，告诉你，个个都是老虎啊，你真是拿着豆包不当干粮，以后小心点儿。”

二

周建翔低头哈腰地说：“你教训的是，我肯定不会糊弄赵小姐啊。”

军警班长给几个站哨的分钱，把手枪放在枪壳里随便背在身后。就在这时，一个乞丐过来，低垂着的头不断发出咳嗽的声音，周建翔对这声音太熟悉了，他和张寒晖搭档演出好几年了，在一个小组活动也两年了，他知道，每当张寒晖着急的时候，他的喉咙里就不由自主发出轻微的咳嗽声。这他太熟悉了，就是在舞台上他也能够听出这个声音来。

真是踏破铁鞋无觅处，得来全不费功夫。周建翔正在想着怎么处理眼前的事情，就见张寒晖径直向那个军警班长走去，他虽然走得很慢，但是可以看出他的神态就像是老虎扑食之前的状态。周建翔一惊：这个家伙要干什么？夺枪啊，是要夺枪啊，这不是找死吗！他故意拦住张寒晖的去路，张寒晖看都不看周建翔，气喘吁吁地小声说着："借光了，借光了。"

赵云霄准备和周建翔离开这里，看到周建翔拦住一个乞丐的路，她刚想发作，这不是当慈善家的时候，却见周建翔急忙给她使眼色，还给她用口型说话，这个人是寒晖。

看到张寒晖假扮的乞丐老汉，赵云霄惊讶得张大眼睛，差点儿喊出声来，暗自说："这……是怎么回事啊？"

周建翔也紧张起来，心想他怎么这时候来干这个了。尽管周建翔拦住乞丐，可是这个乞丐的眼睛却痴迷地看着警察们身上背的手枪，让周建翔怎么也没有想到的事情发生了。

周建翔咬紧下巴示意赵云霄快走，不能够三个人都毁在这里。谁知道，赵云霄故意装作没有看到。周建翔拦截着乞丐，可是这个时候说得从容，但是当时的局面却让周建翔满头大汗都出来了。只要这个乞丐向军警班长的背影伸手，他必死无疑啊，这十字路口，连一个逃跑的地方也没有。

周建翔急中生智，对对面的人力车突然大声叫起来。军警班长一回头大声叫着说："干什么，干什么，想干吗？"军警班长不知道怎么回事，他这一回头，让乞丐没有了下手的机会，拔枪在手说：

"你捣什么乱？"

几个军警跑过来大声地说："班长怎么了？抓住要犯了？"

军警班长对那个乞丐踢一脚说："要犯？真来了个要饭的。滚，这地方有饭给你吃吗？"

赵云霄看到危机过去了，对乞丐说："跟我走吧，我管你吃饱。"

军警班长说："还不快去，我们赵旅长的千金小姐有的是钱，你个臭要饭的，今天你算是撞大运了。"

周建翔坐上人力车的时候，军警班长还训斥他说："小子，好好的，再犯到老子手里，让你不死也扒层皮。"说着对乞丐又踢了一脚说："你他妈的还不走，别在这儿给老子添晦气了。"

三

他们两个都上了人力车，向前走了一段路，回头看到乞丐没有了人影，这让周建翔和赵云霄都非常紧张，如果这个呆子还要蛮干的话，他是必死无疑了。

他们两个刚到赵云霄的住处，刘尚达也匆匆过来了，周建翔和赵云霄着急地问道："怎么样？找到了没有？"

刘尚达着急地说，他去了山陕会馆，门卫老大爷说张寒晖是住在那里，但是这几天他天天晚上出去，不知道干什么去了。

周建翔激动地说："这个张麻子，他要找死啊，还是个党员，这么不听组织命令。你们说怎么办？"

赵云霄："我怕他盲动，刚才我们就见他来，你说有多危险，光天化日之下，他竟然想夺警察的枪。要不是周建翔掩护他，说不定早就让敌人抓住了。"

刘尚达说："你们这样一说我想起来，他曾经说来着，只要有了一杆枪，他就去监狱把李先生营救出来。”

周建翔说：“他说去哪里搞枪了吗？”

刘尚达说：“我不知道，他这个人，搞枪，他根本就不是那些丘八的对手。”

周建翔一拍大腿说：“我知道他去哪里了，这个家伙，看着文弱的一个人，拧巴起来，九牛也拉不回。一会儿我们就去找他。”

半夜里，下河沿小胡同的土娼门口，张寒晖从夜色里探出头，盯着紧闭的木门。木门下的灯笼在风中来回摆动，门开了，一个挎枪的奉军小军官走出来，妓女媚声地说：“你这就走啊，还早呢。”

军官四下看了看没有人，急忙向小巷口走去，他在离张寒晖隐藏的地方几步远的时候，停下来掏出烟点着，他身上的盒子枪来回摆动着。

张寒晖焦急地正要下手，突然有一双手搭在他肩上，张寒晖一回头，嘴被一个人捂住，他挣扎的声音惊动了那个小军官。小军官掏出枪来，小心地走过来。

周建翔和刘尚达拧着张寒晖往外走，刘尚达说：“借了钱不还，想跑？看你能够跑上天去。”

小军官疑惑地看着他们走过去，他看看觉得不对头说：“站住！你们到底是干什么的？”

赵云霄雍容华贵地坐着黄包车过来说：“抓到了，好，带回去让老爷审问。”

小军官对赵云霄讨好地笑笑，周建翔和刘尚达推着张寒晖向胡同口走去，一队巡逻的奉军向这边走来，周建翔急忙和刘尚达拥着张寒晖消失在另外的一个胡同里。

第六章 宁死不改变信念

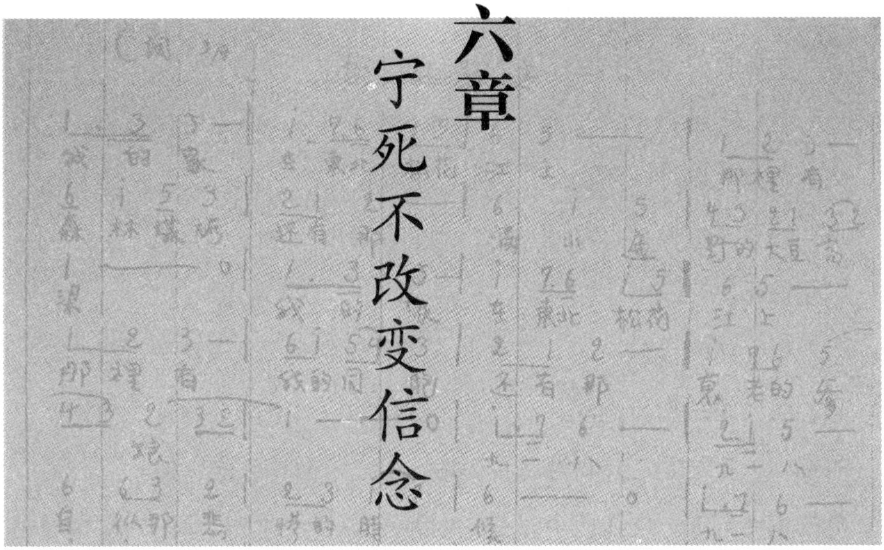

一

周建翔这次可是不能够让张寒晖再玩失踪了，行动小组加上刘尚达召开紧急的小组会议，就一个议题，安排张寒晖疏散。会议开到了天亮的时候，还没有达成一致，赵云霄从外面买回来包子，刘尚达狼吞虎咽地吃起来，周建翔也拿起一个递给张寒晖，张寒晖看都没有看就扔到桌子上，周建翔一边吃着一边说："继续开会，张寒晖什么时候接受意见，我们就什么时候散会。"

张寒晖非常委屈，没有人理解他的心情，从昨天晚上到现在，尽管周建翔和刘尚达把话说了有千万，但是，他没有说一句话。自从知道了李先生已经被执行了绞刑，张寒晖的万千希望都在那一刹那化为寒风。

他已经两年没有回家了，他当时出来的时候就没有想着回去。

那个贫困的家庭现在留给他的只是屈辱和无奈。二亩半的土地让大哥又要走了一亩，连四弟的二亩半地，大哥也要走了。他和妻子还有一个孩子，一亩半地，让他怎么活呢？

赵云霄把包子拿过来了，递到张寒晖手里，张寒晖坚持不吃，周建翔给他端过一杯水来让他喝，张寒晖打掉水杯抗议道："你们这群胆小鬼，这枪马上就到手了，我们就可以给李先生报仇了，你们就是怕死。"

周建翔严肃地说："你作为北方委员会的成员，在这个严峻的时刻，脱离组织擅自行动，你要作出深刻的检讨。现在我宣读组织上的指示：李先生为革命为党而牺牲，是光荣而伟大的，但是这已是党的重大损失，现在应当保存我们的力量，不要使革命的力量再遭损失，你张寒晖回自己的家乡是唯一的办法，用实际行动，团结民众宣传革命。"

张寒晖激动地说："难道我们就这样看着李先生被张作霖绞死，我们就不敢大声喊一声吗？你们就这样看着革命的领袖让敌人杀害吗？"

赵云霄平静地说："张寒晖同志，现在是什么时候了，不是讨论工作计划，我们是要商量怎样离开北京。"

张寒晖说："你们怎么不走，非让我走？"

周建翔说："我们也走，谁说不走，我们就看着你走了之后，我们才能够走的，因为你上了通缉令，你不走就是死啊。"

刘尚达说："我已经找了我们陕西来的教育厅厅长，他答应让我回去主持民众教育馆的工作，杨虎城将军就是让他来北京为陕西建设搜罗人才的。"

周建翔说："我和云霄同志一块去奉天，我想在东北军队里发展。我们已经找好了关系，你走了之后，我们就撤离。”

张寒晖倔强地说：“我明天就去大元帅府拼命，我随李先生一块去见马克思。”

说到这个程度，周建翔只好严正地说：“现在不是发扬民主的时候，我以北京地方委员会副主任的名义，宣布组织决定，张寒晖立即离开北京，回到定州发展地方组织，保存革命力量。”

张寒晖大声地说：“我就是不离开北京，我要为李先生报仇。”

周建翔拿出一张京汉铁路密查员证说：“这是通过直系吴佩孚搞到的铁路密查员证件，你今天必须走，趁他们奉军的势力还没有伸展到直系管辖的火车上，时间一长，可就不保险了。你也可以不走，但是，你必须脱离组织，你可以退党，这样你就可以想怎么办，就怎么办了。”

张寒晖低下头，他不说话了，他好不容易找到了这条道路，他就是死也不会改变自己的理想和信仰。周建翔把自己的西服脱下来，换上他原来的长衫，他让张寒晖把西服穿上，这样也符合他的身份，为了保险起见，还给他购买了一张火车票。

二

从张寒晖接过车票开始，他就不再说话，赵云霄知道他的心里肯定非常难过，她想安慰他，但是也不知道说什么好。

自从那次在铁狮子胡同被救之后，这个来自定州的张寒晖就在她心中留下了深刻的印象。个子不高，消瘦而清秀的面孔，尖尖的下巴，眼镜后面有一双经常眯缝着的眼睛，如果细看能够看出脸上还有几颗白麻子，这是出天花落下的痕迹。

在一块进行戏剧活动的时候，周建翔经常开他的玩笑说：“麻子俏，麻子俏，麻子一笑值一吊。”因为，他的脸上从来很少有笑容，有一次周建翔说：“你们谁让张寒晖笑了，我拿出一块银圆来请客。”

他刚说完，张寒晖就冲着他笑了，虽然笑得非常勉强，周建翔只好拿出一块大洋来，大家吃了一顿东来顺涮羊肉。平时，他总是盯着一个人或者一个地方出神，但是一排戏的时候，他就换了一个人，又有台缘又幽默。一次，他为了学贵妇人走路，跟着一个大街上的老女人走了半天，后来那个女人以为他是小偷，叫人抓住他，要不是周建翔他们赶上，非得挨一顿打不可。后来，他演出贵妇的时候，人们都说，真像。

赵云霄想深入他的内心里去，因为她欣赏这个不修边幅的男人，每次见面都是那身长衫，从来就没有见他换过，脚上的布鞋也被穿得“前面卖蒜瓣，后面卖鸭蛋”。

越是这样，赵云霄就越是对他感兴趣，一次她在拍戏的间隙，在后台角落里说：“寒晖，我问你，你对男女之间的感情怎么看？”

张寒晖说：“你说什么感情，是同志感情还是别的感情？”

赵云霄说：“我说的是纯粹的男女之间的感情，你怎么看待这个感情？”

张寒晖说：“我没有看法，我也不想谈论这个。”

赵云霄说：“你看我怎么样啊，你对我什么想法？”

张寒晖说：“你很好啊，活泼，有思想，而且非常有艺术气质，你的生活也非常有节奏感，干什么都是跳跃着走路。”

赵云霄还想听别的，张寒晖却眯缝着眼睛说：“该你上场了。”

气得赵云霄心里骂他，这个张麻子，真的是不解风情啊，还是故意装傻啊。

三

张寒晖也不是木头人，他还不知道赵云霄话的意思吗，可是，他不能够啊，尤其是革命同志之间，他更不想骗谁。他已经有一个儿子了，家里的媳妇叫邵锦屏，这是母亲娘家那边的亲戚，还叫母亲大姨。

成家的第二天，父亲说："寒晖，你成家了，也是大人了，这个家就交给你了。这一家人的吃饭穿衣都靠你自己了。"

邵锦屏也说："知道你是个文化人，也知道你干不了庄稼活儿，我也不指望你种地，你在北京上那么多的学，也算是个大学士了，你只要出去哪怕是给我挣一点儿钱回来就行，只要你能够不拖累这一亩半地就行。"

邵锦屏这个女子，比张寒晖岁数大三岁，她敢说敢干，她进门第三天就和张寒晖的大哥闹翻了。她找出分家文书来说："大哥，你把老二的一亩地还给我们吧。"

大哥倒是没有说什么，大嫂说："还给你们？你们哪儿来的地，还不是老人给的，你去找老人要去。"

邵锦屏心平气和地说："老人说，当时寒晖还上学，花着老人的钱，老人当时也是为了平衡，让你们种我们的一亩地。那时候他还没有成家，现在成家立业了，我们没有地吃什么，你们必须把一亩地给我们还回来。"

大嫂说："还回去也行，你把老二上学花的钱还回来，我就把地还给你。"

邵锦屏说："那是老人给他的，你凭什么要啊。"

大嫂跳着脚说："你们大伙听听，这是什么话，你的学费钱是老人给的，我们的地也是老人给的，那时候孩子的奶奶还活着，她让我们种的，你要是想要回去，就让孩子的奶奶从坟里走出来，她说给你们，我二话不说。”

邵锦屏从大哥家出来，大嫂还在后面打孩子骂老子地说：“你个小王八羔子，你上学干什么，一不能够挣钱，二不能够养家，还想娶媳妇，你娶了媳妇也是要饭吃的料子。”

四婶子看不过，出来说：“老大家的，你占了便宜还卖乖呀，你就是欺负老二这个人仁义，你什么都不是，你就是欺负软的怕硬的。”

这一年，因为打麦子的时候闹雨，张寒晖淋了雨之后就开始发烧，几个月不退，医生说：“他得的是痨病，这病就是个娇气病，一不能够累着，二不能够吃赖的，要有营养。”

其实这病就是肺结核，这在过去是要命的病啊，邵锦屏费尽千辛万苦把张寒晖的病治愈了，但是这病除不了根。邵锦屏说：“你生来就不是在庄稼地里干活的命啊，你去外边混吧，混得好呢，给我们家里捎个仨瓜俩枣的，混不好呢，顾自己一个吃喝就行啊。”

以往自己出门，拿学费都是父亲给钱，现在想出门连一张车票都买不起呀。张寒晖当时就流泪了，一个大男人，自己都养不活还活在世界上干什么啊。他不想出去了，就在家里等死吧。

邵锦屏回娘家村里去借了盘缠来，她说：“我们大鹿庄北边小鹿庄的鹿钟霖，你知道的，人家就是出去当了军官回来的，听说当了不小的官呢，我就不信你白上了学，就不会出去挣个功名回来！”

也算是他该着在北京待下去，考入国立北京艺术专门学校，学校不但不收学费，还管吃管住，平时还有零用钱，这让他看到了希望。他加入了共产党之后，兼任了国民党西城区委员会的工作人员，每个月还有八块钱的津贴。没有想到，才两年的时间，这些都成了泡影啊，张寒晖向往革命，向往新社会，他向往跟着李先生走到新世界。可是张作霖这个大土匪啊，你毁灭了一个贫困青年的希望，你这是逼着张寒晖走上绝路啊。

都说山东人不做官不回家，河北人不要饭不回家。这俗话真的要应在他自己身上吗？

在送张寒晖去车站的时候，赵云霄拥抱了张寒晖，她知道，这一分离不知道什么时候才能够见面，也许这一辈子就不会见面了。

张寒晖还是回避了她的拥抱，他说："我有肺病。"

赵云霄眼含热泪地说："你保重，保重啊……"

张寒晖庄严地说："告诉同志们，我死也不会改变信念！"

第七章 梦里的幸福时光

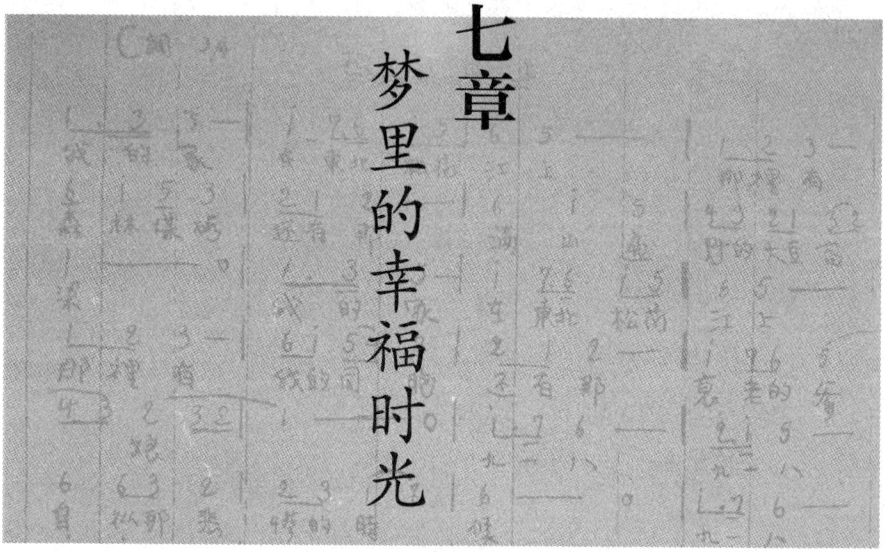

一

河北定州城东西建阳村的农历三月底，麦苗已经长出半尺多高了，太阳在西边的县城城楼上还没有落下去，但是已经有薄暮在四边生长起来。被夕阳染红的麦子地里的井台上，一个细长矫健、摇着辘轳浇地的女人的剪影，被晚霞染上一圈金黄色。

邵锦屏梳在脑后的头发，有一缕散落下来，她有两个长长的大辫子，结婚之后就在脑后挽成纂。她把一柳罐井水倒进井池里，然后又把柳罐往井里一扔，右手背在身后，左手按着辘轳头，任凭柳罐带着井绳发出一路嘎嘎的声音，掉在井水里。她右手一抓辘轳把轻轻转动着，一柳罐井水又被提了上来。

水流在土垄沟里流向麦地里，她看着这一亩半地的小麦，就像看到了希望。尽管只有一亩半地，但是她把这一亩半地经营得错落有序。

那边半亩地是种了一分地的菜，二分地的春谷还有二分地的春玉米。

呼啦啦的辘轳声，麦苗拔节的细小的声音，还有她脸上冒出的青春热气，让她心里感到了充实。因为她的心里还有一个在北京的男人。虽然这个男人常年不在家，但是，她的心里已经把这个男人描绘得非常辉煌了。尤其是她接到男人寄回来的几块钱的时候，她摸着汇票就感到了这个男人就在身边。

多少次的梦里，她都是梦见自己和这个男人走在北京的大街上，她没有去过北京，也不知道那个遥远的城市是什么样子。但是她去过定州城里，应该和定州城差不多吧。她男人的大城市总是北齐大庙会的样子。

远处一棵大白杨树上，有一个喜鹊的窝，西下的日头的光就照在上面，她看到了一只喜鹊正在树枝上梳理着羽毛，还听得见它在不停地叫着。一般情况下，这鸟窝里应该有两只鸟儿的，可是另一只鸟儿干什么去了呢？劝君莫打三春鸟，子在巢中盼娘归，莫非那个鸟儿出了事，回不来了？

啊呸，她打一下自己的嘴，其实她根本就没有说出来，只是心里想了一下，但是就这一想让她的心里泛起了一股热浪。虽然她的男人对她不是太上心，有时候还有点儿淡淡的冷漠。她总是说，男人嘛，得有点儿男人样，她从心里看不起那些见了女人就黏糊的男人。她这个男人，长得白白净净的，说话不会有大声，见了人总是爱眯缝起眼睛笑。

就是这笑，让她的梦里多了许多幸福的时光。

二

她的身腰像父亲，细长的手臂和腿也像父亲。因为母亲多病，她在家里早早就担起了生活的重担。她上面有两个哥哥，下面有两个弟弟，她需要帮着母亲给五条汉子做鞋做袜，常常是这一双鞋还没有做好，他们脚上的鞋已经透帮挂底地烂了。就是在冬季夜里，她也和母亲把腿盖在被子里，一夜一夜纳鞋底。粗糙的麻绳不断在鞋底里来回穿过，发出哧哧的响声。

每天早上她还要早早起来做饭，五个车轴般的汉子吃菜饼子也要蒸两大锅。她把玉米面舀到盆里就烧火，等锅里的水烧开了之后，她用滚水泼玉米面，然后把切好的一大盆菜掺进去，双手一拍一个硕大的饼子就放在锅里了。她一顿要蒸几十个这样的大饼子。

她长到十六岁的时候，许多说媒的把自己家的门槛都踹破了，谁都知道，邵家有个能干的女儿，那些大小户人家都托媒人来了。但是，母亲就是不应，因为母亲有她的想法。她生了这四个狼羔子似的儿子，自己这小家小户的，地不多，人不少，人家看看就不敢嫁给这样的人家。为了不让自己的儿子当光棍，她已经想好了，让自己唯一的女儿给她大哥换一门亲。

在那个时代，有女儿的人家，找一个门当户对的，把自己的女儿嫁给对方，对方的女儿也嫁给自己家来，村里许多人家就是这样的。可是，这一陋习害了许多人。邵锦屏就眼看着村里一个十四岁的女儿，为了给自己的哥哥换媳妇，嫁给了一个三十岁的男人，而且这个男人还有点儿实心。这个女儿回来就哭，她不想跟着一个傻男人，一个就知道打女人的傻男人。她回来就不想走，可是父母逼着她走，因为对方的女儿也嫁到自己家来了。如果她不走，对方也会让自己的女儿回去，这样就会两败俱伤。

那个女儿让邵锦屏看过身上的伤，她掀起自己的褂子，她说："屏儿，你看看，这是人办的事吗？"乳房上一个个的黑印子，这是用烟袋锅烫的。邵锦屏问她："他为什么烫你，你是好吃懒做了还是偷了摸了？"

那个女儿说："他不行啊。"

邵锦屏说："什么不行，他怎么了？"

那个女儿在邵锦屏的耳朵边小声说："他那个有病，软的，起不来。"

邵锦屏的脸红了说："哪个起不来？"

那个女儿苦苦笑了一下说："等你也有了婆家你就知道了，他妈嫌我不生孩子，可是她儿子不行，我有什么办法啊。再闹得不行了，我就找一个野汉子去，我就不信我生不出孩子。"

后来，那个女儿果然找了野汉子，后来双方打架打得不可开交，可是，对方为了好不容易得来的孙子也就不闹了。年前邵锦屏回娘家去，听说那个女儿死了，生病死的，那年头死个人还不是平常啊。

邵锦屏非常庆幸自己没有走了那个女儿的道路，可这是她死了一回争回来的。母亲让邵锦屏嫁到唐河北边的高就村去，对方也有个女儿嫁给邵锦屏的大哥，这事一直瞒着她，直到双方进行到了谈婚论嫁的时候，邵锦屏才知道。

那天大哥对她说："屏儿，大哥给你说句话，娘给你说了一处婆家，他家也有个闺女跟了我。虽然大哥想娶媳妇，可是大哥也有良心，你这些年做鞋做袜、爬锅做饭地伺候我们，我也要有点儿良心。我明话告诉你，对方男的是个秃子，脑袋上没有一根头发。我这是提前给你说，你要是不愿意，你自己想办法吧。"

"什么？"邵锦屏愣了，她没有想到自己也要走这条道路。她非常感谢大哥，她说："我要是不愿意，不就耽误了你娶媳妇啊？"

大哥说："妹妹，你大哥是那样的人吗，要是我光为自己着想，我就不给你说了，你自己想办法吧。”

她有什么办法，她想到的都是悲愤，自己这些年给家里的贡献还小吗，自己的母亲怎么想给自己找一个这样的男人啊。她在吃饭的时候突然对母亲说：“娘，你说的事我不愿意，我不想跟一个秃子过一辈子。”

母亲好像是明白了，她狠狠地盯了老大一眼说：“秃子怎么了，秃子也不缺胳膊缺腿的，男人看什么样儿，能够吃饭干活，能够治理家就行了。”

邵锦屏说：“我就不，我就不要个秃子。”

母亲用盛饭的木勺子打过去，勺子上的粥汤洒了邵锦屏一身，她不躲让母亲打她，她说：“死了一了百了，我也不去跟一个秃子过一辈子。”

母亲大声地哭起来，她拍着自己的大腿拉长声音地说：“我造了什么孽呀，怎么生下这个不听话的闺女啊，哪有这样的闺女啊，这么不听娘的话啊。我死了吧，我死了吧。”

邵锦屏也哭起来说：“娘，你别哭了，我死吧。”

母亲说：“你死给我看，只要你是我的闺女，你就是死也要死到男方家里去。”

母亲这一闹，觉得女儿已经服软了，就按照自己的想法进行了，和对方定下日子，双方定亲。那些日子邵锦屏晚上都不睡觉，拼命给兄弟们做鞋，她给每一个哥哥都做了一双鞋，母亲还非常高兴地说：“好孩子，知道心疼母亲了。”

就在定亲那天早上，邵锦屏把几双鞋都做好了，把鞋摆在桌柜上，摆了一溜，几双鞋就像平原上的汉子一样，虎生生的显得非常厚重。然后她就把老鼠药喝了下去，心平气和地躺在炕上等死。

是大哥发现了她，因为这些天她这样憋着劲给弟兄们做鞋，大哥心里就不踏实了，这个妹妹要强，别想邪道啊。

果然，他这天想给妹妹说说，如果她实在不愿意就算了，他宁肯当光棍也不让妹妹受罪受折磨。他撩起门帘一看，就觉得不对劲，只见妹妹的嘴角上有白沫，地上有包老鼠药的纸，他一看就急了，喊道："快来人啊，锦屏喝老鼠药了！"

他这一嚷家里人都着急了，最急的还是母亲，今天就要定亲了，她这时候要是死了，儿子的媳妇就泡汤了。她着急地说："还不快救她。"

大哥背起她就往医生家跑，村里有一个老中医，他一进来说："医生，我妹妹喝了老鼠药了。"

医生着急地说："放到炕上我看看。"

大哥把她放下，医生说："喝水了没有？喝的什么药你知道吗？"

大哥把包老鼠药的纸拿给医生说："你看，就是这个。"

医生看了说："幸好没有喝水，喝水谁都救不活了。"

母亲这时候也后悔了，她抱着女儿说："我的闺女啊，你怎么就走了这条道啊，你这是摘了娘的心啊。你是娘的心头肉啊，你是娘的掌上明珠啊，你是娘的头顶上的灯啊。你这样死了，让娘还活不活了啊？"

在母亲拉着声的痛哭中，她呕吐出了喝下的老鼠药，大哥看她活了过来，狠狠地对母亲说："娘，我是你的儿子，她是你的女儿，你不要这样害她了，我宁肯不娶媳妇，你不要逼她了。"

母亲哭着说："老天爷啊，你还让我们活不活了啊。儿子啊，我这不是被逼得没有办法啊，谁让我们是穷人啊，谁让我们没有钱啊，我们要是有钱的人家，我肯这样给你们娶媳妇吗？我这是让穷给逼得呀！"

大哥给母亲跪下说："娘，我给你发誓，我就是打光棍，也不用妹妹换媳妇，你就不要这样想了。"

母亲不甘心啊，马上就要定亲了，对方也就要到了，这时候让到嘴的肉丸子掉在地上，让煮熟的鸭子又飞了，母亲心里也是一嘴吃了二十五个小老鼠，百爪挠心。

她说："老大，你给老天爷发誓，你真的当了光棍不怨娘。"

大哥说："我要是有一点儿这样的心思，我死在当下。"

对方的媒人知道了之后，和对方商量了一下说："这亲事就算了，我们再找别的人家吧。"

三

在这之后，母亲总是有一块心病，只要一看到大儿子就心想：如果邵锦屏不这样喝老鼠药，自己已经是当婆婆的人了啊。这也让母亲对邵锦屏有了心理抵触，她说："锦屏，你的婚事我再也不管了，你嫁什么人家听天由命吧。"

她这样一说话，媒人就没人敢上门了，直到邵锦屏十九岁这一年，她一般大的闺女们都嫁人了，她也下了死心，只要有说媒的来，不管好坏就嫁了。

媒人一说张寒晖，她马上就答应了，媒人说："这闺女答应得这么快，我可是给你说好，这个张寒晖呀是学生，你一个字不识，怕是不行呢。"

邵锦屏说："他是学生，我不认字，这怕什么，他娶的是媳妇，也不是字。"

母亲虽然说不管，但是也找人打听了一下说："他家可是穷啊，虽然说是上过学，可是什么庄稼活儿都不会，地也少，你过去了可是要受苦的。”

邵锦屏说：“娘，人生就是个命，该着享福受不了罪，该着受罪享不了福。我认可，就是穷得要饭也不到娘家门上来要。”

满天的晚霞不知道什么时候散了，喜鹊窝上还是一只喜鹊在叫唤，它是叫它的伴侣还是呼唤自己的儿女呢？

村庄里已经有人家在呼唤人回来吃饭了，这是女人在召唤自己的男人或者儿女们回家吃饭。这声音有的粗，有的细，有的粗犷，有的绵软，这让邵锦屏的心里有点儿异样的感觉。她想如果自己的男人在家里，这时候在井台上干活浇地的就不是自己了，而是那个男人了，可是自己没有这份福气啊，她真的想叫几声，呼唤自己的男人回家吃饭，竟然是女人的一种幸福。

她停下辘轳试着叫一声，叫什么呢，她喝一口井水，润润嗓子，她想一定要像戏台上那样叫得好听一点儿，她小声地叫了一声，好像是没有感觉，她使劲叫了一声：“他爹啊，回家吃饭来啊。”

原野上已经没有人了，这个时候人们都回家吃饭了。她突然放开嗓子吼叫起来：“张寒晖——”

让她绝对没有想到的是，就在麦田地头的土路上，在那个走过许多人的村路上，就在那个通往西建阳村的回家路上，有一个熟悉又陌生的声音在回应她的呼叫。

“哎——”

她觉得这不是梦吧，她又叫了一声：“寒晖！”

那个人影呼应着她的叫声，从麦地里的小道走了过来。邵锦屏的心一下子跳得欢实起来，像有一只兔子在蹦。天天在夜间梦里见到的人，竟然因自己的一声叫，出现在自己的面前了，她使劲咬了一下自己的舌头，这是真的吗？

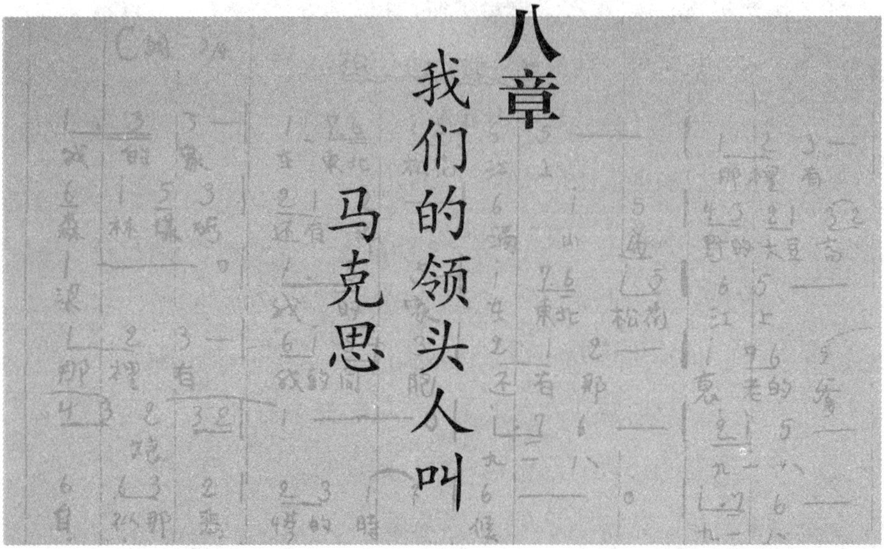

第八章 我们的领头人叫马克思

一

张寒晖是怀着悲凉的心情离开北京的，他到西直门车站的时候，充满了失望和悲凉。记得自己第一次来到这座著名的都城时，看到高大的城门楼，他曾经发誓一定要在这里找到自己的道路。

这里也确实给了他许多艰难和喜悦，尤其是在他最艰难的时候，他身上只有一个铜钱，而就连这一个铜钱，他都舍不得花掉。他说他要像诗圣杜甫一样活着，杜甫的那首《空囊》是他经常背诵的诗句，他觉得在杜甫写贫困的诗里，这首诗写得虽然悲惨，却充满了黑色幽默："翠柏苦犹食，晨霞高可餐。世人共卤莽，吾道属艰难。不爨井晨冻，无衣床夜寒。囊空恐羞涩，留得一钱看。"人们有的时候就叫他一钱先生，在贫困交加的日子里，张寒晖都没有现在这么悲痛，他有一句名言："只要饿不死就行。"可那是有组织、有希望的日子啊，现在怎么办呢，难道革命旅程就此结束了吗？

北京城里归奉系军阀，但是京汉铁路还是归直系管辖，张寒晖进入了西直门火车站，就算是进入了比较安全的地方。他在候车室前看到墙上贴着的张作霖大元帅府令。“将李大钊等二十人判处死刑。”

看到这个政府令，虽然太阳比较暖和，张寒晖却全身冰凉。没有了李先生的事业，自己一个农村来的穷小子怎么办啊，自己的希望还在哪里呢？他知道一旦自己登上火车，就和那个能够给自己以希望的理想断绝了关系。他真不想走啊，周建翔代表组织的谈话在警醒他，这是组织的决定，这是李先生的遗言，他要坚决地执行。

穿着周建翔给的一身西服，让张寒晖更像一个贵家子弟，进站检票的时候，直系军阀的士兵和警察都对他十分客气。护送他离开的周建翔和赵云霄看到他安全走进候车室，他们才离去。

候车室内，来来往往的人群不是太多，有一部分是跑买卖的客商，有一部分是学生，还有许多都是北京周边的农民。他们有的是来看望亲友的，有的是来就医的。听他们的话，就知道谁是哪个地方的人。张寒晖随着检票的人们顺利进了站台，他找了一个角落坐下来，他的衣服在这群人里面有点儿扎眼，因为这是平民们的座位。一个二十来岁穿着既不像农民也不像城里人样子的人，半躺在座位上，他用长衫撩起来盖住了脸，当张寒晖在对面坐下的时候，他非常机警地撩开长衫说：“这个地方有人，你到别处坐去。”

浓浓的定州话让张寒晖一怔，定州来北京谋生活的人不多，看这个人的样子不像买卖人，也不像学生，他笑着说：“老乡啊，我也是定州的，城东西建阳村的。知道不？”

那个人很不友好地说：“不知道。”

张寒晖笑笑说：“出城往东，从杨家庄向北拐，过了桥就是大洼里村，再往北不多远，就是我们村。”

那个人用鼻子重重地哼了一声，然后翻个身说：“这儿有人，你到别处坐去。”

张寒晖对这个人非常感兴趣：“出门都是朋友，再说我们都是老乡，做伴不好吗？”

那个人看他一眼说：“和我们穷老百姓，做什么伴，我们根本就不是一路人。去去，看到你们这样的富家羔子，我就有气。”

张寒晖看看自己身上穿的西服说：“你是说我这身衣服啊，借人家的，我就是一个穷学生。”

那个人说：“穷学生，能够在北京上学的还有穷人？你开什么玩笑啊，你是定州哪个富人家的公子啊？”

张寒晖笑笑说：“我哪家都不是，我就是一个穷学生，你还不信啊。”

二

这时候，几个和那人一样打扮的人过来说：“大哥，东西和行李都安顿好了。”那个人对还扛着一件行李的红脸汉子说：“先放下，先放下，吃饭了没有，我这儿还有烧饼，你们啃点儿。”

红脸汉子把行李包往座位下面塞着说：“我们买了一只烧鸡，就是没有酒，我看还有一会儿开车，喝点儿吧。”

那个人的脸一沉说：“大滚刀，你小子要是不喝醉酒闹点儿事，心里就不好受是吧？”

大滚刀直声直气地说：“孙大哥，我好心买了烧鸡，你还吹胡人，算了扔了，让北京的狗吃了吧。”

说着就要往垃圾箱里扔，孙汉勇一瞪他说："你还闹上了，以后不听我的话，你就别跟着我出来。"

大滚刀听了他这话说："孙大哥，你是我的恩人，我还敢给你闹气啊，要不是你我这会儿早就喂狗了。"

孙汉勇把烧饼拿出来，又拿出一个葫芦对几个人说："酒，少喝，没有到家，就不算把事办成了，你们知道吗？"

张寒晖看他们的行李放在地上，想帮他们归置一下，大滚刀嘴里叼着鸡腿，一双手把他一拧说："你干什么，找死啊？"

张寒晖被他的双手拧得肩膀疼痛："朋友，朋友，你这是干什么，君子动口不动手。"

大滚刀说："谁跟你是朋友，你要是敢黑我们，我就要了你的小命。"

孙汉勇摆摆手说："放开，老乡，都是我们定州的。"

大滚刀看着张寒晖白白的脸色，说："你是走粉的吧，黑粉还是白粉。"

张寒晖由于这几天心情不好，夜里没有睡好觉，让人一看就非常憔悴，他不明白地说："什么黑粉白粉的，我是教师。"

大滚刀看着他的眼神说："哈哈，你是教师，你要是教师，我就是校长了。你不说实话，你哪儿像教师啊，人家教师都是穿着长衫，戴着礼帽，说瞎话也不会说，你要是说是洋行的二柜，我觉着有几分像，你看你穿的这身洋狗服，怎么样，我说的没有错吧？"

张寒晖说："你还真是说错了，我就是一个教师。"

大滚刀说："干咱们这一行的，都是见面只说三分话，三分话里没有一分真。"

孙汉勇拿起鸡屁股一下塞在大滚刀的嘴里说："大滚刀，真是该用线把你的屁股嘴缝上。”

大滚刀说：“大哥，你还不要人说话了啊，我就是说着玩呢，再说都是老乡。”

孙汉勇说：“出门在外的，你少说几句行不？”

大滚刀把鸡屁股嚼得嘎巴响：“你们不懂，这鸡屁股最香了，馋死你们。”

张寒晖真的猜不出他们是干什么的，他们不像农村的老百姓，可是他们又不像买卖人，他们是干什么的呢？

孙汉勇看张寒晖不说话，就站起身来说：“老哥别见怪，他没有见过世面的，你不要往心里去。”

张寒晖说：“没有，没有，我倒是觉得你们这些人，非常豪爽，真的，一看就是一群义气人。”

孙汉勇笑笑说：“夸奖，夸奖，你一看也是个闯世界的人，能够告诉我，你是吃那碗饭的吗？以后好有个照应。”

张寒晖说：“我就是一个教师，真的，我不会干别的。”

孙汉勇说：“你是不便说出你的真实身份，我猜猜你是干什么的。”

张寒晖说：“你不用猜，我就是教师。”

孙汉勇说：“你呀，虽然面色苍白，但是眉宇之间有着一股英雄气，再看你的双眼，看人的时候总爱眯缝着看，你这是关公眼，你肯定是个大义之人，我不管你是干什么的，但是，你将来肯定会扬名天下的。”

张寒晖苦笑一下说：“老兄夸奖了，我就是一个普通的教师。”

孙汉勇大度地笑笑说：“你不要说别的了，老哥久闯江湖，什么事都明白，你要非说你是教师，我也不追问了，不过眼下北京的学校都在上课，你这当教师的怎么不教课啊？”

三

张寒晖有些措手不及地说：“家里有事，家里有事。”

孙汉勇摆手说：“明白了，谁家有谁家的难处，不过，我可是要告诉你，跑白跑黑的都不行，你要真是吃这行的，我劝你还是不要吃这一碗饭，从孙发绪这个小子当了县长之后，抓了从东北过来贩卖的可是真枪毙啊。”

张寒晖突然明白了他们说的跑白跑黑的话，是指那些买卖大烟和英国白药面儿的人，这些人是把脑袋掖在腰上，只要官家抓住了，没有二话就是枪毙。他幽默地笑着说：“你都没有猜对，我是跑红的。”

他们几个人看到他这样说都围过来听他说话，孙汉勇说：“老哥，你这跑红的咋回事啊？”

张寒晖看看候车室没有侦探和便衣什么的，就低声说：“你们是干什么的，我不管，你们不过是赚个吃饭的钱，我们干的是大买卖，我们这事干起来呀，可是能够把这个国家赚下来的。”

大滚刀说：“我的妈呀，你们这么有钱啊，怪不得你穿得这么阔，汉勇哥，我们也跑红吧，省了天天这么来回也赚不了几个小钱。”

孙汉勇踹他一脚说：“你个屁股嘴，这不是说话的地方，如果我们有缘分，我们会见面的，如果弟兄们说得来，我们就跟着你干了。”

大滚刀缩手缩脚地低着头把鸡骨头都嚼碎了说：“大哥，这一个小鸡儿太少了，要是再吃一个就好了。”他说着把包鸡的报纸随便一扔，孙汉勇看到报纸上有个人的照片，他拿起来看了一下，又认真地看了张寒晖一下说："行了，行了，家里的人都吃糠咽菜的，你知足吧。"

他说着拿着报纸对他们说："我去茅房一下。"

孙汉勇在茅房里把那张报纸展开一看，上面的相片果然是刚才的定州老乡，他心里对张寒晖突然有了几分崇敬。

孙汉勇从厕所回来，让大滚刀几个去别的座位上去，他挨着张寒晖坐下来说："张先生？"

张寒晖心里一惊说："不，我姓周，不姓张。"

孙汉勇友好地笑笑，示意他不要着急，自我介绍说："我叫孙汉勇，是定县大王路村的，我和我的几个朋友也是不得意，做点儿小买卖，我们这点儿小事，在你先生眼睛里都是小玩闹，我佩服你。"

张寒晖警惕地说："孙老哥，你这是……什么意思？"

孙汉勇小声地说："既然我们相逢了就缘分，都是老乡，我就说实话，我们这是从北京盐店里弄了点儿私盐，兄弟，你肯定不会是那种为了赏钱就去举报我的人。"

张寒晖笑笑说："你看我是卖友求荣的人吗？"

孙汉勇爽朗地笑了说："小兄弟，刚才几个小弟兄是有眼不识泰山，你要多包涵啊，你一看就是有身份的人，是个好人。"

张寒晖笑笑说："孙大哥，你这扛这么多盐回去，你吃得完啊？"

孙汉勇无奈地笑着说："这些人都是大小王路两个村的穷哥们，我们的名字叫穷人团，我们买盐回去不是自己吃，阎锡山和奉军在定县摆开了战场，他们哪个不刮地皮。现在这盐涨到十块钱一斤了，老百姓哪里吃得起呀。我们在北京盐店里买平价盐，回去分给穷乡亲们。"

张寒晖惊讶地说："我还真的不知道，定州竟然会这样。"

孙汉勇愤怒地说："逼得老百姓没有办法活下去了。原来人们嫌盐贵就扫硝盐，可是县政府和城里南街上的赵家盐店勾结，派警察局抓扫硝盐的人，大滚刀他爹就是因为伤了警察，被抓进去拷打死了。"

张寒晖气愤地说："他们真的这么野蛮啊，这是禽兽行为啊。"

孙汉勇也愤恨地说："这些当官的，为了自己的利益，天天打过来打过去的，说真话吧，不管是谁胜了，都是老百姓遭殃啊。"

张寒晖忍住怒气说："你放心，只要我们老百姓都像你们这样团结起来，我们就能够打倒他们。"

孙汉勇说："我堂哥也在北京上大学，他说，你们闹红的人，领头人在德国，是吧？"

张寒晖小声说："你说得对，我们的领头人就在德国，他的名字叫马克思。"

孙汉勇笑着说："我听我哥说过，马拉科思。"

四

列车上，两个查票的巡警走过来，查验车票和检查着每个人的行李，看有没有夹带私货，他们看到孙汉勇笑笑说："老孙啊，又跑一次啊，你这是不嫌钱多啊。"

说着转身就对张寒晖高声大气地说："你，到哪儿去？看你就像是一个吸大烟的样儿，要不就是贩卖白面儿的，我们督军说了，谁他妈的吸大烟、抽白面儿，都给毙了啊。"说着就拽张寒晖说："走，到车长室说说去。"

孙汉勇急忙拦住他们说："干吗，这是我们村孙财主家的大少爷。”

老巡警说：“你什么时候和孙财主联系上了，你这话我不信。”

张寒晖说：“我是教师，我这里有教师证的。”

年轻的巡警说：“你是教师，你是什么都不好使，我们警长说了，让你去车长室，这是高帽给你戴着呢，要不我们就敢从窗户里把你扔出去，你信不？”

孙汉勇把张寒晖拉到自己身边来说：“大少爷，这窗户里的风大，我给你挡一下风。一会儿过高碑店，咱们是不是给老太爷捎点儿豆腐丝回去？”

老巡警看看孙汉勇说：“你呀，管你自己就行了，还管别人的闲事。”

孙汉勇说：“这怎么是管闲事，都是朋友。再说，兔子不吃窝边草嘛，村里的人情也是要的呀。”

老巡警说：“有车票吗？只要有车票，我们才不管呢。告诉你，北京把闹事的教授都绞死了，这几天，我们督军传达命令，要多加关注这些读书的、教书的，该抓了就抓，看在你老弟的面子上，我们就放你过去。”

张寒晖从口袋里掏出车票递过去说：“这是车票。”

老巡警接过来看一眼，头也不抬地说：“告诉你，你们定州又换了奉军了，你可是要小心啊，他们这些东北虎，是吃人不留骨头的。”

孙汉勇说：“我们前天来，还是你们闫督军的队伍啊？”

老巡警无奈又有些讨好地对孙汉勇说：“这事谁说得清，听说，张作霖当了大元帅，邀请我们督军来北京当副元帅，我们督军是谁啊，他是死活不离山西老家啊。”

年轻的巡警想说什么，老巡警瞪他一眼说：“走，走……”

年轻的巡警斜眼看着孙汉勇他们座位下的行李，老巡警急忙推着他说："走，走。"

年轻巡警不服气地说："你这算干吗呀？"

老巡警推着他走开一些说："你别什么人都弄。"

年轻巡警说："我看那个教师可疑，是不是走私大烟的？"

老巡警说："要不说你是个新警察，有坐火车走私大烟的吗？"

年轻巡警说："你说他是干什么的？"

老巡警得意地笑笑说："你呀，吃河水长大的啊，这样的人你别惹，惹毛了，嘎巴了你。"

年轻巡警不服气地说："他们敢，我有枪啊。"

老巡警说："你懂什么，这是横的怕愣的，愣的怕不要命的，你不怕死啊？"

年轻巡警说："我的妈呀，我可是不想死。"

火车响着汽笛，慢慢在离定州三十里的王京车站停下，下一站就是定州车站了。大滚刀几个人过来，把车窗打开，他们把头探出去，一个车站打旗的过来，在窗户外边给孙汉勇打招呼，孙汉勇他们把行李递出去。一个搬运工推着一辆铁轱辘车过来，费力地把他们递下来的行李装车上。

打旗的说："大哥，还是老规矩吧？"

孙汉勇说："老规矩，大滚刀，你在这里下车，跟着货，别出事，走安国拉药材的脚行，我们在小五女村等着你。"

大滚刀熟练地从车窗里跳下去，跟着接站的小推车走去。火车又开动了，孙汉勇看着车外，小声对张寒晖说："前面是奉军的地盘了，你怎么办？"

张寒晖笑笑说："我有办法，听天由命吧。"他提着自己的包悄悄向厕所走去。

定州车站上，到处贴满了通缉令："宣传赤化，主张共产，不分首从，一律处死。"火车刚进站，一队奉军士兵从站台上跑着过来，手里都拿着照片，有的搜查下车的旅客，有的挺着枪进了客车厢。有个列车员过来嘱咐孙汉勇："大哥，你小心，不知道奉军为什么疯了似的搜查。"

孙汉勇会意，笑笑说："货没有在车上。"

孙汉勇回身看对面的座位上没有了张寒晖，他急忙四下里寻找。

几个士兵挺着刺刀，大声吆喝着过来，他们拿着照片一个一个人对照，有一个学生模样的人被押下去。一个老汉咳嗽着过来，老汉伸过头去看士兵手中的照片。士兵大声地斥责他："看啥呀，闪开，你个老棺材瓤子，找死呀。"

孙汉勇走下车还四处寻找，刚才那个穿西服的人到哪儿去了，他走下火车还在寻思，他这个人怎么不见了呢。

一个列车员拿着铁喇叭筒子大声叫着："定州车站到了，有在定州下车的旅客赶快下车。"孙汉勇他们没有走检票口，而是从货运室里走了，孙汉勇回头看了一眼，一个老乞丐模样的人正在向检票口走去。孙汉勇仍在疑惑，那个小老乡去哪儿了呢？

第九章 她的心情突然变坏

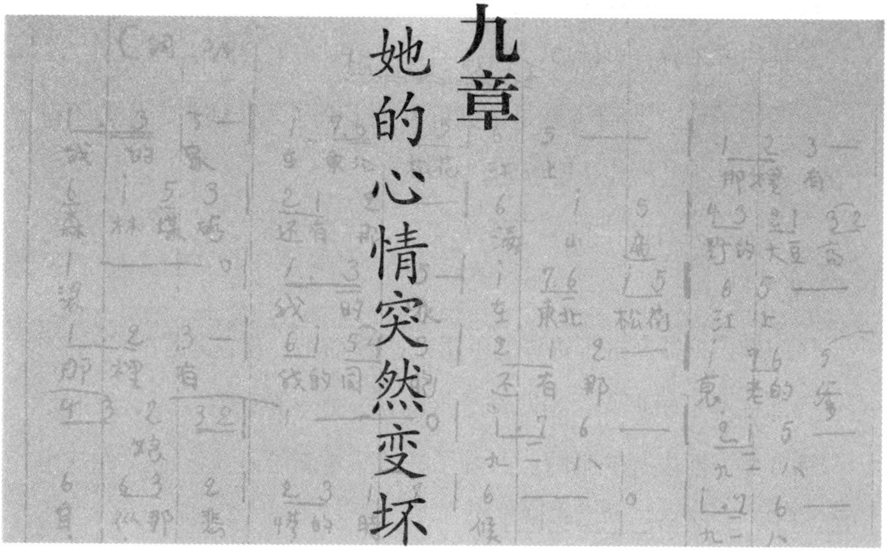

一

张寒晖回来，邵锦屏非常惊喜，她没有问丈夫为什么在这时候回来，也没有问他回来干什么，夫妻相聚的欢乐超过了担忧和疑问。但是她发现尽管她把自己的心掏出来，却看不到张寒晖脸上的笑容。

在井台上的相会，让她心里的甜蜜不断溢出来，她洗干净脚穿上鞋，背起镢铲头，跟着丈夫回家就像又要进洞房一样。在别人家的炊烟散去的时候，张寒晖家的小院里，又飘起了炊烟。她把藏在瓦罐底的白面拿出来，给丈夫做葱花饼，这是他最爱吃的，她的烙饼手艺非常好。

她还从房上过去，叫了四叔过来，又去叫了大哥和公爹，四婶子说："你看你，吃个差样儿的还叫一大堆人。"

就在邵锦屏转身往房下走的时候，四婶子拿出包盐说："知道你已经吃了一春天的咸菜汤了。"

邵锦屏不好意思地说："四婶子，你们家也不富裕呀。"

四婶子说："你呀，就是争强好胜的，全子邮个钱来，你舍不得花，还不是想着给儿子娶媳妇。"

邵锦屏笑着说："四婶子净说笑话，林格才多大啊，四岁就娶媳妇啊。"

四婶子把盐塞进邵锦屏的手里说："拿着吧，你这才是的。"

邵锦屏下轿那天，是四婶子接的轿，她一掀轿帘，先看到的是邵锦屏那一双发亮的眼睛。四婶子把盖头重新给她盖上说："你这小媳妇子，怎么自己把盖头掀了？"

邵锦屏笑着说："我偷着看道儿来着，要是女婿合心，就待下来，女婿不合心就跑。"

四婶子拍她一巴掌说："瞎说什么呢？恐怕你见了小女婿高兴得要死呢。"

飘起的炊烟向四邻述说着欢乐，来回跑动着的邵锦屏浑身都充满了喜悦。她正是青春年华的岁数，就像一棵小树张开叶子随时准备迎接着天上的雨露。她的手灵巧地在瓦盆里跳跃着，一团白面团就跳出了瓦盆，跳到木案上，在小擀杖咯咯的响声中，四张白面饼就飞进了锅里。

她先炒了一个鸡蛋，又用热水焯了一盘从井台回来时随手在地头拔来的野菜，麻利地放在桌子上。

二

张寒晖把四叔带过来的山药干酒倒在碗里，先递给张振洲说：

"爹，你先喝。这是四叔的酒。"张振洲抿了一小口，递给大儿子张迎新说："你喝点儿。"

按说老二回来了，自己什么也不带，就过来喝白酒，他的脸红了一下，接过酒碗就深深吸了一口，他这一吸半碗酒就下去了。他把碗递给张寒晖说："老二，你喝。"

张寒晖笑着说："我不喝，我这也不会喝酒，四叔、爹，你们两个多喝点儿。"

四叔接过碗来，又浅浅抿了一口说："全子这孩子，有出息，听说当了教授是吧？"

张振洲说："什么教授，就是实习教师，你别这么捧他，这实习教师还不准能够留下。"

四叔说："哎呀，你别说啊，咱们祖上可是出过进士举人的，这在咱们门里不稀罕，这北京的学堂里的实习教师，算是个举人吧。"

邵锦屏拿起酒瓶子给他们续酒的时候，看到酒瓶里的酒不多了，就往里面灌上凉水，四婶子装看不见地说："少让他们喝点儿吧。"

四叔说："你这叫什么话，我高兴，我愿意给我侄子喝，来，迎新、全子，给四叔喝。"半瓶白酒兑上一瓶凉水，让几个喝酒的男人都有了点儿醉意。老大哽咽着说："四叔，我没有用啊，我对不起我兄弟，那一亩地，我做不了主，我说给他们，可是她就是不让给，四叔，你大侄子不孝啊。"

四叔把酒碗重重地一放说："你也别表白，我什么都知道，你娶这个媳妇怎么娶的，你不清楚吗，是卖了你三弟给你娶的媳妇。你个王八羔子，就是知道听媳妇的话，你老爹还有我们老辈子，你放到眼里没有啊，今天你是来白吃白喝的，可是你也没有少喝呀，这酒你喝了一半是吧？"

老大喝多了，他跪下给父亲磕头说："爹，我不孝啊，我不孝啊。"

老大媳妇没有进来，她隔着墙头露出一个脑袋来说："你个不争气的东西，家里放着原瓶的酒你不喝，跑来喝这猫儿尿，你觉得你给人家亲，人家没有拿你当家人。人家都是亲的，就你是个外撇脚。"

邵锦屏对着嫂子说："大嫂，你过来吧，四婶子在这儿呢。"

一听说四婶子在这儿，大嫂说话就软了许多，她说："林格他妈，你让你大哥少喝一点儿吧，这没有出息的，见了酒就不要命了，每次人家办红白喜事的，他是不喝醉了不回家啊。"

张寒晖把大哥拉起来说："大哥，你这是干什么，也没有人说这事，你怎么提起地的事来了，这地我不要了行吧？"

大哥把他的手一拨说："你不要不行，我必须给，你这是小看谁呀，我说不给了吗？"

张振洲生气地说："老二家的，上饭。"

邵锦屏把烙饼端上来，张振洲撕了一小角，四叔也拿了一小角，老大把两张烙饼一卷，塞进嘴里说："二弟妹烙饼好吃，真好吃。"

他走的时候，手里又拿了最后一张烙饼，东倒西歪地说："四个人喝一瓶酒，我怎么就醉了呢？"

张振洲心疼地看着张寒晖说："全子，你没有吃饼啊？"

张寒晖笑笑说："我在外边吃好的多了，你们平时也不改善伙食，你吃吧。"

四叔也有点儿醉意了，说："大哥你懂什么，人家北京人吃饭讲究吃一看三，人家那才叫活着呢。"

四婶子过来说："你说迎新算什么东西啊？大哥，你就不教育教育他？”

张振洲鼓了几下嘴，什么也没有说出来，只是大口喝着玉米面和山药面熬的稀粥，喝得有声有色的。邵锦屏说：“四婶子，算了，别让人家吃了喝了还不落好儿。”

四婶子拉住邵锦屏的手说：“全子，你这个家呀，要是换别人，你不在家，欺负也要让人欺负死了。”

三

人们都走了，邵锦屏把已经睡着的林格叫醒说：“吃饭吃饭。”

林格一下跳起来说：“妈，吃烙饼吗？我做梦正吃呢，你就把我叫醒了。”

邵锦屏愧疚地说：“孔融让梨的事，你还记得不？”

林格说：“记得，我记得，就是小孩吃小的，老人吃大的。”

张寒晖把儿子搂在怀里心疼地说：“咱们今天不吃烙饼了，我明天请你吃肉夹烧饼。”

有男有女的家，才是个家，平时就是心里有了话，也没有地方去说，这两天邵锦屏就是走道都觉得轻飘飘地像在云中。看什么都顺眼，听什么都顺心，就是那个乌鸦叫声，也听着入耳。以往，她总是烧一顿火把一天的饭都做出来。说是饭不过是菜多米少，还要掺入许多山药面，为了省柴火，她总是把菜什么的先煮熟了之后，把山药面倒在锅里就不烧火了，让锅里的热量把面和菜都焖熟，这一锅就是他们娘俩一天的饭食。

其实，她就是想能给儿子置下几亩地，她问过一次四叔，现在一亩地就是三十块大洋的价钱。这两年，她省吃俭用积攒下十六块钱了。她试着把自己的想法说给张寒晖听听，可是，她总是没有机会说，因为她看得出，男人心里不高兴。她也不好问，总觉得男人和自己非常客气。他有什么心事呢，不会是在外面有了女人吧？可看他又不是那个意思。

她把疑惑给四婶子说：“你侄儿是怎么了？”

四婶子小声说：“黑夜睡觉的时候不那个呀？”

邵锦屏的脸一红，四婶子说：“那就没事。”

四婶子还告诉她：“你呀，就管三尺门里，不管三尺门外，要是管得太宽了，你就成了事妈了，知道吗？”这些道理邵锦屏当然知道，只要男人晚上对自己好，只要没有外心，别的事就不多打听了。四婶子说：“女人无猜就是德。”

邵锦屏笑了说：“四婶子猜过吗？”

四婶子打她一巴掌说：“你个小东西的，你四叔是有那个本事的人吗？”

两人全笑了起来，不管在什么时代，生活这个东西就是一双鞋，夹不夹脚只有自己知道。在最艰难的年代，人也有自己最美好的过程。平时张寒晖不在家，邵锦屏总是把劲使在一亩半地上，别人都回家了，她还在地里忙活。因为她知道，别人家一家人其乐融融的声音有时候让她非常委屈，她就用忙来填补心灵上的空白。

四

虽然只是山药面，但是邵锦屏拿出自己的看家本事，做得不次于白面，她每天都不重样，什么饸烙、窝头、面鱼儿、蒸疙瘩，她还会把山药面饼子在碾子上压成薄薄的片子，沾着蒜汤儿，就像大庙会上卖的凉粉和扒糕一样好吃。

西边的天上还有着片片鱼鳞霞，邵锦屏就开始做晚饭，灶口的火光映闪着她青春美丽的脸庞，也洋溢着青春的幸福。四岁的儿子林格扒在她的腿上。听她一边烧火一边唱着民谣：“小小子，上庙台儿，栽了跟头拾了个钱儿，量了半升米，打了二合盐儿，娶了个媳妇儿，过了个年儿，烧饼上还有芝麻盐儿。”

林格不高兴地说：“娘，我爹说了带我去吃烧饼，他怎么说了不算啊？”

院子里响起咳嗽声，是张寒晖当小学老师的父亲张振洲回来了，他平时从学校里回来，会给孙子带个惊喜，一个烤白薯啊，一个白面的枣花子啊，还有小烧饼什么的，所以，林格听到他的声音就非常高兴，他高兴地扑过去说：“爷爷回来了。”

张振洲默默地坐到台阶上，欲言又止，长长地出了一口气。邵锦屏小心地把林格抱开说：“爷爷累了，让爷爷歇歇。”

张振洲小声地说：“老二媳妇，这些天老二没有说什么吧？”

邵锦屏的脸上一紧说：“没有，他就是心里有事，可是我也不敢问他，我又不知道该说什么不该说什么。”

张振洲重重地叹了一口气。

邵锦屏担忧地说：“爹，是不是他在外边犯了什么事？”

张振洲装作咳嗽，掩饰着向屋内走去：“没有，没有……”

一张报纸从张振洲的口袋里掉出来，邵锦屏紧忙拿起来，尊重地递给公爹说：“报纸掉了。”张振洲急忙拿过来，上面的大标题是：“北方共产党的领袖李大钊被判处绞刑，国立北京艺专被军方查封，有数名学生被当局逮捕。”

邵锦屏不识字，但是上面好像是有张寒晖的照片，她不敢多问，但是她的心情突然变坏了，她怕那个照片就是自己的男人。

第十章 根本没有这回事

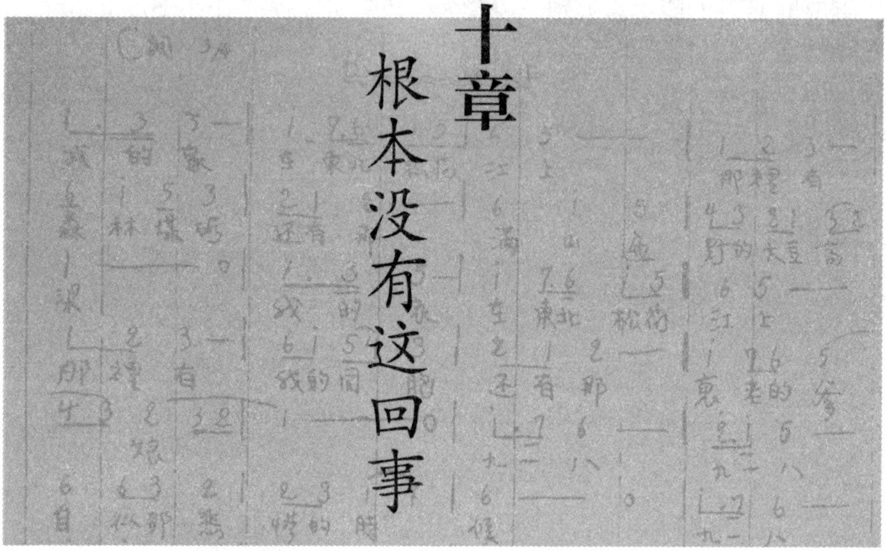

一

落日就在西边老远的地方开始悄悄落下去，离开了火热斗争的战场，离开了那个让人神往的希望，张寒晖潜回老家之后，心里就没有平静过，他得不到组织的消息，也不知道周建翔他们怎么样了，他心里烦闷，看到邵锦屏做晚饭，就出村走到北面的土岗上，看着西边的落日渐渐地沉没。

叫人吃饭的喊声从村里飘出来，在树梢上回旋。村外添了许多新坟，风吹得引魂幡上下飘摇。黄昏的田野，万物肃杀，偶尔有野狗叫声传来。这里是张家老坟，高大的柏树和杨树在晚风里悄然挺立着，风吹过树林的声音就像洞箫的声音，有着无边的肃杀和悲愤。他走到母亲的坟前，轻轻地擦了擦石碑上面的土，似乎看到母亲期盼的笑容。远远的谁家有了丧事，肯定是请了吹打班子，断断续续的唢呐声似有似无地传来，他有满心的话，可是没有地方倾诉，他忽然想到，应该唱一曲什么东西，把他心中的愤懑全部倾注在别的村里传来的哀乐曲里，夕阳西下，薄暮如纱，只有这风传来的声音，能够让张寒晖把心敞开。

他抚摸着娘的墓碑忽然哭了，他尽量压抑着自己的声音，不想让别人误会，他小声念叨着："娘啊，娘啊，哪年哪月才能够重新回到你的怀抱？娘啊，娘啊，什么时候才能够和你老人家欢聚在一堂啊？"他沉浸在过往的岁月里，想到母亲当时含辛茹苦的样子，想到母亲为了给大哥定亲，卖了三弟，他清楚记得，就在定亲的那天，人们都非常高兴，都夸母亲这个后妈能够给前窝的儿子定亲，真是贤妻良母。可是，母亲任谁夸奖都没有说话，她的脸虽然非常明媚，但是只有张寒晖知道，这明媚是装出来的，因为他看到母亲的眼睛里有一汪泪水，就像夏日涨水的村里的大濠坑，随时都会溢出来。

定亲的那天，张寒晖都没有看到母亲吃饭，甚至水都没有喝，人们簇拥着父亲来给母亲敬酒的时候，父亲端着酒杯说："谢谢，谢谢。"母亲的泪水就要流出来的时候，她说："我烧火去，煮饺子吧。"

就在她掀开锅盖的时候，她的泪水掉在滚开的锅里，细无声响。直到她病到要死的时候，那年她才告诉张寒晖，他的三弟就在高就村袁家，她说："全子，袁家是个殷实的小户人家，有五十多亩地，你如果有一天吃不上饭了，就去找他啊，他肯定认你的。"

二

泪水把墓碑洗出一道道泪痕，张寒晖突然觉得背后有人，他一回头，只见邵锦屏端着一个托盘，上面是祭祀用的木头瓜果，这是四婶子家的东西，这是张家门里祭奠祖宗的时候用的。这是一套木头雕刻的西瓜、梨、苹果、柿子，虽然多年的使用都掉了颜色，但是也能够看得出当初雕刻时候的用心。

邵锦屏说：“你呀，说一声，想给老人家上坟，我准备一下，这两年你虽然没有在家，可是逢年过节的，这坟前没有少了纸张，没有少了贡献，老人家在那边也受不了屈。知道你这些年没有给老娘上坟了，我就把四婶家的祭奠用的木头贡献拿来了。”

后面是林格，提着一串纸钱还有烧纸，张寒晖把眼泪一擦说：“我只是随便来看看。”

邵锦屏把托盘摆在坟前，把烧纸点着说：“林格，给你奶奶磕头。”

她说着就势坐在沙地上，双手摸着膝盖哭了起来，她先叫了一声“我的不该死的婆母娘啊”，就拉起长声哭了起来。

“娘啊，娘啊，如今你在哪儿去了啊，你的儿子、你的媳妇还有你的孙子都非常想你啊，你这一辈子劳苦功高啊，你把孩子养育大，你就是高山的青松啊，你就是大道上的大杨树啊，你就是天上的星星啊。你要是有神灵你就来看看，你的全子回来了，你的孙子在你的坟前给你磕头了。不知道你老人家在那边过得好不好啊，你穿得暖不暖，吃得饱不饱啊？这里给你烧的钱，你要舍得花呀，不要苛待自己啊？不知道你身边有没有人伺候啊，不知道你老人家的病可是治好了没有啊？我的婆母娘啊，什么时候我们一家人才能够聚在一起啊，什么时候你和我们在一起吃顿饭啊？我的娘啊，我过门的时候，你就走了，可是我也是你的儿媳妇啊，我真的想有你在我身边啊。我的娘啊，什么时候你来看看我们呀？我的娘啊，我的老公爹也想你啊，你什么时候才能够和我们欢聚在一起啊？我们想你啊，娘啊，这瓜果梨桃，你要紧着吃啊，别舍不得吃啊，你缺什么就给我们托梦来啊，我的娘啊……”

邵锦屏的哭声让张寒晖更是感到无依无靠，他一直默默跪在坟前，直到邵锦屏不哭了，直到这烧纸烧得不剩一点儿火。邵锦屏把眼泪一擦说：“回去吧，别只顾着死人，把活人饿坏了，你这人，干什么也不说一下，我也不是霸道的人，你给他奶奶烧纸来，这不是正常的吗，虽然现在不是烧纸的时候，可是你回来一次也不容易，有什么需要办理的你就说话啊。我可不是像我大嫂一样的人，我跟了你，我们就是最亲的人，不管你有没有本事，不管到什么时候，你都是我的男人，你都是林格的爹。”

坐在台阶上等他们回来吃晚饭的张振洲，听到了他们走进院子里的隐隐脚步声，他抬头静静地看着他们，老人家的脸色在夜色下有着不同的凝重，他说：“林格他妈，先吃饭吧。”

林格说：“爷爷，我们给奶奶烧纸了。”

张振洲闷声说：“全子，你这是没事找事，哪有不节不令随便就去坟上烧纸的？林格他妈，我也不是说你，对男人还是要管着点儿，不要他想干什么就干什么，你说，全子，你这叫什么事，你平白无故地去坟上烧纸，你这是想干什么啊？”

他们刚刚端起饭碗，就听大门口有狗叫声，张振洲机警地立起身来走了出去，他看到了一个乞丐，这年头，怎么要饭的这么多，到了这个时候，早就过了饭点了。他想让林格给这个乞丐端一碗饭出来，可是一转眼又没了影。他走回来重新端起饭碗说：“是一个要饭的，这兵荒马乱的，要饭的人真多。”

又有狗叫声传来，张振洲紧张地站起来，看到一个乞丐在院子门口张望，张振洲抓起一把铁锹走出去，那个乞丐看到他就赶紧跑了，他感觉是个探子。

三

吃过晚饭，张寒晖帮着邵锦屏拾掇碗筷，张振洲说：“全子，你有没有事给爹说呢。”

张寒晖急忙坐下说：“我没有事啊。”

张振洲有些恼怒地说：“你没有事，你怎么刚进家两天，那些狗们就来了。”

张寒晖说：“爹，什么狗，哪儿来的狗啊？”

张振洲把烟袋点上说：“刚才来了俩要饭的，我早就看出来，那不是要饭的，肯定是县上警察局的侦探们，他们都是一些趴瓜溜枣的东西，他们总是找一些错碴儿坑人，只要让他们沾上了，不死也得脱层皮。”

张寒晖说：“爹，我不招惹他们，也没有在定州有什么活动，我不怕他们。”

邵锦屏端着两碗水过来，她伸手给张振洲递过去。老汉接过碗又放下，还是说着他的话：“林格他妈，这里没有你的事，睡觉去吧。”

邵锦屏柔柔地说：“爹，你有什么事，还是林格他爹有什么事，你们两个慢慢地说，不要生气，生气得了病，还不是自己受罪啊。”

邵锦屏进屋去了，张振洲使劲地咳嗽几声，清清嗓门想掰瓜数籽地给儿子说说，可是这时候房上好像是有猫走动的声音，张振洲拾起一块瓦片打过去，只听房上有人说话了。

“哎呀，哎呀，打得真准啊，振洲叔啊，你干脆别当什么教师了，你就去当黄三泰、窦尔墩吧。”

是村里唱小班的康清坡，他这个人平时就靠给婚丧嫁娶的人家吹唢呐、唱秧歌戏挣个小钱。他的秧歌戏比别人的好看，他总是把眼前发生的事编进去。他家就在后街，因为听说张寒晖回来了，就想过来听听北京的艺术学院里的事，可是地里的活总是忙不完，又出去唱了一天小班。他们这些唱小班的，都算是定州秧歌戏的票友，几个人凑一块，给办红白喜事的人家唱堂会，他们自嘲是吃凉菜的。

那天教习所的几个人带着税警下来，说他唱的小戏里面有伤风化，要罚款，康清波平时挣几个小钱，拉家带口的，哪里还有余钱给他们交罚款。税警们就把他吊在门口的槐树上，不交钱就去县里蹲监狱。

张振洲替他交了两块钱，要不就真的去蹲监狱了，康清波媳妇千恩万谢地给张振洲磕头说："振洲叔啊，你就是大救星啊，要不是你，清波蹲了监狱，我们这一家还怎么活呀。"

康清波从梯子上面下到院子里来，张寒晖给他拿了个蒲团让他坐下，这是邵锦屏用麦秸拧成的，康清波拿起蒲团说："你看，弟妹多手巧啊，就这个蒲团就编得这么精巧。"

邵锦屏在屋内搂着林格睡下了，但是他们在院子里的话，她还是听得见的，虽然男人不在身边，但是现在她的心里是平稳的，因为男人就在院子里，就坐在自己编的蒲团上。去年，有一个小讨饭的过来，她正是要把刷锅水泼在当街的时候，那个小讨饭的走过来，因为草帽遮着脸，她看不清面目。可是，她从那个小要饭的走路的姿势上突然觉得这就是自己的男人啊。

她的心突然跳得像要蹦了出来，她先是告诉自己，自己的男人在北京当教师呢，怎么就会成了讨饭的呢？但是，心里还是狂跳不止，她这时候真的是想让这个小讨饭是自己的男人，但是她又不想让这个要饭的真是自己的男人。

小讨饭的走到她跟前说："大婶大妈，行行好啊，给点儿剩饭吧，家里遭灾了，没有办法啊，出门千里靠人帮，大婶大妈就是菩萨转世，你就是救苦救难的观世音啊。一点儿剩饭给了俺，你家祖祖辈辈出高官，吃了你家一碗饭，你家祖祖辈辈有金钱，吃不完，花不完，大婶，行好啊。"

小讨饭的沙河南口音，让邵锦屏失落了，她把手中的瓦盆放在地上，她失神地愣了一刻，扭头往院里走，从屋里出来的林格叫她她都没有听见。

林格哭了说："娘，娘……你咋啦？"

四

邵锦屏从锅里拿出半块菜饼子说："林格，你把这块饼子打发了前面那个要饭的去。"林格走了，她的心才平静下来，她拾掇着锅台上的灶具，但是心里还是有许多不甘，她忽然脸红了，心里叫着自己的名字，邵锦屏啊邵锦屏，你什么时候也这样想男人了啊，该打，该打，你怎么就把一个讨饭的看成是自己的男人呢？她急忙对着灶神爷的像虔诚地说："灶火爷爷呀，你要保佑林格他爹啊，要他稳稳地当着教师，不要升大官也不要发大财，只要他人平安就行啊，只要你保佑他平安，到了腊月二十三，我给你买芝麻糖啊。"

张振洲也知道一个女人支撑这个家不容易，有时候不是在自己的小屋里拉二胡，就是吹箫，奏的都是让人平静的曲子，好多是道教音乐，还有的是佛乐，这些就像润人心扉的春雨，能够让人慢慢进入梦乡。

今天夜里虽然没有了箫声，但是她的眼里盈满了感激的泪水。

因为老天爷让自己的男人平安回来了，她不管男人在外面干什么，只要他回来，对自己好就行了，她非常满足。平原初夏的夜，月牙弯弯如钩，邵锦屏的心随着思绪飘向窗外。一个女人的心里满足的时候就容易入睡，她不知道康清波他们谈了些什么，她也不需要知道，她的心里被幸福和忧虑同时充满了。

乡村里的女人都比男人起得早，这和鸡不一样，鸡都是公鸡起得早，母鸡起得晚，夜里天还没有明的时候，公鸡就早早地叫了起来，村里的鸡只要有一个叫，马上就会全跟着叫起来，就像濠坑里的蛤蟆，只要一个叫就全叫起来，有时候还此起彼伏的。贫困人家的早饭好做，先给公爹的暖瓶里烧水，这是不可少的。还有就是给公爹准备出中午的干粮来，不过是玉米面和山药面两掺和的饼子。

平时，邵锦屏不多蒸，公爹早上吃一个中午带两个，晚上回来吃一个，林格有两个一天就够了，她从来都不给自己准备干粮，一个女人吃什么干粮，喝玉米面和山药面糊糊就行了。

张振洲昨天晚上就想和张寒晖谈谈，问问他的情况，自从给他娶了媳妇，父子两个谈话的时候少了，别说他在外地，就是他在家的时候，他也很少说话。因为有了媳妇了，什么事就怕媳妇往她身上揽，老大媳妇就是例子，只要他说老大几句，大媳妇肯定就往自己身上揽，弄得张振洲非常没有面子。老二这事，不说不行，就是二媳妇不高兴他也要说。

张振洲把自己的小衣服穿上，把长衫搭在外面的晾衣绳上，洗脸，漱口，把自己已经花白的头发整齐地梳理到脑后边，然后坐到了台阶上的饭桌前。

张寒晖从屋里出来，干净的衬衫掖在裤腰里，一副英俊学生的本色，邵锦屏拾掇饭时还偷偷地在看他，脸上泛着羞涩、恬美、幸福的微笑。

邵锦屏端上咸菜，又把饭碗端上来说："爹，给你稀饭。"

张寒晖也坐下说："爹，吃饭吧。"

张振洲没有端碗而是担心地说："这次回来不走了吧？"

张寒晖说："因为局势不稳定，学校提前放了暑假，我这是回来等消息的。学校挺好的，我还准备召开北京艺术大会呢。"

张振洲把报纸拿出来，往桌上一放说："你看看，这是什么？"

张寒晖拿起报纸一看，脸上立马就流露出悲愤的神情，他还是强忍住悲愤，情绪平复下来，低下头说："蒋介石叛变革命，张作霖也对革命下了毒手，李先生……被绞死了，这个都是真的，可是与我没有关系啊。"

张振洲翻开报纸指着戴着眼镜的张寒晖的照片说："这个是谁？"

张寒晖装模作样地拿起来看着说："这是个日本人吧。"林格却看着说："爹，这是你的照片啊，娘，你看爹，真好看。"

邵锦屏知道，男人说话女人不能够插嘴的，她把林格拉到灶间里去吃饭，张振洲非常激动但是还是把声音压得很低，说："你们的秘密我不管，可是你要为自己这个家想想，你娘当初死的时候就说了，让我就是吃再多的苦，都要让你上学。我让你上了，可是你是怎样报答我们的？你在外面胡作非为，一个当老师的，你当好你的老师就行了，管那么多事干吗？你不为我想想，这不要紧，我已经快六十的人了，可是你要为林格和他娘想想啊。"

张振洲为了实现亡妻的愿望，为了让老二上学，他是吃尽了老大两口子的埋怨啊，常常噙着眼泪在老大家吃一碗饭。

幸亏给张寒晖娶了邵锦屏，这个媳妇不但能干而且还通情达理，张振洲一想起亡妻的话，眼泪就流了出来，老伴在咽气的时候还伸出两个手指头指着自己，他知道是什么意思，他说：“你放心，我肯定会让老二继续上学，你放心去吧。”

“你知道你一走了之，你媳妇在家受的是什么罪吗？一个女人要当男人使唤，还要自己支撑这个家，地里家里，老人孩子，她容易吗？你给不了她荣华富贵，可是你给她一个安定的家行吗？”

张寒晖想跟父亲解释，可是老父亲只是喝了一点儿粥就起身说：“话我都说完了，怎么办你看着办，还有你要是走，这脑袋上的头发就留着；要是不走，就给我剃一个光葫芦去。”

张寒晖不理解老人的话，张振洲拿起报纸指着上面张寒晖的学生头式，又指着他头上的头式说：“你还不明白？”

张振洲拿起报纸来，塞到灶火里点着烧了，邵锦屏急忙来拦截他说：“爹，你不是说要敬重有字的纸吗？”

张振洲伸出一根指头说：“林格他娘啊，我今天和全子说的话，你就是听见了也不要说。”

邵锦屏小心地说：“爹，报纸上都登出什么来了？”张振洲说：“什么报纸，根本就没有这回事，知道也不要乱说呀，这关乎你男人的性命啊！”

第十一章 铁锤镰刀的旗帜在天空飘扬

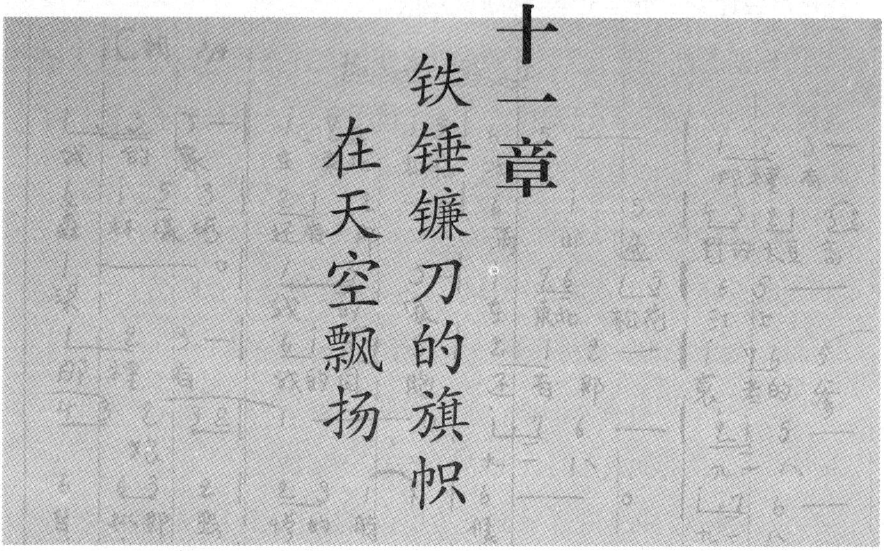

一

邵锦屏知道自己家的一亩三分地拴不住张寒晖的心，虽然不知道他在外面干了什么事业，但是公爹看到报纸上有男人的照片就胆战心惊的样子，还是让她害怕。

西建阳村公所门前的剃头棚，是村里搭的看街的棚子，夜里守夜打更的就在这里休息，白天除了是人们一个说闲话的地方，还有就是城里来的剃头师傅在这里给人剃头。四叔进来的时候，前面有一个人在剃，他就悄悄地蹲下听他们说话。

剃头师傅热情地说：“四叔啊，我正给全子剃头呢，他正讲北京的事，真没有想到外面的世界这么精彩啊。”

张寒晖说：“你们说的什么赤党什么赤匪的，其实就是中国共产党，这是一个像俄国共产党一样的党，他们提倡不分穷人富人，都一样吃饭穿衣，没有大财主，也没有欺负人的警察局和军阀。”

剃头的说：“你说的这事真新鲜，听说一个什么宣传赤化的共产党的头子被绞死了，有这事吗？”

张寒晖气愤地说：“张作霖这土匪出身的大元帅在北京大开杀戒，杀害了北方共产党委员会书记、北大教授李大钊，知道共产党是干什么的吗？是救老百姓的。现在北边的俄国，老百姓坐天下，没有压迫和剥削，楼上楼下，电灯电话……”

剃头师傅的手一抖说：“我的妈呀！对不起走刀了。”

他手下张寒晖的脑袋泛出了血珠，张寒晖用手抹一下，意气风发地说：“你看看，咱们穷人的血是鲜红鲜红的，这黑暗的世界，没有鲜血就不能够照亮。”

四叔听他说的这话，就像听见了疯子说话，起身就悄悄走了，一边走一边叨咕：“这个孩子是不是魔怔了，大白天说梦话。”

剃头师傅叫着四叔：“马上就该你了。”四叔头也不回地说：“你先给疯子剃吧，我可不想沾这个光。”剃头的叹口气说：“这人怎么净说这样的话，全子啊，我看你说的话就对着哩。”

张寒晖说：“我四叔这个人，一说外面他不懂的事，他就恼怒了。”

剃头师傅惋惜地说：“全子啊，你这学问这么大，你就不想出去干点儿事业？这人啊，不要总是在自己家里盘着。听说你也是大学生啊，你不知道吧，如今有个从美国归来的大学教授，也来定州了，叫什么晏阳初，他就住在东大街道南的大院里，他是给老百姓办学校的，让老百姓认识字。你说这人，是不是有病啊？你说，他们还动员我去学习，不收钱，白教。我总是觉得这个事有点儿玄，他们是不是有什么野心啊，是不是像白莲教一样的，先让你进来学习，将来再给你提条件什么的？”

村里的人都说，这个全子读书读得魔怔了。

二

四叔为那天张寒晖说的魔怔话专门找了张振洲，他说："大哥呀，你看全子是不是脑袋有毛病了，我觉得他说的话都不着边，要不找一个巫婆给他看看？"

张振洲说："看什么看，他没有毛病。"

四叔说："书呆子就这样，这和脑袋出了毛病没有区别啊。子不教父之过，你也不好好说说他。你说，他要是出了毛病，他媳妇那么好的一个人，怎么过？我和他四婶子都替他担心。"

张振洲也是个有文化的乡村知识分子，他知道儿子说得对，天下大势都一个理，他也拥护俄国的革命，可是人家在什么地方，离着这里有十万八千里啊，他说："四弟，你的好心我领了，可是脚大不由鞋，儿大不由爷，我就指着林格了，这孩子聪明伶俐，将来错不了。"

张振洲也知道，儿子不是房厦下面的家雀，他是大鹏，不知道什么时候就飞了。在学校里，张振洲也在关心着天下的事，这天他看到报纸上登载了一个消息，奉军张作霖大帅在皇姑屯车站被炸死。他的心里突然就放松下来，通缉儿子的奉军败退了，这里又是直系军阀的地盘了。

他提前回来，想把这个消息告诉儿子，儿子他们组织的死对头死了，也许这正是儿子等着的好消息。他一进院看到邵锦屏正在猪圈前赌气地捣粪，张振洲说："全子呢？"

邵锦屏脸色阴阴地说："不知道。"

张振洲又问她说："怎么了？"

邵锦屏不高兴地说："爹，你问他，俺可不知道他想的什么事。"

张振洲忧郁地说："全子欺负你了？"

邵锦屏勉强笑笑说："爹！也不算欺负，就是他说话我听不懂，我俩吵了几句。"

张振洲生气地说："他太不像话了，我问问他，这是为什么？"

邵锦屏笑着说："爹你别问他了，这是我们的悄悄话。他问我，为什么鸡能够把天叫亮。你说这算什么话？为什么，鸡一叫天就亮呗，这还用问啊，你说他还当过大学老师什么的，这算是什么事，祖祖辈辈都是这么着嘛。他还问我，鸡叫天明，狗叫为什么不天明。爹你说这叫什么话？狗是看门的，鸡是叫鸣的，这个道理都还拿来问我。"

张振洲笑了说："没有事，没有事，我说他，我说他，这个孩子，这琴要弹对了人才行。"

昨天夜里，因为地里的东西都拾掇到家了，农历九月的天气还不是很冷，张寒晖这几天总是回味剃头师傅的话，识字，人要识字，不识字就不知道大事情。他早就准备好了，吃过饭就催着林格睡觉。邵锦屏以为他想睡了，林格已经睡着，邵锦屏还洗了一下自己，她拉开铺盖对张寒晖说："孩子睡着了，你睡吧。"说着就要吹灯。

谁知道，张寒晖却把油灯光挑亮说："我给你背一段书，讲讲革命道理。"

邵锦屏有些不高兴地说："你不睡，也不让别人睡呀？"

张寒晖说："我给你说说话行不？"

邵锦屏从被窝里抬起身子说："钻被子什么话说不了，有些话当着灯说出来不好意思，让人害臊呢。"

张寒晖有些不高兴地说：“我说的不是让你害臊的话，你必须坐起来听。”

邵锦屏说：“我已经躺下了，你进来不是也一样说吗？”

张寒晖说：“我想对牛弹琴。”

邵锦屏不高兴地说：“你说谁是牛，谁是牛？我给你撑着这个家，上有老，下有小，你从来不说慰劳慰劳，还胡说八道，你真是魔怔了，魔怔了！怪不得四叔四婶说你魔怔了。”

张寒晖一怔说：“别人瞎说，你也瞎说啊，我魔怔什么，我说的是人生的大道理。”

邵锦屏也许意识到自己说走了嘴，急得眼里流下泪水说：“你说吧，我听着呢。”

三

“一个共产主义的幽灵在欧洲上空游荡……”张寒晖说着的时候，想起了在党旗面前的宣誓，想到了在北京的岁月。一群来北京寻找光明的人们，聚集到了那个“西京畿道二十三号”的一间民房里，他和刘尚达住在一起。刘尚达进北京艺术学校就是张寒晖对他进行考试的。熊佛西校长怕他是共产党，就亲自面试，他问刘尚达说：“你是共产党吗？”

刘尚达说：“我说是还是说不是？我如果是共产党，我会告诉你吗？我如果说不是，你相信吗？”

这话说得熊佛西哈哈大笑，刘尚达是南开大学毕业的学生，会用英语背诵《共产党宣言》，每当他们悄悄在房间里用中西合璧的声音小声朗诵这篇战斗檄文时，他们的心里就充满了希望和光明。

“无产者在这次革命中失去的是锁链，他们将拥有全世界，全世界的无产者联合起来。”

最后这一节张寒晖是用英语背诵的，他心潮澎湃地回头，却看到邵锦屏已经睡着了，还发出微微的鼾声，张寒晖无奈地苦笑了。夜色里，张寒晖虽然身在自己的亲人身边，却觉得无比孤独，周建翔、刘尚达、赵云霄你们都在哪儿啊？这个时候，邵锦屏翻了个身，看着黑暗里还在炕上坐着的张寒晖说：“你的经念得好听，我听着呢。”

张寒晖悲伤地慢慢脱衣服睡觉，他自言自语地说：“你们啊，都不懂啊。我不能够在家里这么平庸地过这一生，我想干我的事，这一辈子，你们就别指望我了，就当我死了。”

邵锦屏已经困得不知道他在说什么了，她说：“明天借四婶家的牛车往麦子地里送粪，我可真睡了。”

张寒晖靠在炕桌上瞪大眼睛，窗外的夜色非常沉重。

张振洲告诉邵锦屏：“林格他娘啊，这读书人手头没有书就会闷出病啊。你去四叔家借一本书回来，他经常买书看。”

四叔把一本保存完好的《西厢记》借给邵锦屏说：“我说林格他娘啊，你还支持他看书，白长了一个透亮的脑瓜子，要好好地成家过光景，多好啊。”

邵锦屏平静地说：“四叔，我想开了，他不是圈在家里的人，看书比憋屈出病来强得多了。他这人就是书虫儿的，不看书他心里就不舒服。”

四叔长叹一声说：“林格他娘啊，但愿他这一辈子能够对得住你呀。”

邵锦屏以为有了书，张寒晖的心里会敞亮起来，谁知道，张寒晖却看哭了，他说：“封建主义不打倒，还要害死多少人啊！”

吃过晚饭，张寒晖拿着那本书对邵锦屏说："我给你讲讲，这是一个说解放妇女的戏。"

邵锦屏到了秋天要纺线织布，要把一家人的穿戴做出来，从棉花到布有多少环节，每一个环节都不能拉下。先是纺线，纺完了线要用糨糊浆，还要用线拐子把棉线穗子绕成一圈圈的线，就这么说吧，别人家都是几个女人一起干，邵锦屏却每一个环节都要自己做，邵锦屏虽然能干，但她真的没有时间听张寒晖的经。

炕上，林格已经睡着了，邵锦屏搬起纺车到炕上说："我知道你闷得慌，你去村西头找康清波去吧，他们的小班正排秧歌呢，他爱听乱七八糟的东西。"

张寒晖眼睛一暗，把书放在炕上默默走了，他身后是邵锦屏纺车的嗡嗡声，就像千年不变的乡村的白天和黑夜一样，无争无奈地响着。

四

康清波他们明天还要去给大户人家演出，他们的排练场就在地窖子里面，正在排练秧歌《老少换妻》。人家有要求，要演一段粉戏，就是要有男女之间的情节，康清波起劲地敲着小鼓，指挥着人们走台步，突然唱着的人都停下来了，他们看到张寒晖从上面下来了。

有人小声地说："清波，你招惹这个魔怔来干什么？"

康清波说："说什么呢，赶紧排啊，人家明天还要看呢。"

虽然都是男演员，但是要表现一个六十多的老太太非要跟一个二十岁的小生成亲，这里面就有许多非常低俗的台词。张寒晖突然说："你们这样不行，这是糟践劳动人民。这样演不对，你们应该这样……”

张寒晖说着过去给人们修改台词，做各种表情，绝对去掉了色情的味道。人们却纷纷走了，康清波说：“全子，你说的是对的，可我们是为了挣钱啊。”

张寒晖非常歉疚地说：“清波表叔，真的对不起，我不应该搅了你们的局，可是，你们这样表现劳动人民，我的心里实在是过不去啊，人们都已经活得非常不容易了，难道我们的戏剧就不能够给他们一点儿乐趣和希望吗？”

他突然唱起歌来，这是他在北京三一八大会上唱过的歌，名字就叫《北方吹来十月的风》。

“如今世界不太平，重重压迫我劳工，一生一世做牛马，思想起来好苦痛，无产阶级快起来，拿起铁锤去进攻，红旗一举千里明，铁锤一举山河动，只要我们团结紧，冲破乌云满天红。”

地窖子里只剩下康清波一个人在听，康清波把一张通缉张寒晖的布告拿出来说：“全子，你给我说实话，你是不是赤党？”

张寒晖笑着说：“我说我不是，你信吗？”

康清波搓着手说：“寒晖，你算我一个，行吗？”

俩人高兴地握手，张寒晖给康清波背诵《共产党宣言》，康清波认真地听着……邵锦屏纺了有十几块棉线穗子了，她给林格盖了盖被子，看看窗外的三星已经在西方快坠落到地平线了，已经有鸡叫声了。

地窖子里的油灯慢慢地暗下来，跳了几下灭掉，但是张寒晖看到的是未来的光明世界，康清波顺着张寒晖挥动的手看去，铁锤镰刀的红旗在天空飘扬。

张寒晖回来的时候，天已经蒙蒙亮了，邵锦屏靠着炕上的衣柜睡着了，她睁开眼睛说："什么时候了？"

张寒晖说："天快明了啊，鸡都叫了。你怎么还没有睡？"

邵锦屏说："这不是等你回来啊。"

张寒晖非常兴奋地说："你睡吧，睡吧。"

邵锦屏说："还睡什么，都要天明了，你睡吧，我看你今天这么高兴，是不是在清波家吃狗肉了？"

张寒晖惊讶地说："吃什么狗肉啊。"

原来他们这些小班排戏的时候，就拿着布袋去野地里，见到四处跑的野狗就逮回来，剥了皮煮肉吃。张寒晖说："那算什么，一个野狗肉算什么，我终于找到能够听懂我说话的人了。"他说着高兴地在屋里转了几个圈，这是舞台上的动作，邵锦屏也高兴地说："爹给你捎回来一封信，你看看吧。"

张寒晖高兴地说："谁来的？终于有人来信了。"

他高兴地拿起来，原来是城里陈庆斋的信，他邀请张寒晖去城里平民教育会工作。张寒晖的心突然凉了，把信随便一扔。他等的是周建翔的信，他急切地盼望组织上有人来和他联系，他这些日子就像一个没有娘的孩子。

第十二章 这天下不会总是这样的

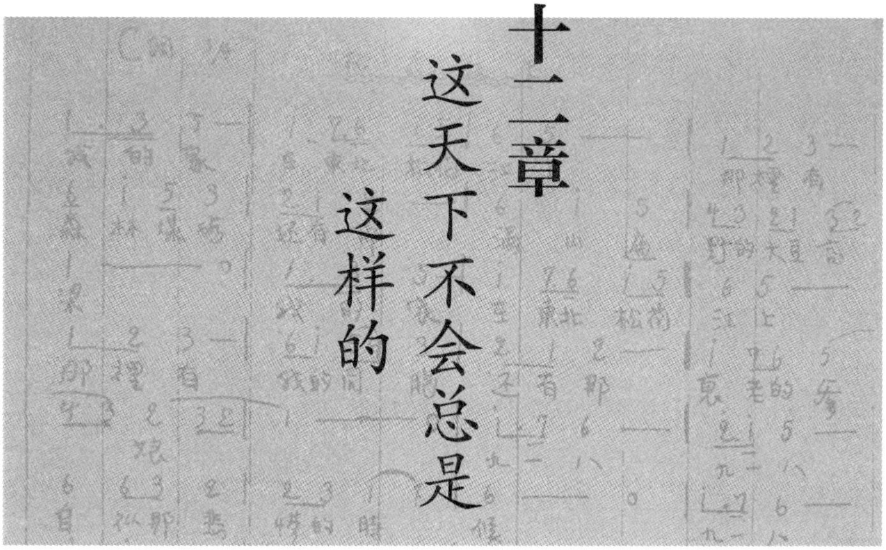

一

张寒晖没有去找陈庆斋，陈庆斋却又一次来信，信中说：“平民教育会旨在让穷苦的老百姓学会写字读书，有了文化，人们就不会被贫穷欺压了，你还是来吧，知道你手头拮据，如果你来当教员的话，每个月会有七块钱的薪水，虽然不多，聊胜于无啊。”

关于这个平民教育会康清波说得不少，他们出去唱小戏的时候到过翟城村，那个叫晏阳初的教授带着不少人在翟城搞农民夜校。

张寒晖说：“如果不改变制度，就是学会了字又怎么样呢？”

康清波还告诉他，一个翟城村的村民借了城里南街赵家的二十块钱，当时立契约的时候，村民不识字也没有看，就按了手印。谁知道，到年底却要他还两百块钱。这个村民感到受了蒙骗，但是对方说他白纸黑字写着。他到衙门里去告状，却被县长轰了出来，说他是无理取闹。他再一次告状，被县长绑在衙门口示众。这个村民感到没有活路了，就上吊自杀，幸亏给人救下来。是这个晏阳初亲自给这个村民去县衙门告状，把对方改写的契约当场验证，赵家终于败了官司。

说到赵家，康清波说："这个赵家，就是因为官府里有人，把持盐类专卖，老百姓买不起，家家户户的咸菜汤都快吃完了。这世道，你说还有穷人的路走吗？"

看张寒晖不说话，康清波又说："你说这平民教育会真的能够让老百姓过上好日子啊？庆斋让你去当老师，你去吗？"

张寒晖觉得自己拿不准，他说："我去一趟城里，打听一下情况，你说的这个晏阳初教授给穷人打官司，这事还是办得好，不管他有什么打算，肯给老百姓办好事就是好人。"

他也想去城里，又实在是不好跟媳妇说。他的第二个孩子女儿艳婷才三个多月，邵锦屏带着两个孩子，家里地里的事都是她做。他若去县城，肯定会给邵锦屏增加负担，他拿不定主意，就坐在台阶上看星星，有人在吹洞箫，曲调是老妇人哭坟的旋律，哀婉低回，情悲意伤，余味悠长。

夜已经深了，邵锦屏出来看到他坐在台阶上，就说："又怎么了？你这人一有事就不说话。"

张寒晖说："我想去陈庆斋那儿试试，可是，我觉得我要一走，你自己弄着两个孩子，还有地里家里的，怕你一个人忙不过来。"

邵锦屏说："你是出去挣钱的，也不是白跑腿，你去吧，我也明白了，这个家是拴不住你的。"她把一件衣服给他披上，张寒晖一回身抱住她说："我对不住你呀。"邵锦屏坦然地推开他说："你该干什么你就去吧，我不拦着你。睡觉吧，你这人就是这点儿不好，什么事都是自己憋着。睡觉去吧。”

张寒晖感激、愧疚地看着邵锦屏，两行热泪流了下来。一个男人上不能够报国，下不能够让妻儿幸福，他觉得自己真的很无用。他说：“你这辈子瞎眼了，你怎么就跟我受这个罪来了啊？”

邵锦屏说：“你又说傻话，你那天说的鸡叫天明的事，我也想透了，这天不是鸡叫明的，可是，人要是睡得太死了，天明了也不知道，还是在傻睡，这个鸡就是催人们不要睡了，人不催是醒不了的。”

邵锦屏去了趟茅房回来，看他还在台阶上坐着说：“你怎么了，还不进屋去？”

张寒晖说：“你说，如果鸡不叫天也会明，那么这鸡不是白叫了吗？”

邵锦屏笑着说：“该叫还是要叫，不叫人们怎么知道天要明了呢。你这个人，睡觉睡觉，你不想睡觉就坐着吧。”

二

第二天吃过早饭，张寒晖把嘴一抹就要走，邵锦屏叫住他说：“换换你的衣裳，你看你这一身和要饭的花子似的。”

邵锦屏把洗干净的衣服让他换上，从包袱里拿出一块钱来说：“拿着吧，进城上集的男人手里要有个钱。”

张寒晖知道这是媳妇攒给儿子买房子置地的钱。这些日子，他是分文没有挣啊。他说：“算了，我也不买东西，要钱干什么？”

从西建阳到城里，有三十多里路，张寒晖顺着土路走过，看到的是凋敝的农村，村民们一个个蹲在土房前面的街上，偶尔看到有人过来，就都伸直脖子看。这里的初冬，原野都是萧杀的，树木停止了生长，麦苗枯萎着缩在地下。只是能够看到许多坟地里飘着引魂幡，它们在风的鼓动下，发出微微的呻吟。

迎面走过来的人，都一个个垂着面孔，没有一丝丝的喜气。接连不断的军阀混战严重破坏了农村的结构，人们被来回的兵变洗劫得一贫如洗，一个村子里看不到几间瓦房。

路上不断看到去坟上烧纸的人，他们悲哀地走进田野里，向着枯黄的土堆走去。张寒晖站在路边看着远处田野上的新坟，又多了许多。军阀混战不断添加的赋税，让贫困的老百姓已经不堪重负了，他真想一呼百应打翻这个旧世界。前边隐约传来伤心的哭泣声，他走过去，看见一个老农妇在路边一个小土坟前痛哭逝去的人。这一带的风俗，凡是没有结婚便死去的都不算是成人，他们不能够进祖坟，他们都是要埋在地头路边的。也许过不了几年，人们就不会记住他们了，因为在当时的中国北方农村，死一个没有成人的人就好像死了一个猪狗，人们都已经麻木了。也许这个老农妇真的放不下这个已经死掉的人，那哭声幽扬婉转、痛彻心扉啊。

我的小孙孙啊，
没有粮，没有饭，
饿得小孙孙皮包骨啊。
没有布，没有棉，
大冬天小孙孙还穿着单。
我的孩儿呀，
我可怜的小孙孙呀。
……

张寒晖被哭声感动，特意走近了老人，老妇人没有抬头，继续哭着，这让张寒晖的心情沉重了许多，原来出门时的心情还比较敞亮，现在他的心里像堵上了一把野草。

那无可奈何悲愤的咏叹，无助的哭诉就像一曲悠长的悲歌，让他的双眼充满了泪水。张寒晖同情地说："大娘，你这是哭谁呀？"

农妇擦着眼泪说："这是我的孙子，他爹为扫硝盐，得罪了官府，让警察局抓走了，他娘改嫁，可怜我的小孙孙才六岁就、就没有了……"

张寒晖想安慰老农妇一下，可是他找不到合适的语言，他想给老农妇一点儿表示，可是他的兜里没有一分钱。他说："大娘啊，你这哭坏了身子，自己受罪，回去吧，这么凉的天。"

老妇说："我的大兄弟啊，我是没有办法给我的儿子交代啊，他进了监狱，媳妇走了，这我都拦不住，就剩下个孙子，活蹦乱跳的一个孩子，怎么说死就死了呢，你说我怎么跟他爹交代啊。"

张寒晖说："这天下不会总是这样的，肯定会有好起来的那一天啊。"

老妇说："你说的那一天是哪天啊？"

张寒晖不知道怎么回答她，只是沉重地叹口气，慢慢离开老妇人。他一走，那个凄凉的哭声又开始了。

三

张寒晖见到陈庆斋时已经晌午偏了，陈庆斋有些惊讶地看着他说："我还怕你不来呢，咱们先去吃饭。"

张寒晖掏自己的口袋说："我这口袋可是比脸还干净啊。"

陈庆斋把自己的钱掏出来说："我请你吃饭吧。"

陈庆斋拉着张寒晖进了一个小饭馆，这里对面就是赵家盐店，进出的人很多，大马车正在往院里卸货，几个小伙子扛着麻袋走进去。陈庆斋领着张寒晖进来，跑堂的说："陈主任啊，怎么来客人了？"

陈庆斋说："老同学，一块吃个便饭。"

跑堂的说："怎么着，喝酒不？还是拌个豆腐、炒饼？"

陈庆斋说："今天吃好一点儿，就记在赵家盐店的账上，就说商会会长的侄儿来了。"

张寒晖拦住他说："庆斋，你这是什么意思，说的你请我吃饭，记什么人家的账上啊，这饭我不吃。"说着就往外走。

陈庆斋急忙拉住他说："你这人，怎么还是这脾气，我给你说，这是吃孙喝孙不谢孙，你连这个都不懂。"

张寒晖说："没有想到你学得这么市侩了，他家的饭我们不吃。"

跑堂的端过菜来，小声说："这位老哥，你大胆吃吧，就凭你能够把赵家老盐店吃垮了？"

突然大街上敲起铜锣来，一辆大车拉着几个被抓的老百姓，前面是警察的马队，后面是警察跟着。张寒晖说："这是怎么了？"

陈庆斋说："可能是抓的扫硝盐的人，政府盐业专卖，又涨价，还限制老百姓扫硝盐。这肯定是又抓到贩私盐的了。"

张寒晖一听贩私盐的，马上想起那次在火车上遇到的孙汉勇，他仔细看着车上面五花大绑着的几个人，没有孙汉勇，他的心就放下来了："县政府也太霸道了吧。"

跑堂的过来说："老哥，莫谈国事，莫谈国事啊。"

几个农村来的老百姓，说话都是沙河南的口音，他们进来就说："掌柜的来一壶酒，炒个绿豆芽，再拌一个豆腐。"

其中一个人戴着草帽，压得非常低，他坐在正面座位上，从窗户里就能够看到赵家盐店的情况。跑堂的眼神一紧，对陈庆斋说：

“小心点儿，这几个人已经来了好几次了，我觉得他们不是好人，你们两个赶紧吃饭，吃了走开。”

陈庆斋点头说：“好，好的，寒晖快点儿吃，吃了我们干我们的事去。”

张寒晖看进来的这几个人，他觉得这几个人好像是见过面似的。觉得是在火车上的那几个人，突然，对面的人中那个戴草帽的走过来，坐在张寒晖的对面说：“山不转水转，水不转人转，人不转缘分转。”

他把草帽拿下来，张寒晖看了一会儿说：“你是孙先生啊？”

孙汉勇对那面的人说：“大滚刀，你过来，今天幸会张先生，我们一块喝一壶。”

陈庆斋小心地说：“你们这是什么意思啊？”

张寒晖拍拍他的肩膀说：“他们是我的朋友，你放心，都是好人。”

孙汉勇高兴地说：“踏破铁鞋无觅处，得来全不费功夫。你呀，那天把我骗了，你真行啊！我还纳闷呢，嘿，人呢，一眨巴眼的工夫人上哪儿去了？你装扮了一个老头，说实话，我还真想不到啊，半天我才回过神来，原来这老头就是兄弟你化装的，那扮得可不是一般的像，那是真像。”

张寒晖说：“孙老兄的买卖做得怎么样，好像是非常红火啊。”

孙汉勇把头上的破草帽子往下一扔说：“咸菜缸里泡石头，一言难进啊。今天是碰上你了，要不我还想去找你呢。”

张寒晖说：“我也想去找你，咱们借一步说话。”

二人来到角落里坐下，张寒晖说：“想干掉盐店是吧？”

孙汉勇有些疑惑地看着张寒晖说：“你是什么意思？”

张寒晖小声笑着说：“孙大哥，这个地方不是你们来吃饭的地方，你们已经来过好几次了，不是看水势是什么？”

孙汉勇一惊说：“我们来过你怎么知道，谁给你走漏了风声吧？”

张寒晖笑了一下，又收住笑声四下里看了一下，拍着孙汉勇的肩膀说：“嘿，要论干这个，你是外行啊，听我的。”

孙汉勇信心倍增地说：“你说怎么搞，我们听你的。”

张寒晖说：“我们要借力打力，不要干伤敌一千、自伤八百的事。”

孙汉勇询问：“你来筹划这个事，等你筹划好了，我们就下手。”

第十三章 老百姓一传十 十传百沸腾了

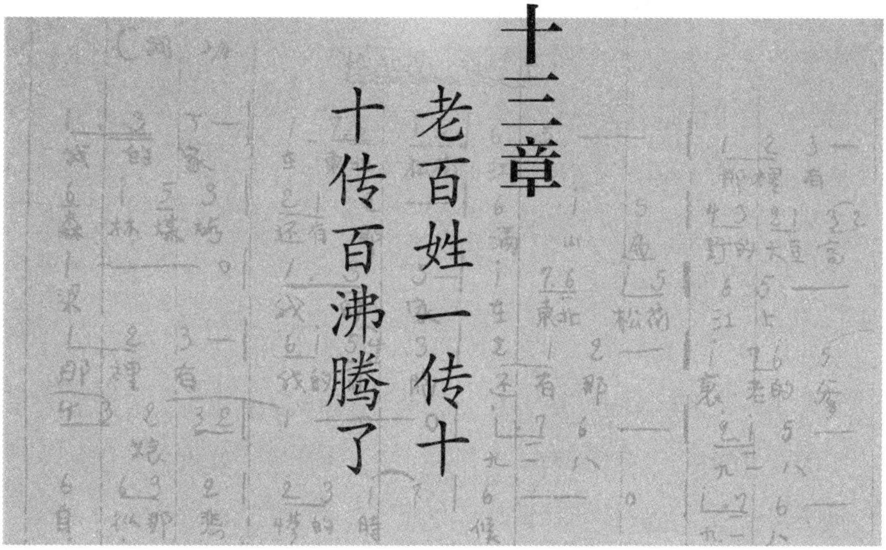

一

好几天晚上吃饭的时候，张振洲都没有看到张寒晖，这天，他走到台阶上的饭桌旁边，立着不坐下，邵锦屏一手抱着艳婷，一手把干粮递给公爹说：“爹吃饭吧。”

张振洲赌气地把干粮放下说：“林格他娘，你不应该撒手不管啊。”

邵锦屏喝着粥，噙在嘴里喂艳婷说：“爹，你是说寒晖吧，他这个人，你知道，不是窝在家里的人。修下什么受什么吧，这家里迟早搁不下他，他想怎么样就怎么样，我就只当是没有他这个人！”

张振洲的泪水流出来说：“我不是糊涂人，可他干的是掉脑袋的事啊。”

邵锦屏说：“他说去商会当文书了，他这是干的正事，爹你怕什么啊。”

张寒晖说是在商会当文书，其实就躲在陈庆斋家里筹划他的大事。陈庆斋家后院有一个小棚屋，就是原来放杂物的小屋，又小又矮，人在里面是夏天热、冬天冷，进门就是一条土炕，下面放着一张木板做的小桌子。这里成了他和孙汉勇他们的联络点，后院还有一个小门，平时用来拉煤拉黄土的，再远一点儿就是天主教堂的后门，人来人往的非常安静。

县长和赵家勾结，不光私卖官盐，暗地还倒卖大烟，张寒晖计划好了一个砸赵家盐店的计划，他写了许多帖子，就说赵家的盐店十月初九卖平价盐，只卖一天，错过了就不卖了，让老百姓们都进城来买官盐。张寒晖的计划就是既砸了盐店，也要找到赵家藏大烟的地方。因为县里要搞模范县，凡是买卖大烟的一律枪毙。这是一箭双雕之计，要让赵家吃哑巴亏，又让县政府不敢追究。

但是谁都不知道赵家的大烟藏在什么地方，张寒晖非常着急，他需要知道赵家的大烟藏在什么地方，哪怕是有个线索也行。

张寒晖去过赵家盐店几次，一次他以上厕所为名，想去后院看看，赵家的管家拦住他说：“后院你不能去，那里是太太小姐的绣楼。”

张寒晖这两天绞尽了脑汁，也想不出办法，他非常着急，必须找个机会进去一次，到时候不打无把握之仗。陈庆斋说：“有个机会，就是不知道行不行。”

张寒晖说：“什么机会？”

陈庆斋说：“过几天，赵家盐店老太太过寿，请了康清波他们的秧歌戏班来唱堂会，我们可以跟着他们的戏班进到盐店后院里。”

张寒晖觉得利用赵家过寿唱戏的事，派人进入康清波他们秧歌小班，在后院唱拜寿戏的机会探索消息，这个主意不错。可是，他又怕连累康清波，唱小班戏的人都是拉家带口的本地人，万一暴露了怎么办，让赵家的抓住了怎么办？陈庆斋说：“那你说办不办？”

张寒晖说：“瞎子闹眼睛，豁出去了！办！就让孙汉勇化妆成唱戏的跟着进去，探出他的烟土窝点来。”

陈庆斋担心地说：“就怕孙汉勇不会唱戏，人家问起来怎么说？”

张寒晖把眉头一拧说：“活人还会让尿憋死了啊，你这脑袋进水了，哪个戏班不跟着几个吃白饭的，就算是给他们跟班的。”

陈庆斋高兴地说：“寒晖，这事要是探出来，砸了他赵家盐店也是白砸啊，好！”

当天张寒晖就回了西建阳，找康清波说庆寿唱戏的事。说完了连家都没有进，就又回到城里来。策划这么大的事，他要静下来，好好琢磨一下。

陈庆斋嘱咐媳妇，不要说张寒晖在这里。每天做好了饭，都是他亲自端到后院来。

二

在赵家庆寿这天，赵家大院里宾朋满座。看家护院的都出来看戏班了，他们对穿着女戏服的演员非常感兴趣，围着这些人说三道四的。这里面有孙汉勇和大滚刀，他们打了花脸，也不上戏，就是为了进来熟悉地形。戏班子被请到一处闲房子里，这里是赵家盐店后院。

负责警卫站岗的家丁大声喊着：“我可是事先给你们说一下，我们东家说了，你们不许随便四下走动，要干什么说话。我们这里是家眷后院，不准外人进入。你要不怕挨枪子、挨狗咬，你就试试。”

康清波说："我们还没有吃饭，是不是先弄点儿吃的喝的，怎么着我们也是县商会请的戏呀。"

家丁说："这个好说，我去厨房让他们给你们送过饭来，可是说好了，哪儿都不准瞎转悠。"

孙汉勇带着老人发套，脸上抹得黑黢黢的，一看就是个老年人。他见家丁走了就走出来，看见西南角有一个小门，他刚迈过门槛，就有一个警卫出来拦住他说："回去，干什么的？怎么瞎转悠啊？"

孙汉勇说："唱戏的。"

警卫说："没有给你们说吗，不让你们瞎转悠，回去！"

孙汉勇继续往里走，说："我找茅房，憋得难受啊。"

警卫掏出枪来指着他说："站住，想干什么啊，不知道这里是家眷后院吗？"

孙汉勇说："老总，行行好，乡下人进来这里就像进了皇宫一样，不知道天南地北的，我就去尿泡尿。人老了，膀胱松了，憋不住尿。"

警卫不耐烦地说："知道岁数大了还出来混饭吃，家里就没人养你管你了？"

孙汉勇说："这瞎眼的家雀也要活命不是？出来混个吃喝的，也少给家里人找麻烦。再说，来这里唱戏，你们剩下的给我们吃，也等于我们过年了。"

孙汉勇一边说着，眼睛早就看到这个小院肯定有秘密，他悄悄记住了这里的地形地物。那个人用枪苗子戳他一下说："走，走，一会儿让东家知道了，就别想走了。"

一个看院的头儿从里面走出来，问警卫："刚才那个人是干什么的？"

警卫说:“唱戏的，找茅房。”

头儿说:“你小子注意点儿，这是什么地方，家眷后院不准外人进来看的。”

警卫说:“是，是，我已经把他轰走了。”

头儿说:“小心点儿，出了事谁都跑不了。”

三

前面已经开始唱了，头儿对警卫说:“你小心着点儿，再要让人进来砸了你的腿!”

戏台上已经开始了，康清波唱的是秧歌戏《刘光嘴看闺女》。在音乐声中，康清波扮演的老汉唱着:“刘光嘴我坐在草房里，忽然间当年的大事想在我心里。想当年一双二老死得早，丢下了光嘴我自己。光嘴我长到了十八九，人们都说我刘光嘴傻不拉几的没出息。一听我心中有气，我到外边扛活儿去……”

赵老太太是城南村里的人，她从小就听惯了这个戏。康清波演得好唱得好让老太太非常高兴。她不住地说:“这孩子唱得好，唱得好，给他赏钱，给他赏钱。”

她这么一说，戏班上的人更上劲了，康清波更卖力气地唱着，拉弦的手指在二胡弦上颤抖，一首如诉如泣的唱段，在演绎着农民的困难生活。

“……我只说我生下个刘门后，不料想我媳妇咻通给我生了一个闺女。我那闺女长到十八九，又来了媒婆来说媒，说到东庄我不愿，说到西庄我不依。那媒婆却是黑心的，用酒把我灌得醉醉的，把我闺女说到西关大老王家去。我只说西关王家是个大财主，不料想把俺闺女许配给王家一个住房儿的。又听说那亲家母真厉害，再加上那傻王八羔子傻女婿整天打骂俺闺女……”

这戏唱到了后半夜，孙汉勇也看明白了，那小院是一个隐秘的地方，那里防范严密，不断有人去那个小院取东西，送到上房去了。

第二天，在张寒晖的小屋里，孙汉勇汇报：“我已经看了，那个后面的小院防守严密，肯定是地库，我们准备好，干吧。”

按照计划，沙河两岸的三十八个村庄里，都有人带信去了：十一月二十八这天，城里南街赵家盐店开始卖平价盐，去晚了就没有卖的了。这一说出去，尤其是街上贴了帖子，孙汉勇他们四处串联，老百姓都一传十十传百地沸腾了。

这天早上，天刚一亮，守城的民团还没有打开城门，就听城外人声鼎沸。民团的人说：“这是怎么了，人们怎么这么早就来赶集了，天刚亮啊。”

不光是南门，就是东、西、北门的人也非常多，这些守城的民团当然不知道这是为什么，他们只是照常开城门。孙汉勇早就和大滚刀他们几个随着人们涌到了赵家盐店大门口，身上都带着短刀。

盐店的伙计们看到这么多人来买盐，心里非常高兴。这些日子因为贩私盐的、扫硝盐的，盐店里的买卖比较稀拉。城里是一、三、六、八大集日，掌柜的也想做个好买卖，他急忙报告管家说：“今天格外人多，怕是门市上的盐不够卖，赶紧让人往盐店门市运些盐来。”

管家听说来了许多人买盐，而且口音都是沙河两岸的，就说：“这事不对，怕是要闹事，你们可是要小心着点儿。来的青泥腿子们多，你不要忘了前年他们抢秋的事，把沙河两岸财主家地里的粮食都抢光了。”

东家听说了动静，想让警察局派人来警戒，警察局长说：“你不知道，我们要搞模范县，还有平教会的晏阳初在推行平民教育，没有县长的命令，我们不敢派人。”

东家急忙叫人去请示县长，县长批了条子，警察局才派人来。由于前面人太多，他们就从后门进来了。

孙汉勇带着大滚刀几个人都是短打扮，都在肩上背着布袋，他们从人群里挤到盐店门前说：“怎么还不开门，这是故意不开门啊！乡亲们，这个赵家盐店说大话，使小钱。我们接到的帖子说，他家今天卖平价盐一天，是为了给他爹超度。现在我们来了他们不开门，怎么办？”

大滚刀他们几个在下面高声喊叫着：“开门，开门！”

外面的人一叫，吓得里面的伙计更不敢开门了。这时候，县城四道街里都挤满了人，尤其是南大街上，人山人海。从南门洞到赵家盐店，人都挤得吊起脚来了。人群中男女老少太多了，有人被挤坏了，也出不去，有的老太太差点儿被人踩死。

孙汉勇朝里面大声叫着：“我们是买盐的，怎么不开门？”

人们早就憋不住了，平时赵家盐店对老百姓的欺诈早已惹得民愤极大，这个时候那些和赵家有仇的，有平时受了赵家欺侮的，不知道谁说了一句：“砸了他的王八窝，说话不算话，一起砸了他们的门子！”

这一句话就是导火索，把人们的愤恨点起来了，人们涌着上前来，拿着各种家伙砸门。大滚刀早就有准备，他大喝一声：“都给我闪开！”只见一声咔嚓响，门板脱落，人们如洪水一样涌进去。平时人们都看不到这么多的盐，如今都红了眼，用各种袋子狠命地装着。可是装了盐的出不去，外面的进不来，孙汉勇带着人们向后院奔去。几个看门的家丁和十几个警察挡不住人的洪流，被冲得四散而去。

隐秘的小院被砸开，发现了许多大烟土。

这场写入定州市党史的砸盐店事件就这么开始了，这事件传到了四下各个县里，至今还流传在人们心中。

县长带着警察大队和民团来的时候，人们还没有散去。但是在赵家后院里秘密藏大烟的地方暴露了，县长只好封闭了现场。消息传开，县城士绅联合上书县政府，坚决地要求县长枪毙赵东家。

现场逮捕了许多人，县长迫于压力，也为了保住赵东家，将这些人全部被释放了。

但是，县政府还是打探到了几个带头的人，孙汉勇和大滚刀被警察局寻找到了行踪。县长手里有举报，说他们是赤党。这天，孙汉勇刚进家就看到一个黑影潜进院内，孙汉勇知道出事了，从茅房里翻到墙外，跳进了庄稼地，在后面不断的枪声里脱逃而去。大滚刀几个人都没有逃脱，大滚刀被当场打死，其他几个人都被判了监斩。

第十四章 他再次离开西建阳

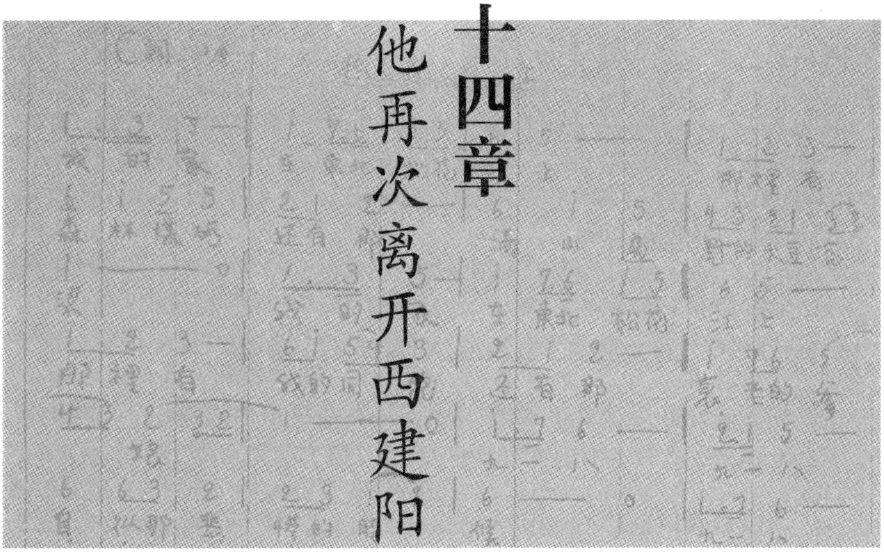

一

眼看着轰轰烈烈的革命运动被政府镇压下去了，这些天到处都在抓赤党分子，县城已经抓了二十多个，张寒晖的心情非常沉痛，他认真思索着，这次砸盐店是对还是错误，莫非他又犯了在北京搞枪的错误吗？

凛冽的西北寒风呼啸着，在褐黄色的大地上肆意刮过，漫漫黄沙落得室内都盖上一层黄色的微尘。城里传来的消息非常可怕，二十多个参加砸盐店的人都被枪毙了。赵家盐店因为私贩大烟，本来要判死刑的，可是官府说这是下面的人偷着办的，东家并不知道，所以警察局抓了一个替死鬼，把一个大烟鬼给枪毙了，这事就算结束了。黑暗，黑暗，张寒晖把桌子拍得啪啪响。

反动政权的反攻让张寒晖进一步的计划落空了，他想在这些砸盐店的群众之间发展党员。可是，黑暗势力太强大了，只是派了几个警察就把这些人全抓走了。那天是多么宏大的场面啊，这是无产阶级对旧世界的一次进攻，他觉得这场面好像是布尔什维克进攻冬宫的样子。那天张寒晖的心情好极了，他觉得整个世界都充满了活力。如果他们砸的不是盐店，而是县政府，那将是一场多么伟大的向反革命进攻的战争啊。

他看到千千万万的民众涌进县城，满腔怒火就像火山爆发。如果当天能够带着大家砸了县政府，那肯定是一个不一样的世界。他要把这一切都记录下来，他要把这个红火的景象写出来，让许多的人们都知道。

他没有正经的工作，白天就给商会打杂，晚上给戏剧改革会整理旧剧本、写文章。他借住的陈庆斋后院小房子，窗户纸被风吹得呼啦响，吹得油灯来回晃动。张寒晖坐在桌前，摆开的稿纸上是写的小说《赤潮》。

陈庆斋端着一盆火炭进来："这天可真冷啊。你在写什么？让我看看。"

张寒晖沉痛地说："我们虽然失败了，但是精神不能垮，我想把这一切都记录下来。"

陈庆斋给他一封信说："孙汉勇来信了，你看看，寄到我那儿了。"

张寒晖高兴地说："这个家伙啊，可是来信了。"他急忙看信，看着看着就笑起来。陈庆斋说："他的情况怎么样？"

张寒晖欣喜地说："他投了东北军，在总司令部学兵队当兵。这家伙，手里有枪了。好，好，我们就是因为手里没有枪，就被有枪的人欺负。"

张寒晖烤着火，炭火熏得他咳嗽了起来："庆斋，我给北京发的信，找的联系人回信了没有？”

陈庆斋默默摇头说：“没有，要是来了信我还不告诉你。你别着急，我替你继续写信。”

张寒晖难过地流下泪来，他现在是没有娘的孩子，是被扔在沙滩上的鱼，是被困在地上的鸟儿。陈庆斋把几张报纸放在桌子上说：“我知道你烦闷，我也觉得这世界压抑，你就说我们这个职业学校的校长吧，多大的一个小官，也吃大烟、养小老婆。”

张寒晖一边和陈庆斋说话，一边拿起一张《世界日报》浏览，报纸上的大字广告吸引了他：北京艺术学校改组为北平艺术大学，恢复戏剧系，由留美戏剧博士熊佛西任系主任，并在近日招录本科新生。原来的教师可以直接进入本科班学习，如果有意，请来北京西京胡同二十三号联系。

陈庆斋弯着腰，正在把炭火吹得更旺一点儿。突然他被张寒晖一拍，差点儿栽倒在火盆里，他说：“拾了金元宝啦，这么高兴？”

张寒晖突然跳了起来，咳嗽得非常厉害，但是还是大声说：“好！太好了！”

陈庆斋说：“怎么了，怎么了？”

张寒晖小声地说：“我马上去北京，马上！有夜车没有，我马上就走！”

陈庆斋说：“什么事也不要这么着急啊。”

张寒晖说：“庆斋，我马上回北京，考艺术大学。商会的事，你替我回一声，不干了。”

二

父亲听说他又要去北京，只是低低地说：“我没有意见，就是要问问锦屏，她怎么说，她让你去不去呢？”

邵锦屏什么也没有说，她让林格看着艳婷，自己端着荞麦去推磨。磨子在四婶家的院里，四婶说：“他又要走啊？”

邵锦屏说：“他不是窝在炕上的人，走就走吧，也不是没有走过。”

四叔说：“他呀，走了我们都放心了，他这个惹事的是非兜子，不把全家都株连到监狱里去，他就不会消停。”

四婶说：“你去说他，别让他走了，你是他大辈儿。”

四叔说：“你个女人懂什么，大丈夫志在四方，走吧，走得好啊。”

出门饺子接风的面，张寒晖看着桌上荞麦面的菜馅饺子，想跟邵锦屏说点儿什么，邵锦屏先说：“你什么都不要说了，我知道自古忠孝不能两全。”

这天走的时候，邵锦屏把几块钱塞在张寒晖手里说：“穷家富路。林格、艳婷，你爹要出门了，给你爹抱抱吧，他这一走说不定什么时候回来呢。”看着两个孩子，张寒晖不知道说什么。他走上离开西建阳的大路，马上就要过年了，别人都是往回走，只有他是往外走。漫漫黄沙在风中飘扬着，天地之间一片混沌。他走了很远，还看到邵锦屏带着两个孩子在沙岗上望着自己。张寒晖心里也有许多的惆怅，他的眼睛湿润了。

昨夜，孩子们都睡着了，邵锦屏嘱咐他说：“到了外边要注意自己的身子骨，你这个病秧子样儿，我不怕别的，就是怕你病了没有人照顾。”

张寒晖说：“你放心，我会注意的，我没有事。”

邵锦屏说：“在家千日好，出门时时难。你自己不想着自己，没有谁管你的。”

张寒晖说：“我在家里也是个废人，什么都帮不了你，我还是出去闯荡一下，万一碰上个好工作。”

邵锦屏说：“你上大学不要花钱吗，你的学费怎么办？”

张寒晖说：“到了北京我会有办法的，你放心，我一个男人，怎么也会养活自己的。”

到了北京接待他的竟然是赵云霄，她脸上有着许多悲哀，头上的头绳都是白色的。他有点儿吃惊地问：“你这是怎么了？”

赵云霄把他安排到直隶新馆住下之后才说：“建翔牺牲了，我们回到东北接上关系，建翔就参加了东北临时委员会，他领导长春大罢工的时候被当局逮捕了，他英勇地牺牲了，没有暴露自己的身份和所有联系的同志，包括你。”

赵云霄说：“北京的党组织进行了新的改组，你先把这两年的情况写个报告，让组织上审查。还有你马上进行复习，准备报考艺术大学。”

这天，赵云霄过来告诉他，组织上审查了他的汇报，基本满意，但还是批评了他的无组织无纪律。赵云霄说：“领导同志严厉批评了你，你不应该无组织无纪律地搞什么砸盐店的行动，让我们党的许多积极分子过早地暴露身份，受到了敌人的镇压。因为你的行动，让定州的党组织也受到了极大的摧残。你在《世界日报》发表的《赤潮》组织上看到了，虽然是小说，但是容易引起敌人的注意。因为文中你虽然用的是化名卢辉，但许多地方还是间接暴露了我们许多人。”

张寒晖诚恳地接受组织上的批评，他说：“我自己也意识到了我的‘左’倾盲动，不管组织上给我什么处分，我都诚恳接受。”

赵云霄说：“你是大革命时期的党员，一定要吸取教训，自觉执行党的决议，维护党的纪律。这次组织上同意你去报考艺术大学，你必须得考上，才能够站住脚。”

三

考试非常顺利，考试完了还要面试，那天教室里坐满了面试的学生，一个个心里都非常忐忑。张寒晖身上肩负着组织的希望，他觉得自己都没有底气了。谁知道，面试的教授竟然是一个二十多岁的年轻人。他走上讲台，给人们鞠躬自我介绍说："本人就是熊佛西，你们都是我亲自录取的学生。现在我还要宣布一个特招免面试录取的新生。"

熊佛西在黑板上写下"特招新生张寒晖"几个字，他兴奋地说："张寒晖来了没有？"

张寒晖在这些学生里面穿得有点儿寒酸，他站起来，就有几个学生发出讥笑的声音，他说："熊教授，我就是张寒晖。"

熊佛西高兴地说："拜读过你的《赤潮》，写得好，激情四射，文才飞扬，好文章啊。"张寒晖腼腆地低下头。熊佛西继续说："我看过你的简历，你在这个学院的前身当过老师，我聘任你为我的助教。你同意不同意啊？"

张寒晖高兴得不知道说什么好，这是他自上次离开北京之后，第一次感到世界是这么美好。熊佛西知道张寒晖因为赤化遭到军阀的通缉，仍然对张寒晖格外器重。一方面是张寒晖出众的才华，还有一个重要的方面就是在当时的中国，因为封建文化和思想还统治着人们的头脑，人们把戏剧看成是下九流的东西，许多考上的学生都不知道话剧是什么，他们就是把它当成一个出风头的东西，有的就是想混个文凭。张寒晖却把艺术当成了他的希望所在，他想用话剧艺术唤醒这沉睡的大地。

鸡叫天明这个老命题终于让他找到了答案，话剧就是鸡叫的声音，它符合了人间事物的规律，鸡叫的声音成为人们奋起进军的号声，是激励人们早早起来耕耘和播种的叫声。他听了熊佛西的讲课，忽然明白了狗在夜里也叫，为什么它叫的时候天不明。

熊佛西说："不是因为鸡叫才天亮，而是因为鸡叫声告诉人们天就要亮了。中国的戏剧都不如话剧这样，能够直接成为为黎明放歌的鸡叫声。"

熊佛西是个非常西化的教授，他经常来找张寒晖打篮球。其实张寒晖对这个运动不感兴趣，几次之后，熊佛西就觉得他怪怪的，对他说："你这个身体应该好好锻炼啊。"

张寒晖笑笑说："熊老师，我不是不想锻炼，我是……"他有点儿羞涩地低头看着自己的鞋，这是邵锦屏做的鞋，已经破烂不堪了。熊佛西还是不明白，他说："你什么意思啊？"

张寒晖还有一个说不出口的原因，他每天吃饭就是靠的那点儿学校的补贴，组织上让他考这个学校的目的，也就是能够有个地方吃饭。把那点儿微薄的津贴维持一个月的伙食，就要精打细算，他还要在这微薄的津贴里，就是从自己的牙缝里省出一点儿钱来寄回去。这两年天大旱，地里的庄稼都旱得打蔫，收成减少了，可是捐税一点儿都不少。连续两年的晋奉大战，让河北这个地方饱受摧残，想到邵锦屏费尽九牛二虎之力浇园收获的一点儿粮食，还要给军阀们征收了当军粮，张寒晖的心就疼，他没有别的办法，他管不了别人，他管得了自己。一天之内能吃一顿不吃两顿，每顿能吃二两不吃三两。这是他在艺术学校时期就发明的饥饿训练。

后来，熊佛西知道了他的情况之后，经常巧妙地让他给自己去办一些杂事，然后把他叫到家里去吃饭。开始张寒晖没有料到熊佛西的意图，后来他知道了，就是办了事之后，也决不到他家去吃饭。熊佛西说："你这人怎么这么小农意识啊，吃顿饭怎么了？"

张寒晖说："我媳妇说过，救急救不了穷，你能够天天管我饭吃吗？"

就在这个时候，刘尚达因为西安反动势力的逼迫，也到了北京避难，急需一个地方安顿下来，而艺术大学能够管饭。这天，赵云霄来找张寒晖，她给张寒晖交代任务说："你一定要争取把刘尚达同志插班学习的事情办好。"

这是个艰巨的任务，因为学校的规定，不准许插班，必须要等到暑假考试才行。再说张寒晖一个学生，也没有那么大的门路。赵云霄说："办法总比困难多，什么事情办不了是我们的方法不对头。这事就交给你了，你办也要办，不办也要办。怎么也不比你想夺敌人的枪难吧？"

赵云霄这么说，张寒晖真是有难度的，可是，他不能够拒绝上级交给的任务，当时张寒晖说："请组织放心，我一定想方设法办好。"

张寒晖答应之后，刘尚达就搬过来住了，都是老朋友，谁也不生疏。刘尚达穿着一双球鞋，一脱鞋臭味就充满了这个小屋。张寒晖说："你别穿这鞋行不行，这味道比臭豆腐都难闻。"

刘尚达悲痛地说："杨虎城被蒋介石逼得卸任了陕西省主席职务，教育厅厅长换了人，说我们西安的民政教育馆是赤化窝子。幸亏我走得快，要是慢了，说不定就看不到你了。"

他逃出来的时候连行李都没有拿，刘尚达伤心地说："老婆孩子都不知道我到哪儿去了。"

张寒晖幽默地说："尚达，我不为别的，就为你这臭豆腐味，我也得赶紧给你把事办了。”

四

这天他回来之后说：“尚达，我们商量一下，我穿几天你的球鞋行不？”

刘尚达说：“你穿我的鞋行，就是你别嫌臭味就行。臭麻子，你个仙人板板的犟人，想搞什么？”

张寒晖拍拍脑袋说：“我这是受人之托，不得不为之啊。还不是为你呀！”

这两天，熊佛西突然觉得张寒晖爱打篮球了，还穿了一双球鞋。每当课间和放学后，张寒晖就主动说：“熊教授，不打球啊？”

熊佛西觉得这里面肯定有文章，他说：“寒晖，这事不对啊，我觉得你是不是想给我挽一个小圈套啊？”

张寒晖微微一笑说：“没有，没有，绝对没有。”

熊佛西看着他的眼睛说：“你真的没有事？这可是你说的，走，球场打球去。”

一连几天，张寒晖平时就吃得少，现在又要管刘尚达的饭，本来就不富裕的伙食费，他只好苦了自己，在学校打饭回去，全让刘尚达吃了。刘尚达饭量大，他说：“张麻子啊，你也太小气了，多打点儿饭回来，我这每天都是吃半饱的。”

张寒晖愧疚地笑笑说：“哎呀，这都怨我，没有想到。”

第二天，张寒晖给刘尚达带回来夹肉火烧，刘尚达饥肠辘辘，一嘴就下去半个，他吃了几个才把嘴一擦，说：“你怎么不吃啊？”

张寒晖说：“我吃了，你吃吧。”

刘尚达问他进校的事情办得怎么样了，张寒晖安慰他说：“学校要研究研究，你不要着急，我尽快给你办理就是了。”刘尚达想去几个陕西的同乡那里看看有没别的出路。他身上只是短裤短褂，想借一下张寒晖的长衫。他一问，张寒晖说：“忘学校里了，明天我给你拿回来。”

第二天他又说忘了，刘尚达非常不高兴：“你呀就是小气，你们定州人怎么这么小气啊，不像我们陕西人，唱戏都霸气。”他说着吼了一声华阴老腔，真的是底气十足，震耳欲聋。为这事刘尚达心里不痛快地说：“你呀，真不知道你是怎么做人的。”

张寒晖不恼，只是眯缝着眼睛笑，笑得刘尚达生气地说：“你吃了鸡屁了，看你笑的那个脏样，我就看不起你这样的人。”他们两个正赌气，赵云霄进来把张寒晖的长衫一摔，说：“寒晖，你有什么困难说话，你把长衫当了，艺术大学不许穿短裤短褂你不知道啊？听尚达说你们吃夹肉烧饼了，我以为你发大财了呢，原来是当了衣裳解嘴馋啊。”

原来张寒晖当衣服的地方，是他们的一个地下联络点，赵云霄看到张寒晖的衣服，才知道有这么回事。刘尚达愧疚得眼泪流了下来，他说：“张寒晖，将来我要是有对不住你的地方，我就不姓刘。”

尽管张寒晖打起精神陪熊佛西打球，但是这几天他的力气透支太多了。熊佛西一个闪球撞了张寒晖一下，他竟然虚脱了。熊佛西把他带到自己的宿舍里，给他倒了一杯牛奶，拿了一块面包说：“你这是饿的，饭不够吃啊？这里没有外人，你跟我说实话，你到底是有什么事。你不说，我们以后就不算是朋友了。”

张寒晖只好说了刘尚达的事，他说：“熊教授，只有你有权力接受一个插班生。刘尚达是天津南开毕业的高才生，曾经是西安民众教习所的所长，也当过西安中学的教务主任。”

熊佛西里意味深长地笑着说：“你的同党。”

张寒晖诚实地点点头，熊佛西说：“我这就去找校长，明天就让他来吧。我委托你考试他，好吧？”

五

第三天，学校的公示牌里赫然写着：“补录优等生刘尚达。”

刘尚达把东西放在学生铺上，对帮他拾掇东西的张寒晖说：“老兄，球鞋就送给你了。”

张寒晖小声地说：“你也这么小气啊，不说请我吃一顿？”

刘尚达笑了说：“对，对，我请你吃夹肉烧饼。”

张寒晖笑了说：“你那臭球鞋，当铺都不要。”

刘尚达说：“宝剑赠英雄，红粉赠佳人，臭球鞋送同志，不能够白送啊，请我吃饭！”

张寒晖会心地笑了，刘尚达激动地说：“我终于找到落脚吃饭的地方了。”

熊佛西为了解决张寒晖的经济困难，就为他介绍了几家报馆，专门写一些戏剧论文，每次都有两三块钱的稿费。张寒晖成了小小的有钱人，刘尚达还有几个同学，就经常来打他的秋风。他们一来，张寒晖就去门房，看看有没有汇款单。

门房正在看收到的信件，见张寒晖走来便说：“又没有饭钱了吧？”

张寒晖说：“大爷，有我的信吗？”

门房高兴地说：“你还是说着了，有《世界日报》的汇款单，给你。”张寒晖从信件里拿出一个信封高兴地说：“好哇，我有钱了，今天的饭不用发愁了！”

刘尚达首先说："吃东来顺去，我到了北京还没有吃过羊肉呢。"他抢过汇票一看，不说话了，大家就嚷着要去吃东来顺，刘尚达说："每个人吃碗粥还行，三个铜板。"

别的同学也看了汇票，有点儿不满足地说："还真是的，三个铜板呀，太少了。"

张寒晖心满意足地把三个铜板的汇款单装进衣袋里说："饱吹饿唱，咱们学戏剧的，就是要遵守这个规矩。你们是不是爱听河北梆子？我唱一段。"

他这一唱，人们又高兴起来，说的唱的，非常热闹，还为戏剧理论争得热火朝天。门房被他的情绪感染了说："你们呀，天生一个个不知道发愁的人哪。三个铜板对于你们这些人，也就是每个人喝一碗粥，吃一个窝头。"

张寒晖笑着说："我们定州有句话，喝口水，还顶一会儿呢，一碗粥一个窝头，足够顶一天了，不笑干什么。"

门房同情地笑了，笑得有点儿伤感。他们热闹够了就出去吃张寒晖的三个铜板，去不了大饭店，他们就到苦力们吃饭的地方——地摊上摆着的窝头摊子。看到一群穿着长衫的先生们来和推车挑担扛大件的人们混在小摊等吃饭，小摊贩高兴地说："各位先生，你们到我这儿来是给我长脸面。各位先生坐好，我给你们盛粥。"

一算人头，少一个人的窝头，张寒晖说："我胃疼，只喝粥，不吃窝头。"

小摊贩把新腌的萝卜丝抄了一大碗放到长条木板搭的桌板上说："张先生，你们今天算是给我长脸了，我赠送你们一个窝头，还有这萝卜丝是新腌的，你看这色调，我还搁了香油，你看多有食欲啊。"

张寒晖风趣地用定州秧歌唱起来：

给我来碗粥，

咸菜里搁香油，

新腌的萝卜丝，

还搭一个窝窝头！

张寒晖在北平艺术大学，右一为张寒晖，右四为熊佛西，右三为刘尚达

刘尚达谋了一个在学校厨房帮忙的差事，算是勤工俭学，他就是为能够吃饱饭。每天到做饭的时候，他就到厨房里来干一些粗活，洗菜、烧火、刷碗什么的。他非常卖力，食堂的大师傅非常看好他，他的酬劳是两个馒头和一碗稀粥。每次打完饭，大师傅就给他两个馒头，说："吃饭吧，吃饭吧，看你也是个实在的孩子，我给你说，吃到肚皮里面的算是吃了，可是不许拿走。"

刘尚达看张寒晖每天打饭都是一个小窝头，看得都心酸，他说："寒晖，你也多吃点儿啊，你这样下去，身体要垮了呢。"

张寒晖说："穷人出身的身体好，怎么就会垮了呢。我少吃一点儿，能够给家里省一点儿是一点儿吧，这两年天灾人祸的，不知道他们娘儿三个是死是活呢。”

他这话说得刘尚达心里酸酸的，谁不是这样啊，可是为了事业，为了心中的远大梦想，他们都这么乐观地坚持着。即使这么饥饿，张寒晖的成绩在班里总是第一。

六

有一次，他们出去遛弯看到卖馒头的，张寒晖突然觉得饿得翻江倒海一般，他咬紧牙关故意不看，可是那个卖馒头的想拉主顾，拦住他们说：“先生，买个馒头吧，你看我们这硬面馒头，筋道，有嚼头，吃到嘴里甜丝丝的，胜过芝士林的蛋糕、稻香村的点心，当官的人吃我的馒头肯定一年一提升，当兵的吃了我的馒头打仗都是打胜仗，学生吃了我的馒头，保你中举人、考进士、选翰林、入军机、当将军，来吃啊。”

他这么一说，张寒晖的胃里一个劲翻腾起来，他咽了一口酸水说：“我们走吧，别听他说了。”

刘尚达说：“你是不是想吃馒头啊？我给你买一个去。”

张寒晖拦住他说：“天将降大任于斯人也，必先苦其心志，劳其筋骨。你今天买一个，你天天给我买吗？你以为是向着我，其实是害了我。这就让我有了奢侈之心，就不能保持纯正的心境。你不知道‘由俭向奢易，由奢向俭难’的警句吗？走走，我们不受他的诱惑。”

刘尚达和他急忙地走开了，后面那个卖馒头的还在大声叫喊着：“硬面饽饽，赛过稻香村啊。”

第二天刘尚达去食堂帮忙的时候，大师傅端过饭来。他趁大师傅转身的功夫，把一个馒头揣在怀里。大师傅回过头来说：“吃慢点儿，小心噎着呀。你这是吃饭还是吞饭，没有看到你吃，一个馒头就进肚了。这孩子，我再给你拿一个去。”

从食堂出来，刘尚达拦住张寒晖，把馒头拿出来给他。看着刘尚达递过来的馒头，张寒晖非常气愤地说：“食堂的规矩我知道，你这是哪儿来的？不准偷东西，快放回去，快放回去。”

刘尚达说：“你嚷什么，你嚷什么，这不是偷的。”

张寒晖说：“食堂的规矩，不准往外带东西，你这样要是被发现了，保不住你的这个位置，也丢我们组织的人，我们怎么会是这样的人呢，你说是不是？”

刘尚达把馒头塞到他嘴里说：“你先吃了我再告诉你。”

张寒晖躲着，刘尚达硬把馒头塞到了他的嘴里。他咬紧牙关不张口，刘尚达说：“你不吃，沾过你嘴的东西就没有人要了，要不就扔了。”

张寒晖抢过来，四下看看，急忙狼吞虎咽地吃下去，刘尚达给他捶着背说：“你慢点儿好不好，小心噎着。”

张寒晖伸了一下脖子，抬起头说：“这包子真好吃，什么馅的？”

刘尚达笑起来说：“你吃的是馒头啊，这是馒头。”

张寒晖仔细回味着滋味说：“哦，是馒头哇！”

后来张寒晖编了一个自嘲的顺口溜：“几个大学生，肚子咕咕叫，勒紧裤腰带，偏要瞎胡闹。刘尚达陕西娃，生愣倔脾气，给了我一个肉包子，非要说是馒头瞎放炮。”

就在这样的环境里，张寒晖不断接受着各种各样的艺术，民歌、小曲，京剧、昆曲，但是他更注重的是学习马克思的艺术观，他在这里学习到了最重要的东西，就是艺术必须为老百姓服务，要把老百姓爱好的东西展示出来，我们的艺术才有出路。他不仅在理论上这样想，还进行了学习实践。他向组织上汇报，决定在暑假期间组织一次巡回演出。为了争取学校的支持，他把熊佛西的剧本拿来，准备进行排练。为了实现自己的梦想，他就这样每天饿着肚子，苛待着自己。

组织上指示他们，一定要在公众面前揭露旧社会的黑暗，让民众都起来革命，寻找新的出路。张寒晖的想法得到了熊佛西的支持，也得到了校长的点头同意，他们就利用晚上的时间排练，争取达到公开演出的水平。

第十五章 难道我们中国人好惹吗

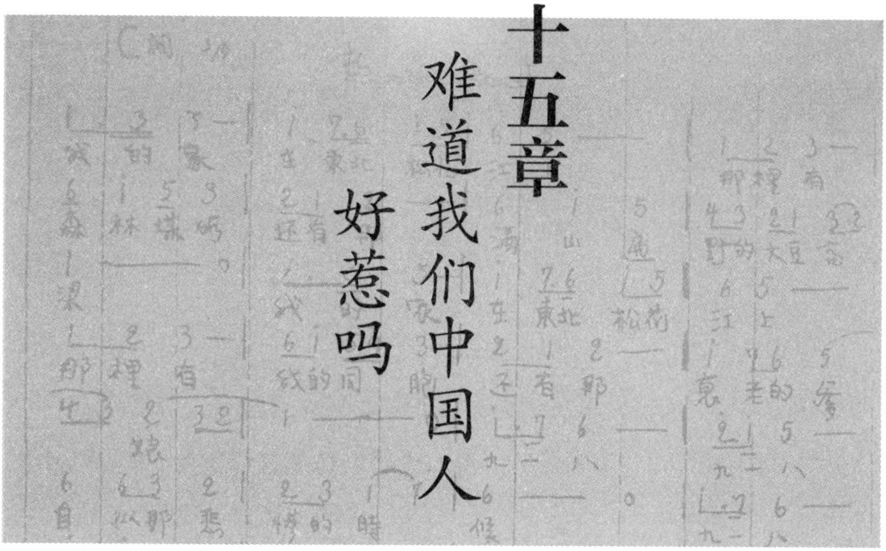

一

尽管张寒晖他们在去天津之前做好了许多准备，但还是碰了钉子。他们排练的几个小话剧，只在南开小礼堂演出了几次，根本就卖不出票。他们只好公开义演，但是也没有多少人来看，除了学联组织的中学生们，基本就没有观众。这次公开演出让张寒晖对熊佛西坚持的艺术至上的主张，有了新的看法。

二十年代末的天津，已经成为西方列强和日本的殖民地。九个租界占据了天津最繁华的地段，海河东、西两岸形成了德、日、俄、意、奥、比、英、美、法九国租界。

张寒晖他们几个人带着不多的行头，在天津运河码头一上岸，首先感到的是这里是外国人的天下，尤其是日本人多，到处都可以听到日本人说话的声音。日本租界在南门外大街和海光寺占地两千多亩。

他说："这个小日本啊，真的把中国当成了自己家一样啊。"

张寒晖他们来的时候，正是河北评剧占领天津市场的时候，成兆才编剧的《杨三姐告状》风行一时。成兆才的剧作构思大胆、奔放、复杂多变，内容切中时弊，能够引起观众共鸣。张寒晖还买票看了一场，这样的戏剧让他大开眼界。尤其是杨三姐这个主要人物塑造得很成功，她性格鲜明，形象丰满，是民国初期典型的农民形象。她的智慧、胆量和顽强的意志贯穿于她每次出场的行动中，引起了观众强烈的共鸣。那天张寒晖看了戏，回到他们住宿的南开大学学生宿舍，有点儿低沉地说："我们的话剧怕是没有人看啊。"

刘尚达说："有人看就算，没有人看就拉倒，反正我们的饭钱由学校给了。"

张寒晖说："为了打开话剧事业的道路，熊先生把自己一个月的薪水拿了出来，你怎么这样的态度啊？"

刘尚达也有委屈，他拿着油印的剧目简介去和剧场联系的时候，人家剧场的人说："你们是哪个剧团的，有没有名角儿啊？拿他们的相片让我们看看。告诉你，天津人的眼界可是高啊。你们的戏挣不了钱，我们戏园子可赔不起啊，我们这一杆子人都等着这园子吃饭哪。"

刘尚达说："我们是熊佛西的学生，是搞话剧艺术的，就是想让天津人民看到我们的艺术。"

园主说："熊佛西是谁，他和熊希龄嘛关系？"刘尚达真不知道熊希龄和熊佛西是什么关系，他胡诌了一句话说："熊佛西是熊希龄的儿子。"

园主哈哈一笑说："你个陕西憨娃，熊希龄有儿子吗？他就两个女儿，要说是他的外孙还差不多，可是他的外孙会姓熊吗？"

听到这里，刘尚达急忙溜出来，这个园主是早晨起来煎饼果子吃多了，拿刘尚达化食呢。刘尚达又去了几个戏园，都是这样的遭遇，气得他大骂："都是瓜皮闷尿二锤子。"

刘尚达决定去劝业场碰碰运气，他听一个人说："劝业场去年才开业，里面有八大剧场，那个地方是什么新鲜就要什么，你去看看吧。"

刘尚达走进这个让他眼花缭乱的地方，好不容易找到演艺经理，人家几句话就把他打发了，演艺经理说："你唱嘛戏我不管，要说没有余叔岩、杨小楼、马连良他们挑班，我看你就另寻高明之处吧。"

刘尚达这次学精明了，就说："我们班主是熊希龄的孙子，你看是不是通融一下。"

演艺经理哈哈笑了说："你个碎娃子啊，你哄谁啊，人家是堂堂的国家总理，他的孙子成了下九流，你逗哏呢吧？出去，出去。"

刘尚达说："你看看我们的剧本和演出介绍，行不行？我说的都是真的，你不信去北京打听打听去。"

演艺经理大度地笑着说："我打听嘛啊，我犯得着吗？看剧本，看嘛剧本，我就是看你有没有名角儿。你说你的戏好，这也行，我们开戏园子干吗，不就是挣钱吗？就算你说你们班主是熊总理的孙子，也行，我信。他这个大官的后代是活腻了还是玩票，都行。你告诉他，我这园子一天包金一千块大洋，你让他先给我拿三天的定金来。"

刘尚达说："你就看在熊希龄老先生的分儿上，通融一下。"

演艺经理说："他算个嘛，你知道我们这儿都是谁的股份吗？告诉你听听，吓死你，庆亲王载振知道不？还有大鼻子德国人汉纳根，知道不？他一个下台的总理，有嘛用啊。”

刘尚达说：“你可别这么说，他老人家是国民政府全国赈济委员会委员。”

演艺经理说：“你个碎娃子，哪儿凉快到哪儿待着去。”

刘尚达说：“我是来谈演出合同的，你是不是我们给一场地方？”

演艺经理说：“就算是你说的公子哥想玩票，你拿钱来，我们就签合同，要是没有钱，门都没有。”

刘尚达有点儿气愤地说：“我们这可是艺术啊。”

演艺经理说：“艺术能够当饭吃？你们艺术能够艺术过梅兰芳啊？他来不给钱，我们也不接待。走，走吧，要不是看你年轻，我早就让保安拖你出去了。”

二

张寒晖早在进行公演准备的时候就信心满满，刘尚达带回来的消息却让他们都非常丧气。张寒晖鼓励大伙说：“什么事情都开头难，我们只要把前三脚踢出去了，就会容易了。”

可是这前三脚怎么踢呢？刘尚达一边吃着天津的杠面大卷子一边说：“要不咱们去广场演出去，我就不信没有人看。”

从小旅馆里看出去，夜色下的天津城一片光怪陆离，霓虹灯照亮了海河两岸，海河里日本人的船只不断来来往往。张寒晖不担心演出场地的事，他这两天看到的世界，和熊佛西描写的剧情相差太大。他担心的是，剧本里的公鸡叫声会不会有人听，而且就算这样的公鸡叫了，对这个世界又能够起到什么作用呢？

没有人听也要叫，张寒晖不想就这样失败，他说：“我们面前有两条路，一条是公演胜利，另一条是败退回北京。但是，败退不属于我们。”话是这样说，他出去找演出的地方也碰了壁，就是那些茶馆也不接待他们的演出。

张寒晖进小旅馆的时候，刘尚达正在洗脸，他端着洗脸盆过来说：“寒晖，有一个事，我去了码头工会，想找他们给工人们演出，可是他们现在没有时间，他们这几天正在办一件大事。”

张寒晖说：“什么大事，你快说说。”

刘尚达说：“进房间说去，别的茶房会听到。”

原来，一个码头工人让日本黑龙会的浪人给打死了。现在天津码头上日本人的势力非常大，他们不但欺负工人，就连那些船运公司的老板也常常受他们的挤压。人们对日本人恨之入骨，这次他们想以码头工会的名义，进行一次向日本人讨还血债的行动。

张寒晖说：“你打听清楚了没有，他们想怎么进行？”

刘尚达说：“打听清楚了，他们准备后天在全市进行码头罢工和游行，这个死了的工人是你的老乡，定州人，工会的人已经把他的家属接来了，让日本人偿命和进行经济赔偿。”

张寒晖说：“我们马上和码头工会联系，我们给他们义演。”

刘尚达说：“寒晖，你这人一说就激动。我们义演？我们现在是两手空空的，急需演出卖票，我们好吃饭。你要是义演，我们的经费马上就要花光了，怎么办啊？”

张寒晖说：“我这几天还在琢磨着，成兆才的戏，为什么天津人就认，《杨三姐告状》可以说是天天客满。你想这是为什么？”

刘尚达说：“我真的没有想，你说说你的意见。”

张寒晖说：“就是因为这个戏为老百姓说话了，唱出了老百姓的心声。”

刘尚达高兴地说：“你想我们把《杨三姐告状》改编成话剧？”

张寒晖摇头说："就是想把《杨三姐告状》改成话剧，也是将来的事，现在来不及了。风雨欲来风满楼，我们要学海燕，越是风浪来了，我们越是要高声叫着：'暴风啊，你来得更猛烈一些吧。'"

另外的人也被张寒晖激动的情绪感染了，他们都说："你是导演，也是这次旅行演出团带队的，我们听你的，你说怎么打开局面，我们就怎么办！"

为了激励士气，张寒晖问刘尚达："我们还有多少钱啊？"

刘尚达说："除了缴了旅馆费，还有三十块钱，我们回去还要租船拉道具和布景，没有十五块钱回不去，这谁也不能够动，你看就这点儿家底了。"

张寒晖说："今天我们不吃窝头了，请大家吃一顿狗不理，你看行不行？"

刘尚达为难地说："我可是管财务的，跟你们说，要是连回去的路费都没有了，我给你们租一个大板车，大家拉着道具回北京。"

年轻人哪里管这个，先吃了再说。这几天窝头咸菜的，吃得人们都倒了胃口，天津的水咸，小米粥看颜色黄得好看，喝到嘴里就像吃咸饭一样。

三

张寒晖吃过饭，叫着刘尚达："走，我们去码头看看。"刘尚达说："不是说好明天去吗？"张寒晖说："我不知道你们陕西的风俗是什么样，我们定州要是死了人，外界朋友都是晚饭后来吊唁。"

张寒晖和刘尚达去了小店里，买了些烧纸和贡品，就坐车去了搭在码头货场上的灵棚。虽然已经是晚上，但是这里灯火通明，可以看得出来，在场子外面有许多黑龙会的人想探头探脑地窥探情况。

他们在货场进口处受到了盘问，一个小头目说："干什么的？"

张寒晖把手中的东西一抬说："吊唁的，前来给老乡烧纸。"

几个人走了过来，他们的胳膊上都缠着一块白布，他们都是码头工人。有人带着他们走到账桌前，有人接待他们说："你们是死者的什么朋友？"

张寒晖说："我北平艺术大学旅行公演团的。"

刘尚达急忙说："他是我们张团长，因为听说是老乡，就来祭奠。"

写账的抬头一看说："老乡啊，你是定州的吗？好，好，二牛你过来，来了定州老乡了，你快过来。"

一个十几岁的孩子过来跪下磕头说："谢谢张团长。"

张寒晖按照定州的规矩给死者上香跪拜，没有出面的死者妻子听说是老乡来祭奠，发出了压抑而悲愤的声音，她哭叫着："我屈死的男人啊，你生没有吃过一顿饱饭啊，你死没有穿过一件囫囵衣呀，你为了挣点儿吃饭钱，你屈死在外地呀，你什么时候才能够鸣冤屈啊？你的媳妇啊，不会说呀不会道啊，全靠着大伙帮忙啊，不知道你的冤屈能不能报啊？小日本啊，欺负死人了啊。"

张寒晖跪下的时候已经泪水满面。刘尚达也跟着跪下去，他这个平时大咧咧的人，在这个时候也抑制不住地哭出声来。张寒晖说："他这一死，他这个家就散了啊，不知道他家里还有没有别人，上面有没有父母，下面还有没有孩子，他们的生活怎么办呢？这个小日本啊，真是太欺负人了啊。"

刘尚达说："真没有想到，小日本在中国的地方就这么欺负人。"

他们的吊联已经挂起来了，上面写着："为王先生老七讳，驾鹤西游，高登仙路，北平艺术大学张先生、刘先生敬挽。"一个穿戴打扮是码头工人样子的管事出面接待他们，他眼睛上戴着一副近视镜，对张寒晖和刘尚达的到来表示敬仰。因为一个普通码头工人的死，能够让北平艺术大学的人参加吊唁，这本身就是对死者最大的褒奖。他说："你们到这边喝茶吧，我代表治丧委员会对你们到来表示最大的敬意。"

张寒晖说："我们就不打扰了，但是我有一个要求，就是想给王老七义演一场话剧，不知道你们同意不同意。"

管事的说："这个我们要给治丧委员会的主任汇报，你们把住的地方的地址留下，我们商量好了之后，就去给你们打招呼。不知道你们是唱什么的，京剧、梆子、评剧还是豫剧？"

张寒晖笑笑说："都不是，我们是话剧。你给主任说，我是以老乡的名义进献，没有别的意思。"

管事的说："好嘛，好嘛，话剧我知道，就是文明戏。我们天津这地方，你就是唱蹦蹦腔的都行，只要你唱得好，你唱得人爱听，就是好戏。"

第二天，对方没有动静，刘尚达说："我说什么来着，这些码头工人就不懂什么艺术，要是梆子、京剧他们也许感兴趣，一说话剧人们就不看。"

熬了一夜，脸色非常苍白的张寒晖拿出修改好的剧本，说："我们排练一下，我在这个剧里添加了王老七的戏。"

刘尚达说："对方连个动静都没有，我看八成是没有戏了。人家是什么心情，哪里还有心思看戏。"

张寒晖说："我们老家有死人唱殡戏的风俗，不知道天津这里怎么样，我觉得，他们十有八九让我们唱。"

刘尚达说："你怎么改的戏，是不是还要加演员？"

张寒晖说："我没有这么设计，就是把昨天那个女人哭的词加上了。"

刘尚达说："这是你的戏，你又给自己加这么多戏，你的身体能够顶下来不？"

张寒晖说："我昨天看到那个女人哭，我就想起我的母亲，我们定州的女人太不容易了。他们找个男人都是靠山，我不知道你们陕西是什么情况，我们那里一般都是女人在家料理家务，靠男人在外面挣钱，养家糊口。我母亲这一辈子，死的时候才不到四十岁，死于心肺病，其实就是劳累过度，营养跟不上死的。她们和男人一样劳动，要做饭、做衣服，还要管孩子，她们多不容易啊。我昨天一听到那个女人的哭声，我就想起了我的母亲和妻子，她们都一样。所以，我加的戏都是戏外戏，不加演员，就是多了点儿台词。"

这一天谁都没有出门，就在家里排练《一片爱国心》这个戏，张寒晖在戏剧情节里添加了他们一家人，说的是日本人打死码头工人的情节，但是都做了幕后处理。女人哭的情节也由演员在台前诉说，后台里由张寒晖表演哭声。这样既不破坏原来的情节，又加了当前的情节进去。

虽然不是太贴切，但是人们觉得还是可以的，反正话剧和别的戏剧不一样，不需要乐队，不需要唱腔，这样可以随时加一些内容。

就在第三天早上，人们还没有起来，码头管事的就来了，他拿出白色的请帖说："张团长，不好意思啊，前天你们提出给老王唱戏的事，我们当时因为不知道你们老家那边的风俗，就没有敢答应。后来听老王媳妇提出来，要给老王唱台戏，这是你们定州方面的风俗习惯。不管怎么说，他也是成家立业的人了，唱台戏也行。经过我们治丧委员会一商量，既然张团长有这个意思，我们就两方便了，我们也算是答应了老王媳妇的一个要求，你们也算是尽了乡亲之谊。”

张寒晖非常高兴地说：“好，好，我们今天就去怎么样？”

管事的说：“你们需要不需要我们帮忙，挂幕什么的？我们已经派人打台子了。”

张寒晖说：“你们准备在现场还是在别的地方啊？”

管事的说：“我们准备就在现场，还有虽然你们是义演，可是我们也不能够让你们白演，每个人给你们一块大洋，你看行不行？”

张寒晖说：“不要钱，不要钱，我们说是义演就不要钱。”

四

张寒晖他们非常高兴地准备给码头工人演出，小旅馆的老板说：“你们上当了，他们是找不到剧团，才拿你们挡事呢。告诉你们，日本领事馆都给天津市长打了招呼，哪个剧团都不要去给他们唱戏。你们是吃了豹子胆了，日本人可是不好惹啊。”

张寒晖说：“日本人不好惹，难道我们中国人就好惹吗？我们不怕。”

演出是在晚上进行的，他们的戏虽然没有什么灯光布景，但是他们的演出正符合当时看戏人的心情，下面不时响起掌声。当张寒晖在幕后的哭灵声音传出时，全场的码头工人们齐声高呼：“向日本人讨还血债！向日本人讨还血债！”

演出结束的时候，王二牛代表父亲给全体演员跪拜。他这一跪让全场人都哭声四起，这场面让张寒晖感动得泪流满面。他们回旅馆的时候，全体看戏的码头工人给他们送行。

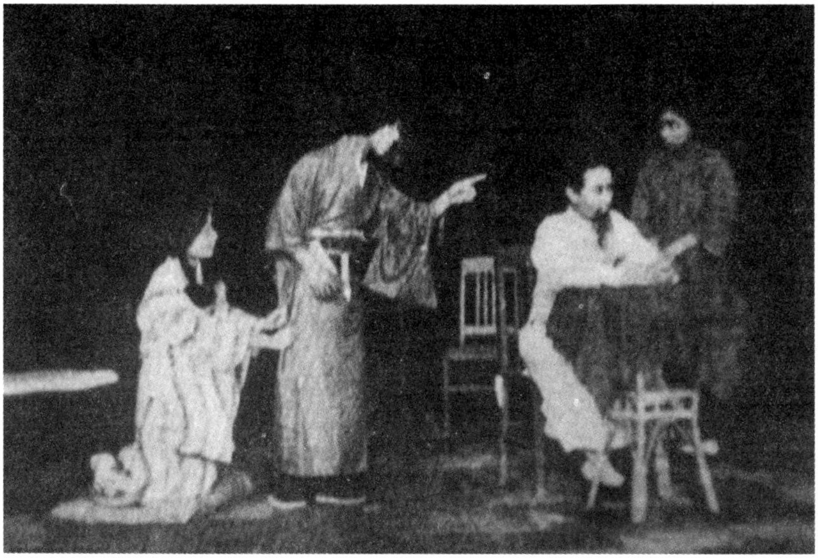

张寒晖（左一）在天津演出话剧《一片爱国心》剧照

他们一连演了三场，这声势传遍了天津码头。来拜访他们的人很多，就连回了他们戏的许多剧院都来邀请他们演出。但是，因为日期的关系，他们预定的时间到了，就都退了对方的邀请。

这天早上就在他们准备回北京的时候，刘尚达从外面拿着一张天津的《人公报》，兴致勃勃地走进小旅馆，正碰上门房出来的张寒晖。他高兴地说：“寒晖，你看看，这是记者写的。”大伙也闻声从房间里出来，问刘尚达：“有什么好消息？”

刘尚达高兴地说：“你看，天津《大公报》消息，说北平艺术大学暑假艺术旅行团唤起了沉睡的人们，让他们看到了蹲在门口的狼群的真面目。你们看，这里还刊登了一首歌词，虽然没有提到日本，但是说的就是他们。”

刘尚达给大伙念了这首歌词：“北望满洲，渤海中风潮大作。想当年，吉、江、辽、沈人民安乐，长白山上设藩篱，黑龙江畔列城郭。而如今，外寇任纵横，风尘恶。甲午役，土地割，甲辰年，主权夺。叹江山如此异族驰骋，何日奉命提劲旅，一战恢复旧山河。却归来永作篷口游，念弥陀。”

张寒晖看到大家都兴奋，也笑笑说：“太好了，太好了，这词写得非常好！”

刘尚达说：“寒晖，你好像不是太高兴呢？我们这次成功了，大获全胜。”

张寒晖也拿出一封信来说：“这是熊老师发来的电报，日本驻天津领事馆已经照会北京政府，说我们有辱大日本帝国的声誉，政府已经严令学校让我们回北京。”

刘尚达着急地说：“我们还要给几个学校去演出呢，都答应人家了。怎么办啊？”

张寒晖说：“我也计划好了，为了保证同学们的安全，我们对外面还是不说回北京，就说去山东演出，我们在杨柳青坐船回北京。”

小旅馆的老板也拿来一封没有封口的信，里面什么都没有，只有一颗子弹。张寒晖拿着这颗子弹说：“今天我们这公鸡真的叫对了。”

刘尚达不知道他说的是什么意思，就问：“什么公鸡？”

张寒晖默默拍了拍刘尚达的肩膀说：“赶紧准备，马上回去，我们不是胆小怕事，我们是为了同学们的安全。”刘尚达也非常恼怒，南开学校要他们去演出，他已经答应了，但是又要爽约了，这可是他的母校啊。

小旅馆的老板说：“你们没有听说呢吧，码头工人们赢了，日本方面赔款了，还要给码头工人道歉。”

张寒晖笑了说：“让他们知道知道，中国人也不是好惹的！”

但是，张寒晖不知道，熊佛西手上还有给他的一封急信——他的老父亲病危。还有，艺术大学因为上边的压力，他这个助教的职位已经撤销了，刘尚达也被开除了。刘尚达要回陕西，他们在车站上分手的时候，张寒晖满含热泪，张寒晖说："这一别，不知道什么时候再见呢。"

刘尚达说："我们只要走在一条路上，肯定有见面的时候，我还是那句话，我们肯定会见面的。"

在他们离开北京的日子里，一个特大事件发生了，1931 年 9 月 18 日，日本帝国主义悍然发动了九一八事变，出兵侵占东北。国民党蒋介石采取了不抵抗政策，东北军不战而退，东北三省沦亡，民族生存受到严重威胁。

第十六章 把青年人心里的火点起来

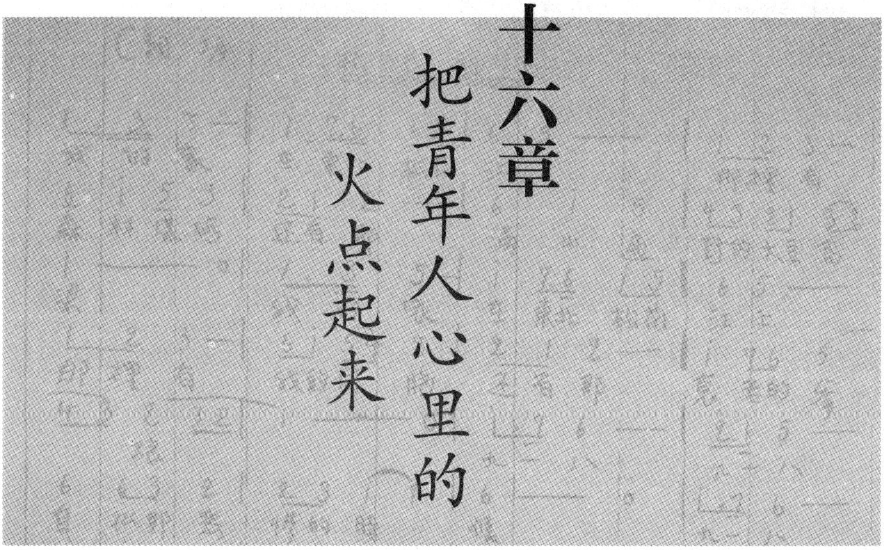

一

这次回定州奔丧，张寒晖不是败退，他是身上担负着党的重要任务回来的。

他们这些参加天津演出的人里面，有好几个是党员。他们回到北京的时候，组织上已经知道了他们的遭遇，但是赵云霄在代表组织谈话的时候，对张寒晖的行为既有奖励也有批评，她说："你们这次行动，效果是好的，动机是对的，但是还是属于'左'倾盲动，是个人英雄主义的表现。"

张寒晖非常不服气地说："我们怎么就是盲动了？我们是在唤醒人们，唤醒大地。"

赵云霄说："你们在没有群众基础的地方贸然进行活动，这就是盲动。"

张寒晖说：“我们揭露了日本帝国主义的野心，这不对吗？”

赵云霄说：“现在不是争论的时候，东北九一八事变，让我们现在的工作又到了一个关键的时刻。北方特委的指示，就是要隐秘地发展组织，悄悄地积蓄力量。你们几个同志都要返回自己的家乡去，广泛地宣传发动基层群众，尤其是农村群众。现在，日本人想要吞并我们华北的意图已经非常明显了。北方特委命令我们，到自己最熟悉的地方去，到能够发展的地方去，宣传抗日救国。你这次回去，不是失败的逃跑，是带着新的任务回去的。现在许多有知识的人都到农村去了，你们定州这个地方去了一个叫晏阳初的人，他是从美国回来的博士，要在中国搞平民教育运动，你们定州是他的试点，他搞这个试点是得到国民政府同意的。你争取利用合法的手段，发展我们的事业。”

父亲的去世，正好让他有了回去的理由，也不会让人怀疑。

赵云霄说：“今后我们不知道还能否见面，组织上让我跟随退入关内的东北军，利用我父亲的关系做东北军的工作，希望我们能够在抗日的战场上见面吧。”

张寒晖也非常伤感，当年要不是周建翔，自己也许就死在那个小胡同里了。本来这次来北京找到组织，没有想到还会和赵云霄见面，他握着赵云霄的手说：“云霄，要分手了，你有什么话说？”

赵云霄深情地和他拥抱着，眼睛里含着泪水说：“我心仪的两个男人，你和建翔，他已经牺牲了，你有了自己的家庭，我们之间的友情会永远存在的。寒晖，我这次去东北军做工作，组织上已经定了，和组织上是单线联系，你的联系人待定。说真的，我心里非常伤感。”

张寒晖说：“云霄，你知道，我是一个铁了心参加革命的人，我知道你的意思，放心，我虽然有许多缺点，但我会改正，你还有什么嘱咐的话吗？”

赵云霄把眼泪一擦说：“行了，我们都是大革命时期的党员了，既然你让我说几句话，作为最亲密的朋友和战友，我就说你了，你要认真地听，好吗？”

张寒晖说：“听，肯定听。”

赵云霄认真地说：“张寒晖，你要好好反省一下自己，你身上总是有一股盲动倾向。说好听了是天真，说不好听的就是任性，你这一回去，就是一个人在战斗，你身边的人也许不是你的同志，也许是你的敌人，你要学会保护自己好吗？我们还要在抗日的战场上相见的，你明白吗？”

张寒晖非常感动，这是一个战友和同志临行前的嘱托，也是组织上对自己的鞭策，张寒晖说：“你放心，从今天开始，你就会看到一个和往日不同的张寒晖了，挫折和教训让他已经成长起来了。”

回到西建阳后，张寒晖先为自己去世的父亲做七日祭，他来四叔家说：“四叔，我出门没有在家，父亲的出殡我都没有尽孝，我心里非常惭愧，我想给他做七日祭，你看行不行？”

四叔看着张寒晖，好像是不认识他一样，他觉得这个“匪类”今天是怎么了，他这是要干什么呢？还是四婶子会说话，她说：“你看孩子跟你商量事，你怎么不说话呢？”

四叔又说：“你这次回来了，还走吗？西建阳这地方小，定州城也盛不下你，你不在北京登了金銮殿，你是不会回来的是吧？”

张寒晖赔着笑说：“四叔，侄儿不孝，你要打要骂，随你，今天我就是来给老辈们赔罪来了。”

四叔突然给挂在墙上的祖先跪下说：“我的祖宗啊，这个不孝的逆子回心转意了啊，我给祖宗磕头了。”

四婶子说：“你个老头子，你这是干什么啊？孩子来找你商量事情，你这是干什么呢？”

四叔说：“我二哥这一辈子，都是给他这个儿子担心了，我心里不好受，也没有办法管，没有想到，这孩子一夜之间长大了啊。”

四叔说：“这个七不做了，这都是有钱人家的事，咱们不闹这个虚名。只要你回来好好过光景，把你的两个孩子拉扯大就行了。别的都不要紧，你四叔虽然文化不是太高，也读过私塾的，明白道理。你手里要是有几个钱，多给我二哥烧点儿纸钱就行了。”

虽然四叔这么说了，张寒晖还是把亲戚六界的都叫上了，农民的酒席简单，这顿饭没有肉，就是萝卜白菜豆腐，但是非常热烈。人们来到之后，都为张寒晖的转变高兴。四婶子拉着邵锦屏的手说：“你这是苦尽甜来了。”邵锦屏却摇着头说：“四婶子，我知道他，他不是笼中鸟、水底的蛤蟆，他肯定要跳腾的。”

二

张振洲离开这个世界的时候，都没有原谅自己，他痛恨自己就为了这么一个没落的书香门第的名声，穷困了一辈子，却又把张寒晖培养成了百无一用的书生。他当时让张寒晖走上学的道路，就是自己不甘心啊，总是想实现书中自有千钟粟的理想。他知道，要不是天下变了，科举不实行了，以他张振洲的实力，考个秀才举人不是太费力的。可是，自己的雄心壮志只是让自己当了个卑微的小学教师。

他对守在床前的邵锦屏说：“不要告诉全子啊，你就把我埋了就行了。还有那把二胡，你就说这是我留给他的全部财产。”

那把挂在墙上的二胡，是张振洲全部的寄托。自从妻子去世之后，张振洲就把所有的辛酸和不甘都付给了这把二胡。他也知道，人只要一缠绵于此，就不会有大的出息了。当时妻子反对张寒晖学音乐知识和二胡乐器时，他还在心里觉得小题大做。到后来他才明白，自己那个没有文化不识字的妻子，说出了世界上一个明白话——人要想好好活在这世界上，就不要沾染这些无用之艺。李后主，宋徽宗，一个词写得好，一个字写得好，一个留下了传流千古的名作，一个创造了书法的瘦金体，可是这又能怎么样呢，还不是照样丢了江山哪！

邵锦屏说："爹，要是割舍不下，我就把这个二胡放在你的身边，让你带走行吗？"

张振洲摇头说："这留给全子，你告诉他，天明不是鸡叫的，鸡叫只是告诉人们，天快明了。"

邵锦屏不知道这是什么意思，但是她说："你的意思我明白了，我跟他说。"

虽然张振洲不让邵锦屏告诉张寒晖自己病重，但是邵锦屏还是给张寒晖拍了电报，这个电报是托康清波到城里让陈庆斋发的。

张寒晖回到家里的时候，父亲已经下葬七天了，看到门框上贴着的白色绵纸，看着地上被人们踩踏得已经成为泥尘的纸钱，他感到了万物皆空的感觉。邵锦屏说："是四叔和四婶子他们帮着办的丧事，是林格打的引魂幡。"

邵锦屏把二胡给张寒晖拿过来说："这是爹留给你的。"

这把熟悉又陌生的乐器，从小他就看着父亲拉过，他不知道父亲为什么对二胡这么倾心，他接过来的时候，看到二胡杆上被手指头磨出来的印痕，看着那被手指头捋得油亮的琴弦，看着稀疏的二胡弓子上的马尾，他心里的悲愤终于爆发出来，他痛哭流涕，抱着二胡，好像看到了父亲这一辈子卑微而高昂的头颅，看到了那个一辈子不得志的父亲的灵魂。

那一夜，张寒晖竟然无师自通，把父亲生前拉过的曲子熟练地拉了下来。

走在村路上的康清波，突然听到了夜色中的二胡声，他觉得这首曲子不是张振洲拉的样式。没有原来悲悲切切的情绪，在悲愤之中加入了许多高亢的激情，在不屈的情怀里有了新的追求。

张寒晖在夜色中的院子里，任凭着自己的思想飞扬着音乐的音符。他看到康清波站立在自己面前的时候，他竟然有点儿奇怪，自己怎么就这么熟练地拉响了二胡呢？他忽然产生一种奇异的感觉，好像这夜色深沉的大地似乎是听懂了他的琴声，好像是人们已经在他的琴声里崛起了。

张寒晖迷茫中看到康清波的身影，他以为是自己的想象。当他意识到康清波真的就站在自己面前的时候，他放下二胡，有些激动地说："清波，这世界上是需要鸡叫的，虽然天明不是鸡叫明的，但是，鸡叫是为了让人们知道，天明该起床劳作了。"

康清波是带着酒来的，他知道张寒晖心里面难受，他是来安慰他的。康清波把酒瓶子递给张寒晖说："来一口，来一口，人死不能够复生，我们还是要活着的，你要给活着的人着想，是不是？"

张寒晖有些痛苦地说："清波，我已经不是原来的张寒晖了，我已经知道这人生的路应该怎么走了。"

在家守孝的这些日子，人们都说张寒晖变了，自从没有了他爹，他一夜之间长大了，见了人们的面也知道说些老百姓的话了。谁家有个大事小情的也知道去帮忙，去给人干点儿什么，虽然他身单力薄的，但是心意在那儿呢。就是来村里剃头的剃头匠也说："振洲家的魔怔怎么突然醒人事了？"

有女人悄悄问邵锦屏："你男人睡觉的时候，还给你念那些洋册子不？"

邵锦屏笑着说："没有，没有，真的没有。"

这天张寒晖吃饭的时候，他突然说："我这次不走了，北京的差事也辞掉了，我要在本地好好地干点儿事，养着你和孩子们。"

邵锦屏争强好胜惯了，说："人家寡妇没有活着啊，就是你不在家，我也没有欠了孩子们的吃喝。三十晚上逮住个兔子，有也得过，没有也得过。"

张寒晖宽容地笑笑说："林格妈，我知道我这辈子有许多地方对不住你，我给你道歉、赔罪。原来有老父亲，我就是当了甩手大掌柜的，这样不好，今后我肯定要给你和孩子们一个交代的。"

邵锦屏也笑了说："我给你说句实话，我知道你的心大，你也不用安慰我，我也是吃五谷杂粮长大的，我什么都明白，你该去干什么就去干什么，我要是拦着你，咱们这一辈夫妻就算是白做了。"

三

这天，张寒晖正在地里干活，邵锦屏来叫他说："庆斋来了，回去吧。"

张寒晖头上戴个草帽，光着晒得油亮发黑的脊梁，正在井台上浇菜，听说陈庆斋来了，就洗洗脚穿上鞋说："中午吃凉面吧，多搁点儿蒜，辣辣的，再多搁点儿醋，酸酸的。"

邵锦屏说："哪儿还有白面，你给老人办七日祭，把白面吃完了。"

张寒晖一拍脑袋笑着说："你看我这记性，巧妇难为无米之炊，算了，那你就压山药面饸饹，也是酸酸的、辣辣的。"

邵锦屏说："你刚才说什么无米之炊？老百姓还是别总说字话。"

张寒晖笑了说："对对，我这人就是改不了，总是说些字话。巧妇难为无米之炊，按老百姓话说就是，巧媳妇也做不出没有米的粥啊。"

说话的时候，陈庆斋骑着车子到了井口上，他说："嫂子啊，你和寒晖大哥这是唱的桑园会还是井台会呢？"

张寒晖笑着说："庆斋，你也算是大教导主任了，怎么也舍得下乡来了。"

陈庆斋俯下身子在井池里喝水，张寒晖拦住他说："不行，不行，我刚洗了脚的，我给你打一柳罐新水。"

张寒晖哗哗地把柳罐扔进井里，然后摇着辘轳打上一柳罐新水来，陈庆斋端起柳罐放足了劲喝下去说："你们西建阳的水就是好喝，甜甜的，不像定州城里的水，咸咸的。"

康清波手托着一个西瓜过来说："庆斋，老远就看你来了，我说陈大主任下乡来了肯定有好事，你们看，我种的西瓜怎么样，先尝尝啊。"

邵锦屏从菜地里出来，这个季节正是菜地不缺蔬菜的时候，邵锦屏用衣襟兜着芸豆角，一只手拿着一把大葱，还拔了两头新蒜。她看他们见面的高兴劲就说："你们三个，我看就是刘关张啊。我先回去给你做饭，你哥说了压饸饹，我给你们把饸饹投得凉凉的，把蒜砸得烂烂的，咱们家的米糠醋也刚淋出来，酸酸的，辣辣的，拔凉的饸饹来两碗，你们先说话吧。"

陈庆斋从车兜里掏出一小袋白面说："嫂子，给孩子们尝个新鲜，我还是就爱吃山药面饸饹。"

邵锦屏的小脚走得非常有力，匆匆地顺着小路走了去。她也是高兴啊，这次男人竟然真的回心转意，老实在家里待着了。一个女人这辈子图什么啊，不就是有个好男人疼着，有两个孩子在跟前，吃得上一口饭，有几间房子住，吃好吃赖都不算什么。

但是，她的男人心里想的却是另一番事业。这平静的大平原上，庄稼照样在生长着，人们照样在生活着，牲口还在自由地叫唤着，就是小鸟也兴奋地在天地之间飞翔。但是在张寒晖的心头，却有着巨大的黑影正在从东北方向，慢慢向这美好的平原压过来。日本人就像一头张着巨口的野兽，说不定什么时候就会猛扑过来。

陈庆斋说："寒晖，你也该出山了吧。你这好老百姓的名声也出去了，人们都不会说你是什么魔怔之类的话了，我们是不是可以开始工作了？"

从北京回来的时候，熊佛西曾经给办平民夜校的晏阳初写了一封信，推荐张寒晖去平民教育会工作。但是，张寒晖觉得晏阳初的平民教育会有着强烈的美国基督教的背景。这不是主要的，关键教农民识字不是农民的出路，他们受的压迫，他们受的剥削，难道识字就解决得了吗？所以，他也就没有把那封信拿出来。

张寒晖抓起康清波用手砸开的西瓜，浓烈的甜味让他剧烈咳嗽起来，康清波急忙给他擂着后背说："你小心点儿，没有人跟你抢。"

陈庆斋说："老同学，难道你就这么一蹶不振了吗？"

张寒晖笑了说："我这是故意磨一磨自己的性子，你知道我这人容易冲动，一冲动就会给事业带来损失。这是组织上对我的期望。庆斋，你知道，这些年家事国事都聚在了我的心头，我真的想在一个时刻把这个世界砸得粉碎。我总是不合时宜地把我心上的怒火发出来，我要把自己改变得更加沉稳，更加理智，要让更多的火都聚集到我心里，变成火种，让许多人被我点燃。他们也变成火，变成巨大的火焰，在这个世界燃烧爆炸，把这个世界炸得粉身碎骨，然后建立我们新的世界。”

陈庆斋说：“我理解你的心情，现在平民教育会开办的职业学校缺老师，我推荐了你去担任班主任。我觉得我们的工作重点还是要放在青年人身上，因为这些职业学校的学生都是老百姓贫困家庭的孩子，我觉得这是我们工作的突破点，我们要把青年人心里的火点起来。”

张寒晖思索了一下说：“清波，你觉得我这一阵子是不是把性子磨下来了？”

康清波说：“你刚才吃西瓜的时候，就是着了急才咳嗽的，这人江山易改本性难移，是不是？”

陈庆斋说：“人的脾气是从娘胎里带出来的，你要是能够改了，我不信，你要是改了你就不是张寒晖了。不过你会理智起来，这我相信。”

张寒晖笑了说：“你陈庆斋也学会拍人马屁了是吧？”

陈庆斋喃喃地说：“我是特地来请你的，希望你出任职业学校的教务主任。”

张寒晖说：“什么主任不主任的，我不干，我就是去也是当一个普通的教师，你们缺不缺国文教员？缺的话我就去。”

第十七章 抓住他的狐狸尾巴

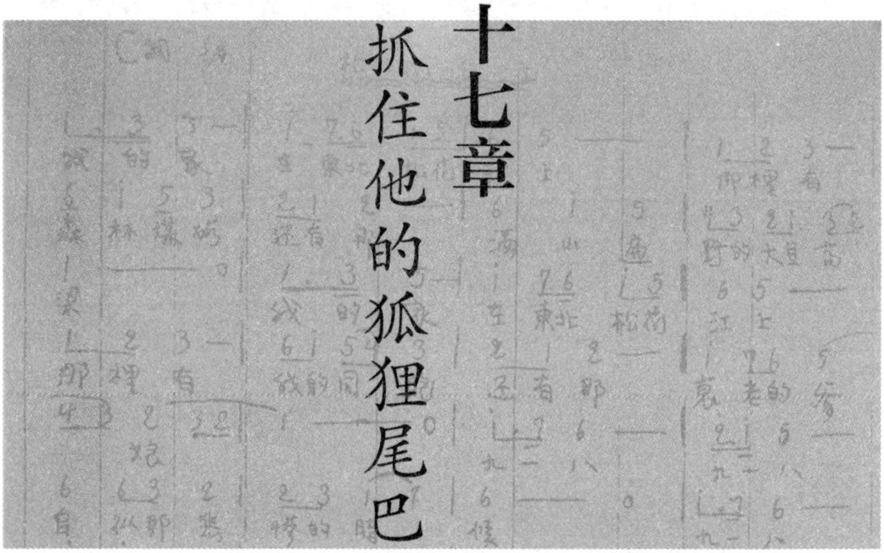

一

如果是从前的张寒晖，他是不会接受邀请的，但是，经过组织上的指示和教导，还有经历了父亲丧事的打击，张寒晖已经不是原来的张寒晖了。他跟邵锦屏说：“咱们家这么大的开销，我也想好了，出去挣点儿钱补贴家用，原来有父亲的薪水，多少还能够抵挡一下，现在，我们也是四口之家了，带回来的几个钱能花几天呢，你说是吧。”

张寒晖的话让邵锦屏非常感动，这些年孩子都这么大了，他还是第一次这样跟自己说话，她觉得喉头一紧，鼻子一酸，眼泪流了出来。

张寒晖说：“我这不是跟你商量吗，你要不愿意我就不去。”

邵锦屏说：“我还是那句话，你想干什么就去干，只要你心里有我们娘儿三个，我就心满意足了。”

张寒晖歉疚地说：“她娘啊，我这人你知道，平时就是大大咧咧的惯了，因为从小受到老人们的宠爱，都是想自己的时候多，替别人想的时候少，这些年为照顾老人，为了这个穷家，你的付出是非常大的，我也知道你的辛苦。我这人也不是没心没肺的，还不知道甜秫秸哪头甜吗？你说是吧。”

这些年来，自从那次张寒晖给她讲书，被她拒绝之后，他们之间就有了一层小小的隔阂，张寒晖对她依然是客客气气的，但是从心里就和她远了许多，再后来他干什么都不和自己商量，邵锦屏有时候也非常生气，但是她的性格也让她把这些看得非常淡薄。

她也没有想到，自从公爹去世之后，男人变得这么懂事理了。她这个人表面上看着非常坚强，但是内心里还是非常脆弱的，但是她把脆弱掩盖起来，换了一副坚强的外壳。

邵锦屏把眼泪悄悄擦了说：“你是干大事的人，你去干就是了，我也不阻拦你，你放心，不管到什么时候，就是你要去天涯海角，我也不会阻拦你，只要你心里舒服痛快就行。”

张寒晖把邵锦屏拉入怀里抚摸着她的头发，这头发上没有香水和洋胰子的味道，有的只是烟熏火燎的味。就在这个时候，他突然想起赵云霄，她那次和他拥抱的时候，头发洋溢着满是香香的味道。从邵锦屏的头发上升腾起细细的微尘，散发的是乡土和烧柴烟火的味道，张寒晖突然对自己的走神歉疚了，他使劲把邵锦屏搂在怀里，可是他的心里却想到了赵云霄，张寒晖觉得自己非常卑劣，可是这没有办法啊。邵锦屏也好像不十分适应这么亲昵的行动，她突然说：“地里还有春棒子该收了，你帮着我收了再走吧。”

她的话让张寒晖的心情突然从云端里落下来，刚刚升起的环绕他们夫妻的那些飘绕的浪漫四飞而去，他有些失落地慢慢放松了搂着邵锦屏的手臂，说："行，你说怎么办都行。"

张寒晖淡蓝色的长衫是邵锦屏精心浆洗过的，这是张寒晖唯一能够拿出手的衣服，他里面的汗衫是土布做的，是邵锦屏自己织的白土布，下面的鞋也是邵锦屏做的千层底。张寒晖说："也不是去老丈人家，这么用心打扮干吗？"

邵锦屏瞪他一眼说："男人身上带着女人的针线手艺，你不怕笑话，我还怕人笑话呢。到外边说你娶了一个懒婆娘，连男人的衣裳都不知道拾掇，丢人现眼的。"

新鞋底边上刮了白粉子，这是邵锦屏从四婶子那儿借来的，青色的鞋面，雪白的鞋底，让张寒晖有点儿舍不得穿，他说："这哪里是鞋啊，这是工艺品了。"

这些衣服和鞋袜都是邵锦屏熬夜拾掇出来的，她一个农村女人，没有别的祈求，只要男人对自己好就行了，这些年，她也不是没有哭过，但都是在夜深人静的时候，这真有点儿苦尽甜来的感觉啊，她觉得有个好男人真好啊。

张寒晖用陈庆斋留下的自行车带着铺盖，就要走出家门的时候，突然林格和艳婷一齐追过来叫着："爹，你记着回来看我们。"

从来都不儿女情长的张寒晖突然鼻子一酸说："你们放心，爹这次不是去外地，就在城里，不远的，我会回来看你们的，给你们买驴肉火烧。"

二

职业学校是平民教育会创立的，就设在县城衙门口后边，从草场胡同进去，拐两个弯就到了。这个学校收留的都是贫困家庭的学生，而且不收学费，还能够学到技术。但是，这里的校长是县长的亲戚，外号叫张大肚子，是个大烟鬼，他仗着他表姐夫是县长，侵吞学校经费，经常体罚打骂学生。

张寒晖来的第一天就看到一个学生在教室门口罚站，头上顶着一块砖。他问这是怎么回事，陈庆斋说："这是个调皮捣蛋的学生，他经常带头闹事，还和张大肚子对抗，今天肯定是又为什么事让张大肚子碰上了。"

张寒晖看这个学生非常面熟，他略微愣了一下，随着陈庆斋走进教室。他一边走一边想，这孩子好面熟啊。他说："让这个孩子进教室吧。"

陈庆斋说："这肯定是张大肚子的事，老师们都不敢管。"

张寒晖说："你也不敢管吗？"

陈庆斋为难地说："寒晖，你第一天来，就不要跟张大肚子闹得不好见面。"

张寒晖的脸上阴云密布地跟在陈庆斋后面进了教室，陈庆斋走上讲台说："今天请新来的国文教员，你们的班主任，北平艺术大学的助教张寒晖先生跟大家见面，大家热烈欢迎张老师讲话。"

学生们一片掌声，陈庆斋把请张寒晖走上讲台讲话，但是他一走上讲台就深深地弯下身子给学生们鞠躬，半天没有抬起头来，而是一直弯着身子，下面的学生们都有点儿不知所措了。有个学生站起来说："张老师，你这是要干什么，我们经受不起啊。"

张寒晖说："我在惩罚自己。"

学生说："张老师，你为什么惩罚自己呢？"

陈庆斋也觉得非常吃惊，说："寒晖，你这是干什么？这是课堂，让学生看着多不好啊。"

张寒晖坚决地说："我不想看到你们在这里坐着，而你们的同学却在外面罚站，门口这个同学叫什么名字？为什么罚站？"

班长站起来说："报告，他叫王二牛，因为在大街上胡写乱画，校长让他罚站的。"

听到学生叫王二牛，张寒晖忽然想起了这个学生，就是在天津被日本人打死父亲的孩子，他慢慢地起身问："王二牛写的什么？"

班长拘谨地说："我不好说。"

张寒晖说："不好说就上来写，你写在黑板上行不行？"

班长小声地说："最好让女同学都出去。"

张寒晖说："这样，在你写的时候让女同学都闭上眼睛。"

班长上来用粉笔写出一行字："干死小日本的八辈祖宗！"

学生们都笑起来，有的笑得直不起腰来。陈庆斋也笑了，他不好意思大笑，就走出了教室。张寒晖把第一个字擦掉后大声说："我问一下，王二牛为什么这么恨小日本？"

学生们都一脸懵懂地看着张寒晖，他们都不知道王二牛的身世，只知道他是平教会从乡下收留的孤儿。张寒晖问班长说："他恨小日本，你们恨不恨？"

班长不说话，陈庆斋进来说："寒晖，下来再探讨这个问题吧，你新来乍到的，不要碰这烫手的山药。"

张寒晖激动地说："庆斋，我知道，我要韬光养晦，可是，我们不能见到不平事还这么不敢出头，恨小日本有什么不对？"

他走出教室，拿下王二牛头上的砖，把他拉进教室。紧紧地把他揽在怀里，眼里满含着泪水说："现在上课，今天我就给大家讲一讲王二牛的故事好不好？"

刚下课，就有人把张寒晖请到了校长办公室，张大肚子一脸烟色地说："张寒晖，知道你是北京回来的，我也知道你是怎么回来的，你来这里当教员，是陈教导主任担保的，你不要给我找麻烦，也不要给陈教导主任找麻烦。我跟你说，我们拿的是平教会的工资，他们的教义就是知识救国、技术救国，不要参与政治，也不要搞什么马克思主义的宣传。我还告诉你，三条腿的蛤蟆不好找，两条腿的人有的是，你是在北京混不下去了才回的定州吧，我跟你说，这里就是一个教学的地方，你要是搞政治，你就去别的地方。"

张寒晖低头听他训话，站在旁边的陈庆斋真怕张寒晖发起火来。张寒晖的脾气陈庆斋是知道的，这是个天不怕地不怕的人，他们从中学就在一起，闹过许多学潮。他看着张寒晖的脸色，真怕张寒晖拿起桌子上的砚台砸在张大肚子身上。他这次让张寒晖来当教员，只是想让张寒晖有个挣工资的地方，虽然他也看不上张大肚子的做派，但是人在屋檐下不得不低头啊。

他没有想到张寒晖的脸色非常平和，竟然默默地听张大肚子训话。

后来，张大肚子逢人就说："陈庆斋把这个张寒晖吹嘘得多么神，我看也就是一个臭教书的，没什么了不起，在我这儿混就得听我的。"

三

报纸上关于华北局势的报道越来越多，日本人想在吞噬东三省之后进一步吞噬华北，冀察政务委员会主任宋哲元左右摇摆，华北危急。但是，远离北京的定州人们还一片懵懂，上层人士只管自己升官发财，下面的老百姓浑然无知，而平教会却远离政治，这些局面让张寒晖充满了忧郁，如果日本真的侵略华北，我们怎么办啊？

在陈庆斋家里，张寒晖和地下党员张平三接上关系，张平三是本县西王耨村人，他见到张寒晖非常高兴，他在北京就知道“五月剧社”，也知道他是受李大钊领导的老党员。张平三1924年考入燕京大学读书，1926年10月加入中国共产党。1927年经批准加入国民党，现在他的公开职业是国民党定州党部执行委员会训练部部长。他也是跟着晏阳初回定州搞平民教育的。

他是从北京赵云霄处了解定州张寒晖的，他说：“云霄同志多次介绍你的情况，知道你在工作上很有办法，我们定州是冀中的一个大县，如果开展抗日活动将有很大的回旋余地，我们要及时地把党组织建立起来。”

张寒晖说：“我了解职业学校的学生，他们都是贫困家庭的子弟，而且革命热情很高，是一支不可忽视的力量，我已经组织了读书会，他们都非常热切地想投入到救国救民的大潮中来。”

说到张大肚子，张寒晖说：“这个家伙太坏了，他不但吃喝嫖赌，而且极其反动，我想把他的校长干掉。如果您能够来学校主持工作，这里将会成为我们的一个阵地，既可以进行抗日宣传，还可以建立地下组织。”

张平三说：“现在的县长是张大肚子的表姐夫，我们要抓住他的尾巴，你和陈庆斋两个负责搜集他的情况，我和你的想法是一样的，我们要建立我们的队伍。好，我们共同行动，你们只要抓住了他的把柄，我负责派人抓了他。”

晏阳初的平教会想把定州搞成模范实验县，南京政府已经派人来视察过，县政府也随着搞了一些表面文章，其中最重要的一条就是禁止吸大烟。县政府发布了最严格的禁烟令，在大街上到处张贴，凡是举报售卖大烟和私自吸食大烟的有奖。政府在告示里说了，只要是抽大烟者，抓住就枪毙。

张寒晖几次近距离和张大肚子接触，闻到了他身上有一股异香，这就是吸食大烟留下的味道。张寒晖曾经在北京赵云霄家闻到过几次，赵云霄那个当旅长的爹曾就公开吸大烟。

张大肚子知道张寒晖的文化功底，他想拉拢张寒晖，成为自己的四梁八柱，他说："张老师，你来这里教学，是我让陈庆斋去找的你，你是从北京回来的高才生，而且是北平艺术大学的助教，这是我们家乡的光荣，让我感到脸上有光。你要好好干，就凭你的才能，不是一个职业学校教员就满足的，我姐夫是县长，你知道的，你要想在仕途上发展，我会助你一臂之力的。"

张寒晖笑着说："谢谢校长的厚爱，我这个人愚钝，还需要你校长大人多多提携。"

张大肚子说："我们出来混，图的什么？一个就是升官发财，一个就是光宗耀祖，什么都不重要，只有钱最重要，你要是为挣钱就不要参与别的活动。最近，共产党在县城有许多活动，你们的读书会，我也知道，不过有人跟我汇报了，你们的读书还是比较正常的，没有出现什么红色的迹象。我还跟你说句话，只要你不参加红色活动，我就不追究你的过去，告诉你，我这个人是有耳目的，谁是好的谁是坏的，我一眼就能够看透。"

张寒晖点头称是说："校长有什么事就明说，我这人性格直，不会猜测别人的心思。"

张大肚子凑近了他说："我可是知道，你在北京是参加了共产党的人。我这话是代替我姐夫说的，只要你不在本县捣乱，我们就相安无事；如果你要是闹事的话，我们也不是吃素的。"

张寒晖说："校长放心，我就是来当教员的，也就是为了挣这七八块钱养家糊口的，你放心吧，我会按照你的话去做的。"

张大肚子拍拍张寒晖的肩膀说："你是聪明人，好，好，我告诉你一句话，二十九军的部队就住在望都，宋主任训示了，让我们都不要提什么抗日救国，听说你把那个骂日本人的王二牛吸收到了读书会里，是吧？"

张寒晖说："是，是这么回事，当老师就是想揽天下英才而育之吗，再说他也是我们的学生啊。"

张大肚子说："这事我知道，你也要明白，他这个学生其实就是个闹事的苗子，要不是晏阳初干事长的干涉，我早就开除他了。我可是为你好啊，我这是坏话说在前头的，要是真出了事，我可是巡警打他爹，公事公办的啊。"

张寒晖找张平三商量说："职业学校是一个好的阵地，只是这个张大肚子处处设防，就是学生读书会里，他都安插了自己的亲信学生，只要有一点儿风吹草动，他就知道情况。"

张平三决定让张寒晖和陈庆斋想法把这个张大肚子搞垮，他说："别看他姐夫是县长，只要我们找到证据，也一样赶走他。"

张寒晖说："县政府的禁烟公告倒是一个机会，我几次闻到张大肚子身上有大烟味，就是不知道他在哪里抽，只要抓住这个茬，我们就能够告倒张大肚子。"

张平三说："好，这是个非常好的机会，不过，这事谁出面最好呢？你不行，陈庆斋也不行。"

张寒晖说："这事交给我吧，我想办法。你放心，若想人不知，除非己莫为，只要他干了，就能够抓住他的狐狸尾巴。"

张平三嘱咐他说："寒晖，我知道你的工作经验多，但我还是那句话，一定要一招制敌。明白吗？"

张寒晖说："你放心吧，我会完成这个任务的。"

第十八章　沉睡的土地开始苏醒了

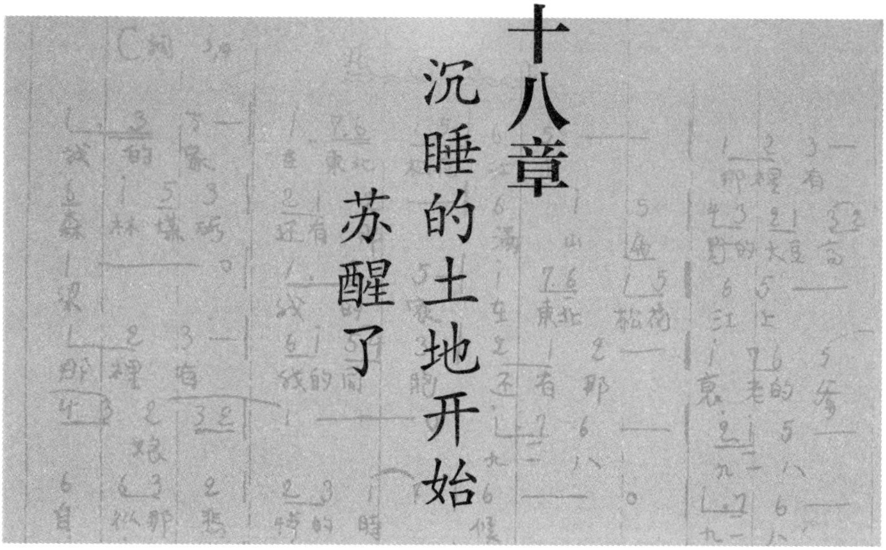

一

张寒晖拿到工资想请张大肚子吃一顿饭，陈庆斋急忙摆手，他这个人在学校里臭不可闻，老师们都看不起他，你不知道老师们怎么说他，满腹坏杂碎，一肚臭大粪。你可别跟他套近乎，坏了你的名声。再说了，你家里也非常困难，好不容易挣点儿钱，赶紧拿回去吧。”

张寒晖告诉陈庆斋：“兵法说知己知彼，才能够百战不殆的，你知道张大肚子他在哪里抽大烟啊？”

陈庆斋说：“这个我还是真不知道，平时老师们都说他是个大烟鬼，而且还嫖娼宿妓，可是谁也没有看到过。”

张寒晖笑了说：“这就得了，我们要想战胜敌人，首先要知道敌人的情况。”

陈庆斋说："你的意思我明白，我就是抹不开面子，老师们背地里骂他，我也跟着骂，这要和他套近乎，老师们指不定骂我什么呢。"

张寒晖拍拍他的肩膀说："你呀，只知道其一，不知道其二，我们这是计策，就算老师们说闲话骂几句，也算不了什么，我们的目的是完成组织交给我们的任务，为组织上争取一块阵地。"

陈庆斋低下头说："我平时带头骂得多，你说我这突然接近他，他是不是有防备啊？"

张寒晖说："你只是牵个线，请客的事我来做。如果我直接去找他，不如你出面找比较合情合理。我是你介绍来的，你替我约他也是正常的。"

陈庆斋为难地说："寒晖，我这可是执行组织的命令，要按我的想法，打死我都不去的。"

张大肚子正在办公室里喝茶水，手里拿着一块绿玉欣赏，这是南街上赵家的管事送给他的。其实，他心里非常明白，这不是孝敬自己，是孝敬自己的表姐夫县长大人的。

那天晚上，酒足饭饱之后，张大肚子又到赵家公馆抽足了大烟，他觉得这生活是真美好啊。他对赵管家说："那天我看到你们老东家手上有块绿玉，真是晶莹透亮的，没有想到你们家好东西就是多。"

赵管家说："张校长，想要一块是不是啊？这事不好办，我是做不了主啊。"

张大肚子说："你们去外地进货，打着平民学校进教学器材的幌子，肯定是夹带了许多私货，我告诉你，这政府的禁烟公告，你是没有看过还是怎么的？逆风作案，你也不想想这是什么后果啊，你想找死啊？”

赵管家说：“行了行了，张大校长，咱们是什么关系，你就别打官腔了，不就是一块玉吗，办了，再说了，你怕什么，上面有县长大人，后面有我们赵东家，我们这是滴水不漏的买卖。”

张大肚子说：“还不是平教会闹的吗？这伙子人，在美国活得好好的，来中国搞什么平民教育，搞就搞吧，还多管闲事，你说不小心行吗？”

赵管家说：“你姐夫不是县长啊，说他是共产党不就完了吗？抓起来送南京政府。”

张大肚子说：“我看你就是让钱把脑袋灌蒙了，晏阳初聪明啊，他和老蒋都能说上话，我姐夫一个小县长，斗不了人家。听说他还给南京政府递了公文，想在咱们这搞县域自治，他们平民教育会出人当县长，真是做他的春秋大梦！”

赵管家急忙说：“这事真要闹成了，咱这买卖咋办？”

张大肚子说：“要不是宋哲元给挡了，说不定就闹成了，所以我姐夫说了，我们不听南京政府的，我们拥护宋主席。日本一来说不定宋主席就是溥仪，成了华北的皇上了。”

张大肚子透着窗户里的阳光，仔细看着这块绿玉。赵管家还是非常会做人的，他只是一诈，吓唬他几句，就给自己送来了。张大肚子正拿着这块绿玉心满意足地欣赏着，陈庆斋进来了。

张大肚子没有学问，聘请陈庆斋当教导主任，他想在这个学校里干下去，必须依靠陈庆斋这样的教学骨干。他急忙把绿玉藏好说：“哎呀，陈大主任啊，你这是轻易不来我这屋里的，今天怎么是日头从西边出来了啊？”

陈庆斋脸一沉说：“校长说的哪里话，我这人嘴笨，不会说好听的话，怕惹校长不高兴。”

张大肚子眉开眼笑地说：“陈主任，我这校长就是个草包，还不是靠着你的才学。你虽然不到我这来，可我们的交情什么时候都是深厚的，你放心，只要我姐夫当着这个县长，谁也动不了咱们弟兄们，你就放心吧。说说，有什么事？”

听陈庆斋说张寒晖想请他吃饭，他磨飒着脑袋好半天才说：“哎呀，哎呀，这不好吧，晏阳初先生说过，不请吃不受贿的，我这校长也不会吃请的。”

陈庆斋不屑于和他打官腔，他又沉了脸说：“校长清正廉洁，我去跟张老师说，校长没有时间，不吃请。”

张大肚子一摆手说：“你别着急，校长不吃老师，可是我这校长可以犒劳老师啊，你就对张寒晖说，今天下学之后，就在城内十字街回民楼，我请客。”

二

这几天，张寒晖正在为庆祝双十节游行准备节目。这次全县大游行，是平教会的行动，动员了几万农民学员进城，张平三说：“这是个好机会，我们要利用这次活动把我党的抗日主张宣传出去。”

关于采取什么方式进行宣传，张寒晖提出了自己的观点，他说：“学生进行游行，这没有问题，但是这次活动是平教会提出的，他们的观点还是那些，知识改变命运，有了文化就可以不受欺负。张大肚子也开会说了，晏阳初总干事有指示，就是不要涉及政治，不要和当局有抵触。我们要拥护南京政府，拥护冀察政务委员会宋主席。所以，我们要用一个让当局找不到把柄，也不暴露我们的方法才行。”

张平三说：“你是艺术大学的教授，你说怎么办？”

陈庆斋说："演话剧，你当导演和编剧，肯定行的。"

张寒晖说："行是行，就是怕这个效果不大，你说这么大的活动，谁有时间停下来看戏啊。"

张平三看着张寒晖说："你是参加过三一八运动的老革命了，你说说，怎么办才好。"

张寒晖说："大型活动最后的方式就是演讲和口号，还有就是歌曲，几百个人一起唱，那气势和宣传效果肯定好。"

陈庆斋说："好是好，唱什么歌呢？我们这些学校唱的都是晏阳初写的什么《草帽歌》啦,《农民要识字》等歌曲，一点儿气势也没有，老百姓都不爱唱。"

张平三笑着说："这个交给张寒晖吧，他有办法。"

张寒晖说："我这是大姑娘上轿头一回，要是写个话剧什么的，我是轻车熟路的，这谱曲我是没有干过。"

张平三说："你是没有吃过猪肉，还没看过猪走啊。比猫画虎，其实就是把口号吆喝出去就行，我们不要艺术，只要效果。"

张寒晖说："你是高才生，这个任务你来就行了。"

张平三说："我学的机器制造，你要是让我造个什么还行，要是搞文艺、唱歌什么的，我就是旱鸭子下水，只有死路一条。"

张寒晖正坐在办公桌子前，嘴里哼哼着曲子，念念有词，陈庆斋一推门进来，满脸怒气坐在床上，不说话。张寒晖说："出事啦？"

陈庆斋气愤地说："这个张大肚子，又把学校的经费赌博输光了！"

张寒晖说："这个东西，真真是坏透了，什么拉血尿脓的事都干得出来。"

陈庆斋说："这讲课补助发不下去，大伙要去找晏阳初总干事反映去。”

张寒晖说：“你没有劝说大家啊，这事没有证据怎么进行？就找晏阳初也要证据说话吧。拖欠工资是非常正常的，如果真的去了，又没有证据，就给了张大肚子借口，受害的还是老师。到时让他捏造一个证据，只要抓进去，谁都别想出来。”

陈庆斋说：“寒晖，你是不知道，大伙都说我是张大肚子的帮凶啊，他们都不信任我了，咱们要想法把这个张大肚子赶跑，要不然，我们这些好人都受不了啦。”

张寒晖说：“小不忍则乱大谋，我们的计划正在进行，马上就要实现了。”

陈庆斋听他这么说，就问张寒晖说：“计划进行得怎么样了，要尽快把他赶走，我真受不了他了。你说这样的人怎么也能当校长啊？这世界太不公平了。”

张寒晖说：“能够把我们这个陈菩萨气成这样的人，肯定是万恶不赦了，你放心，我会让你满意的。你来听听我写的这个歌，怎么样？”

陈庆斋一惊说：“寒晖你行啊，你什么时候会写歌了？你真是让人摸不透。”

张寒晖说：“这次大游行组织说要进行抗日宣传，这么大的活动，几万人进城，警察局肯定要站岗放哨的，防止有人进行暴乱。我们就用当局允许的行为，达到我们的目的。”

他根据旧军歌《三国战将勇》的曲谱，填写了一首《可恨小日本》。张寒晖拿着稿子激情地演唱了起来。

可恨小日本儿，
野蛮禽兽行，

九月十八占辽宁。

抢了官银号，

炮打大北营，

七浪咕咚响连声。

吓跑了中国兵，

气死了老百姓，

奸淫烧杀随便行。

全国齐奋起，

组织义勇军，

洋枪土炮打敌人，

光复中国地，

驱逐小日本，

七浪咕咚响连声，

建设新中国，

大家享太平，

鸭绿江边痛饮三盅。

刚唱完，王二牛急急忙忙跑进来说：“张老师，快点儿，快点儿，那家伙进了那个地方了。”

三

为了赶走这个张大肚子，张寒晖早就布置了人，紧紧盯着张大肚子。王二牛带着几个同学，每天晚上都悄悄地跟踪张大肚子，看他到哪里去。

在定州城内南大街后街，就在天主教堂后边有一个小院，这是盐商赵家的一个小会馆。这个小院后面和赵家大院相通，前面就是一个小门，和别的住户没有什么区别。但是只要你走进来，穿过堂屋门又是一个小院，小院的侧门进去就是一个秘密的大烟馆。

赵管家就负责这里的一切，来这里的都是县里富商和显要贵人，不要说是老百姓，就是一般的县政府的科员，都不知道这个地方。自从县政府公告禁烟之后，赵家明着的烟馆都关闭了。

烟馆一关闭，张大肚子着急了，他问赵管家说："大管家，我可是把学校的经费都投到你们的买卖上了，你们这一关闭，我的钱怎么办啊，这是要给老师们发补贴的啊。"

赵管家神秘地一笑说："你这个大校长还不知道啊，烟馆关闭了，这大烟就不抽了呀？该抽还得抽啊，不过是换了一个地方。"

张大肚子来过这里一次，就是价格太贵了，他说："赵管家，这佣钱也太贵了吧，高得离谱了。"

赵管家说："贵吗？我觉得一点儿也不贵，这是刀尖上舔血的买卖。你没有看公告啊，要是让你县长姐夫抓住了，是要枪毙的。不要贵点儿，咱们怎么挣钱？就是把佣钱定贵点儿，你的钱可是都投到这里面了，不贵点儿，你拿什么分利润啊？"

张大肚子想想也对啊，这是把脑袋别在裤腰上的买卖啊。张大肚子一是怕被抓住，二也是心疼钱，就来得少了。可是，大烟这玩意，只要你沾边，就是一辈子也戒不了的。三天不闻烟味，张大肚子是浑身不好受，就像有千百条虫子在身上来回地钻。在枪毙和钱财损失上，张大肚子采取了稳妥的办法，就是钻在家里戒烟。

如果说不戒烟还能够坚持，这一有意识的戒烟，倒让他的烟瘾翻了上来。张大肚子为了防止别人发现，特地换了一身旧衣服，戴个破礼帽悄悄地来到这里。他的一举一动，早就被盯梢的王二牛他们看得清清楚楚。

陈庆斋说：“你们怎么知道张大肚子在这里吸大烟？”

张寒晖说：“要想人不知，除非己莫为，这搞地下工作，你就不行了。”

陈庆斋说：“我马上去县政府举报他，让县政府枪毙了张大肚子。”

张寒晖笑着说：“你呀只知其一，不知道其二，这县长能够枪毙张大肚子？再说了，我们现在去，他早就走了。”

王二牛也非常着急地说：“张老师，要不我带着几个同学去抓住他。”

张寒晖说：“不要着急，我们抓住他了怎么办？我们也没有权利去抓他啊。”

陈庆斋也着急地说：“要是他出了烟馆，连证据也没有了。”

张寒晖说：“恶人自有恶人磨，你们放心，为了不暴露我们的人，这次我想办法，既要把这个张大肚子赶走，我们也不会伤筋动骨。杀敌一千，自损八百的事，我们不干。”

张寒晖嘱咐王二牛说：“这几天你们什么都不要干，也不要出学校门，要表现出是一个好学生的样了就行了。”

王二牛说：“张老师，我不怕死，你就让我去把这个张大肚子抓住，他要是反抗，我就掐死他。”

张寒晖笑着说：“二牛，你还小，今后的斗争，有的是出力的地方，我们要学会和敌人进行斗争，要有战略战术，不能够一味不怕死。孙子兵法说，攻城为下，攻心为上，我们要学会和敌人斗争的艺术。来，你听听我写的这个歌怎么样？”

王二牛着急地说：“张老师，我们再不去，这个张大肚子就会吸完走了，我们怎么抓住他啊？”

张寒晖说：“你这个孩子，想听听我的歌曲吗？”

看着王二牛着急的样子，陈庆斋说：“二牛，我们都听听张老师写的歌，马上就要到大游行了，我们都要学会唱出去。”

王二牛一听张寒晖的歌说：“这就是原来的歌谱，添上了新词。这好唱，只要把词背过了就行。”

张寒晖说：“给你这个任务，在读书会让大家都学会唱这个歌，行吧？”

王二牛说：“行，张老师，那个张大肚子怎么办？”

张寒晖说：“我们不谈这个事，保密，你也不要再问这个事了。”

王二牛这次有点儿摸不着头脑，他喃喃地说：“张老师是不是怕这个张大肚子啊？”

四

尽管张大肚子在会上非常严厉地交代，这次双十节游行不许喊政治口号，尤其是不许喊抗日救国，喊什么打倒日本帝国主义。虽然他这么交代，但是就在双十那天，职业学校的学生们还是把张寒晖写的《可恨小日本》这首歌唱了出去。

那天上午，来自四面八方的农民都举着各种农具，打着平教会的旗帜，就像逛大街一样进城来了。先是在省立七中操场开大会，县长和晏阳初都讲了话，他们谁都没有提什么抗日的事，整个会场也非常平静，只是在平教会人员的带领下，喊着农民要识字、夜校要开办等口号。

县长笑着对晏阳初说：“总干事啊，你很有魄力啊，能够把这些刁民训教得这么听话，怪不得南京政府对你这么器重啊。”

晏阳初说：“县长说错了，我这个人无党无派，一心就是致力于平民教育，除掉农民的四大敌人，就是愚、穷、弱、私。”

县长原来还有点儿担忧，对平教会提出的几万人进城有点儿疑虑，他说："这些刁民都进城来，你敢保证不出现原来砸盐店的行为？"

晏阳初说："你放心，我们进城的都是平教会夜校学员，都是有文化的人了，肯定不会再出现暴动了。你放心，出不了问题。"

就在县长从会场回到县衙，刚刚把茶杯端起来，警察局长就进来说："县长啊，你看看这个歌词，《可恨小日本》，这是谁写的，纯粹就是扰乱民心，这要让宋主席知道了，我们怎么交代啊？"

大街上刚开始进行游行的时候比较平静，就在职业学校的队伍开始唱歌的时候，人们的情绪开始激烈了。警察局长说："这人们不知道是怎么了，一提打倒小日本就兴奋。"

县长不放心，让警察局长马上派人到各个路口去警戒，哪一段出了事，吃不了兜着走。

《可恨小日本》这首歌，刚开始就是职业学校的学生在王二牛的带领下唱起来的，他们前面的学生队伍是省立七中的，后面是省立师范的学生。听到他们唱歌，大家都过来要歌词，因为这个曲子谁都会，只要有了歌词就能够唱了。王二牛他们早就在张寒晖的指导下抄写了几十份歌词，见有人要就散发出去。因为有县政府和学校当局的压制，凡是有关抗日的话题都不许宣传，今天在这个场合里，大家都没了顾忌，上千的游行学生都张开喉咙大声唱着、发泄着，开始是学生在唱，后来农民游行队伍也跟着唱起来。

从省立七中出发的游行队伍从操场胡同里涌出来，到了县城东大街上就成了声势浩大的河流，游行队伍里几乎是火山爆发一样地齐声唱着《可恨小日本》。看到站立在两边的警察，几乎就唱得更上劲了。游行的队伍行至县政府前，学生们在爱国情绪感染下，随着歌曲行进的节拍拼命跺着脚唱，跺脚声声，如雷轰动。

警察局长在县衙里就听到了外面的歌声，他对县长说："当初就不该搞这双十游行，你看这各个学校的学生都上街了，有省立七中、省立师范、职业学校和各乡高等小学的学生，是不是派人把那个带头唱歌的抓捕归案？"

县长气急败坏地说："不行，晏阳初他们有南京后台，咱们谁都惹不起，抓人好说，要是事情闹大了，惹怒了老百姓闹起暴动来，你我都不好交代。别说是你这个警察局长，我这个县长吃不了也得兜着走啊。"

警察局长不服气地说："那就让他们折腾。"

县长拿出一盒香烟，递给警察局长一支说："扬汤止沸，不如釜底抽薪，先让他们折腾，闹闹也好，这个晏阳初闹什么平教会，总是给咱们爷们眼里插棒槌，这么大的动静，怎么就突然闹出个抗日歌来，肯定有人在背后活动，你马上把他们的底码给我摸清楚，一个一个给他拉清单。"

警察局长说："职业中学带头唱歌的全逮吗？"

县长说："让我小舅子先摸底，然后我们再行动，老百姓闹不要紧，闹不出事来，就怕是共产党闹事。高阳蠡县不就是在共产党的带领下闹了暴动吗？"

《可恨小日本》唱遍了城乡，尤其是职业学校里的学生们，他们非常自豪，因为这歌是他们带头唱出来的。张平三没有想到，这次双十节游行的歌曲非常成功，让全县都在议论怎么对付小日本。沉睡的土地开始苏醒了，老百姓都知道了小日本的侵略野心，城乡各个阶层的人都开始考虑，怎样才不会当亡国奴。

张平三表扬张寒晖说："你真行啊，这一首歌比演讲十次一百次都顶用。"

第十九章 光明的春天就在冬天的后面

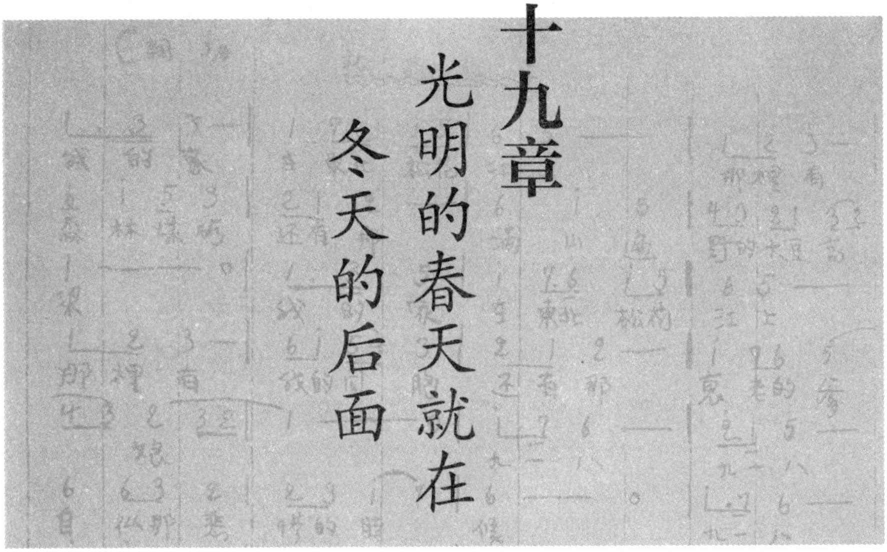

一

张大肚子不断地找学生谈话，还布置了自己手下的人悄悄查访谁是这首歌的作者。这些天他见了陈庆斋和张寒晖都非常友好，笑眯眯地问这问那，还问张寒晖说：“你这个北京来的大助教，能够在我这小窝里囚着，我张某是万分荣幸啊。骂小日本的歌，写得好！”

张寒晖知道他的用意，就说：“我张寒晖就是一个穷酸书生，教书就是为了能够养家糊口。我这样的身板，又有病，若不是张校长收留，还不是要饭的命啊。你说这歌，我还真不会写。”

张大肚子也奸笑着说：“张老师谦虚呀，你是大才子，是咱们定州人的骄傲，我姐夫就说过，你是大教授，回咱们县进行教化民众，功不可没啊。这歌要是你写的，我的脸上也光彩啊！”

张寒晖说：“你高抬了，我实在惭愧，我这人就是读书人的性情，只问学问，不搞政治的。”

张大肚子说：“好，好，我希望这首《可恨小日本》是我们学校人搞的。我这个人呀，其实也非常激进，也不想吃饱混天黑。你说是吧？”

张寒晖笑着说：“你说的我不敢苟同，不敢苟同啊。”

张大肚子也笑起来说：“谦虚了，太谦虚了。”

别的学校里都有警察局的人介入了，在追查谁写的这首《可恨小日本》，已经查出了歌词，警察局把这些抄写的歌词进行笔迹比对。他们没有想到，这歌词都不是一个人抄的，一份歌词竟然是一个人写一行。

警察局长说：“高明啊，这个人肯定是个高手。”

别的学校里追查得天翻地覆，职业学校里却一点儿动静都没有，而且突然给老师们发放了补贴。陈庆斋说：“这事有点儿蹊跷，怎么回事啊？”

张寒晖说：“欲擒故纵啊，这个张大肚子还真不能够小看，他虽然表面上没有进行追查，但是他已经悄悄开始找学生追查了，一个一个谈，还要给他写保证书。”

陈庆斋拍腿说：“坏了，这些歌词都是王二牛抄写的，是不是警察局要比对笔迹啊。虽然他写一行就改换一下手法，可也怕暴露了。”

张寒晖说：“我已经告诉二牛了，这几天写字换一种手法，就是追查比对也不怕显露自己的笔迹。”

陈庆斋说：“真要查，有他的作业，就是想跑都跑不了。是不是让他先躲起来？”

张寒晖说：“现在我们不能够随便行动，他们是在浑水摸鱼，我们要以静制动，只要不承认，谁也没有办法。”

虽然这么说，张寒晖还是做了思想准备，让陈庆斋给孙汉勇寄了一封信，如果警察局真的追查，就让王二牛去东北军的队伍上找孙汉勇。

陈庆斋说：“听说他们在安徽驻扎着，这么远怎么去？”

张寒晖说：“我刚领了工资，还没有给家里，如果有风吹草动，就让王二牛走，队伍上也是锻炼人的地方，这孩子说不定将来会堪大用啊。”

张大肚子也没有闲着，他虽然知道这个歌词十有八九是张寒晖写的，可是他没有证据啊，倒是王二牛，他已经掌握了证据。因为通过他收买的几个学生，已经掌握了是王二牛传播的这首歌词。

张平三也摸到了情报，警察局已经掌握了职业学校的情况，他们说不定哪天下手呢。张平三说：“寒晖，不行就撤退。”

张寒晖说：“我不怕，现在，我觉得必须对张大肚子下手了。这家伙就是特务坏蛋，他已经掌握了王二牛的证据却不动手，这是想放长线钓大鱼。”

二

县长也没有想到，他布的网还没有收网，自己的小舅子张大肚子倒进了大牢。赵家的小烟馆非常隐秘，如果没有人下套，张大肚子不会这么碰巧地被稽查队抓住。

张大肚子的媳妇着急了，来找他说：“姐夫，你不是要真的枪毙他吧，他怎么说也是你的亲戚啊。”

县长回到住处，媳妇也着急了，说：“你看你这个县长当的，把自己小舅子也当进去了，你算什么官啊，连自己的亲戚都保不住。”

县长也是手足无措，你说这个倒霉的小舅子，连晏阳初的经费都敢贪污，要不是自己从县政府调用了一部分资金，把职业学校老师的工资发放了，真要是让这个洋博士知道了，非得判他的刑不可。

县长让人把张大肚子从牢里提出来，亲自问他说："你怎么这么不小心啊，这雷你都敢趟。"

张大肚子不高兴地说："姐夫，这赵家烟馆可是你的产业，你都敢开，我怎么就不敢去呀？我这给你捧场啊，你的买卖我都不去，你挣谁的钱啊。"

县长脸一拉说："你这就是砂锅里煮驴头，脑门软，腮帮子硬。你可小心着点儿啊！"

张大肚子说："我已经摸到那个写歌词的人了，他们是害怕我揭发他们，才给我下的这个套儿。"

县长着急地说："你说是谁啊？"

张大肚子说："姐夫，你也算是个县长了，有你这么问情报的吗？这情报是要钱的。"

县长生气地说："你沾光还小啊，要不是我，你能当了职业学校的校长？你不要认为我不知道，这个烟馆你也入着股份呢，你的钱哪儿来的，还不是学校的经费，这次补上老师们的工资，还不是我出的钱啊。"

张大肚子说："就算是你有恩于我，我怎么也是要枪毙的人了，我就不说。"

县长说："我算服了你了，这样吧，只要你说出来，这次吸大烟的事我保你。"

张大肚子盯着县长说："你说话算话，我跟你说，你现在就派警察把职业学校包围了，只要把王二牛这个小崽子抓住，他后面的人就露出来了。”

县长笑着说：“我让警察局马上派人去学校，把那个小崽子抓来。”

张大肚子说：“你这么大张旗鼓去抓人，还不都吓跑了，你要出其不意地进去，最好是晚上。”

三

那天，张大肚子悄悄走进那个大烟馆，他来的时候还特地化了装，穿着一身旧衣服，还转了几个圈才直奔这个地方。其实他不知道，他的一举一动都在张寒晖派出的眼线监视之下。

他刚进去，张寒晖就把写好的举报信派人送到在国民党县党部任职的张平三手上。张平三拿到举报事不宜迟，马上就把县党部稽查队叫来，说：“王队长，这有个举报信，有人开了大烟馆，你马上去把那些吸大烟的人抓起来。”王队长非常愿意去抓捕吸食、贩卖大烟的人，因为在抓捕大烟犯罪的时候能捞到许多好处，这个差事，他巴不得多干几次。

张平三继续对王队长说：“要是让你把吸食大烟的校长张大肚子抓来，你敢不敢？”

王队长说：“我们就是干这个的，怎么会不敢呢？只要有举报，别说是县长的小舅子，就是县长本人，我们也照抓不误。”

稽查队早就憋足了劲，这个县长独断专行，捞钱的事都是他和警察局长的，把他这个稽查队不当回事，拿着豆包不当干粮。这次他可是要公报私仇了，二话不说，带人就去了那个烟馆。

赵家管家还想拦住他，王队长一个耳光就打过去说：“你想找死啊，气急了老子连你也抓进去。”

赵家管家明白商不和官斗的道理，只好让他进去。

张大肚子看到稽查队就紧忙起来说：“来，兄弟，我请客，都抽都抽。”

张大肚子知道这几天风紧，他本想悄悄进来，吸一个泡就走，谁知道他刚躺在烟床上，稽查队就进来了。他和稽查队的是低头不见抬头见的交情，平时没有少在一块吃喝，他说：“弟兄们高抬贵手，我这是刚进来，一个泡还没有抽完呢。”

王队长说：“这话找你姐夫说去吧，县政府有公告，我们也不敢贪赃枉法呀。”

按照规定，县长奖励了稽查队一百块现洋，他说：“这是县政府的奖励，我个人的下来再送过去。”县长还当着稽查队的面，把张大肚子关进牢房。

本来，张寒晖怕张大肚子报复，每天晚上都把王二牛安排到学校的道具室里睡觉，自己则睡在值班室。学校没有校长了，陈庆斋这个教导主任管全面，他也怕出意外，但这几天风平浪静，张大肚子难道会就这样善罢甘休？

这天夜里，正在睡梦中的张寒晖被急促的敲窗声惊醒，他起身问：“谁？”

陈庆斋在门外急切地说：“寒晖，我是庆斋。”

张寒晖急忙起来开门，把陈庆斋让进来说：“出事了？”

陈庆斋着急地说：“出事了，省立七中有人举报了王二牛，说他是这个歌的作者，县政府要抓他。”

张寒晖气愤地说：“学生宣传抗日倒有罪了？这帮祸国殃民的东西。”

陈庆斋说："我是冒险进学校来的，各个学校领头唱歌的学生都有，王二牛的名字排在第一名，按扰乱社会治安、阴谋推翻政府罪论处。"

张寒晖愤恨地说："黑暗，黑暗，太黑暗了！按原计划办，好汉不吃眼前亏，我去叫他，马上送他离开定州。"

陈庆斋急得一跺脚说："不行，你这是拿着鸡蛋往石头上碰。"

张寒晖说："难道我们就眼睁睁看着他们把王二牛抓走？"

陈庆斋说："就在我进来的时候，学校外面埋伏的警察和保安队把学校的出口全堵住了，张平三说，他们抓学生的目的就是想找出学生后面的人，只要他们抓不住王二牛，我们就不怕他们。"

四

学校大门外边响起一片狗叫声，张寒晖把化装成女生的王二牛藏进女厕所，自己向大门口走去。刚到大门口，他就听到了跳墙的声音，一回头看到从墙上跳下来的几个警察，用枪顶住了自己。

警察看着张寒晖说："你是干什么的？"

张寒晖反问他说："我是这儿的老师，今天我值班，你们这是要干什么？要谈公事明天来，我们这是学校。"

警察说："少废话，王二牛的宿舍在什么地方？"

张寒晖一指后面，过了这排房就是，几个警察向男生宿舍扑过去。张寒晖看他们都向后面走去，就进女厕所对王二牛说："你不要怕，先躲在这里，我和陈主任已经给你安排了地方。"

学校大门外边的警察们用枪托击打着大门，一边叫着让门卫开门。陈庆斋走过来，学校的门卫说："陈主任，开不开门？"

陈庆斋大声说："打开大门，我要去面见县长，这还有没有法律，谁给他们的权力，不经县政府同意，谁也没有权力夜闯学校！"

门卫把大门打开，外面是一排枪口，警察局长皮笑肉不笑地拦住他说："兄弟也是公差，希望你们配合，否则别怪兄弟我的枪口不长眼睛。"

陈庆斋质问他说："中华民国是法治社会，你们有没有搜查证？"

警察局长拔出枪来说："这就是搜查证，你敢违抗危害社会紧急处理法吗？"

陈庆斋用力地推开他说："你闪开，我要去面见县长，还有我要报告晏阳初总干事长，这个学校是平教会的。"

警察局长一挥手，所有枪口立刻就对准了他，说："回去，不准出这校门。"

陈庆斋大声地说："学生们做错了什么，你们黑天半夜来学校抓人。我要到南京政府去控告你们！"

警察局长嘿嘿一笑说："陈主任，我这是上支下派，咱们是低头不见抬头见的。"

他的话音还没落，就听学校里面大声叫喊："有人跳墙跑了！"

警察局长挥舞着手枪大声叫着："别开枪，抓活的！"

夜色里隐藏的警察们都向后面追去，张寒晖过来看到陈庆斋抹着满脑袋的汗水说："二牛呢？"

张寒晖小声笑着说："我把他藏在女厕所了。"陈庆斋和他相视一笑。

第二天，陈庆斋媳妇来到学校，把化装成女生的王二牛带出了学校，等在城外的张寒晖看到王二牛，满是爱怜地搂在怀里。陈庆斋雇来的驴车就等在路边，把王二牛送到南边的东长寿车站去。

寒风潇潇，黄沙扑面，张寒晖把一卷钱递给王二牛，还有一封信，说：“这是给你孙大叔的信，到了队伍上给我来封信。”

王二牛难舍难分地说：“张老师，我不想离开你，不想离开学校。”

张寒晖却掩饰着痛苦，故作轻松地说：“傻孩子，留得青山在，还怕没柴烧？见了你孙叔叔，告诉他，咱们一定会在抗日的战场见面的。”

王二牛含着眼泪看着张寒晖说：“张老师，张老师……”

张寒晖鼓励他说：“乌云不会总在头顶，太阳总要升起来，希望你努力向着自己认准的方向前行，光明和春天就在冬天的后面。”

陈庆斋说：“二牛，你要努力前进。”

张寒晖激动地说：“王二牛，我写了一首新歌，现在就送给你，名字就叫《告我青年》。”

在漫漫的火车旅途中，王二牛含泪唱着张寒晖写的歌，轻轻地哼着：

告我青年，
激愤起齐赴国难，
叹，整天劳苦不够吃和穿，
捐税旱涝遭兵劫，
饥寒交迫不得安，
恨，帝国主义狗军阀，
又把害添。
九一八占满洲，
势急危要进关，
想，我们流了多少血汗，
劳苦青年团结起，

帝国军阀都打完，

除压迫剥削进大同，

乐万年。

王二牛不知道，就在他走了之后这个冬天，定州的地下党组织有人叛变，告发了张平三，他接到情报只好逃离。这次，张平三发展的地下党员大部分被抓捕了，定州的地下党组织遭到了灭顶之灾。

又回到职业学校当校长的张大肚子对张寒晖恨之入骨，几次想把他抓进警察局，但是没有证据，陈庆斋说："寒晖，你是不是躲避一下，他们是不会放过你的。"

张寒晖坚定地说："我属于北平特委领导，没有接到撤退的通知，我必须坚持岗位。"

第二十章 十年磨一剑

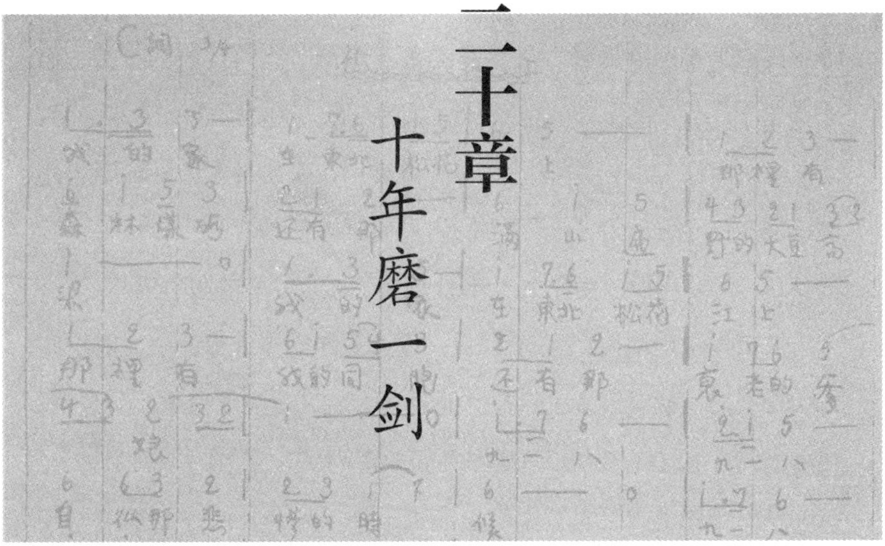

一

白色恐怖笼罩着定州大地，南京政府为了控制宋哲元，派了宪兵二团进驻北京，他们的爪牙散布到了河北大地，就连定州城里也有了军统特务。火热的斗争形势熄灭了。张寒晖为了躲避张大肚子的魔爪，只好拿出熊佛西写给晏阳初的介绍信，去平教会找晏阳初。

晏阳初在办公室亲切地接见他说：“这信是我们在通州的时候写的，你回定州来这些日子里为什么不来找我？”

张寒晖说：“我不想借别人的肩膀抬高自己，我就是想踏踏实实做点儿事。”

晏阳初笑着说：“好，年轻人就要有这样的胸怀。你为什么不想在职业学校干了？你干得挺好的啊。”

张寒晖说：“这个张校长飞扬跋扈，而且仗着他姐夫是县长，欺负学生，谩骂老师，我不想和这样的人一起工作。”

晏阳初在屋里来回转了一圈说：“小张老师啊，我知道你的想法，我也是没有办法啊，虽然我的事业受到了南京政府的支持，但是强龙不压地头蛇，我也要和他们周旋呢，我的压力不比你小啊。这世界上要想办成一件事情真的非常难啊，来自各个方面的阻力超乎想象，这个张大肚子，不光是你说他，人们都有举报和反映，我怎么办，还要用他，为什么？不就是为了减少我们的阻力吗。”

张寒晖激动地说：“总干事长，你这思想有点儿保守啊，对这些民族的败类，就应该坚决除掉。他吸食大烟，就应该枪毙他才是啊。教育系统有他这样的人，还能够办好教育吗？”

晏阳初还是微笑着，但是也透露出许多无奈，说：“这职业学校属于咱们平教会办理，但是大部分经费还是从县政府财政上支出的。如果不让张大肚子这样的人当校长，县政府也可能就不会出钱了，这样的话，我们招来的许多贫困家庭的学生怎么办？”

张寒晖说：“要是人民掌握了县政府，这事就好办了。听说平教会要接管县政府，是不是啊？”

晏阳初苦笑着说：“让我们接管，南京政府的税收就直接提走，我们用什么来维持县政府？现在我们唯一的办法就是派一个我们平教会的县长，可就是派了又怎么样，还不是换汤不换药啊。你说的枪毙张大肚子，这谈何容易，我有时候就怀疑，我坚持的方向是不是正确啊。”

张寒晖想离开学校，平教会正好在招聘教材编辑，晏阳初推荐张寒晖去考试。晏阳初说：“虽然你有熊佛西教授的推荐信，但还是要考试的，你去参加考试，如果合格我们就聘请你当教材编辑。”

张寒晖在领到那个月的薪水之后就辞去了教职，回家准备教材编辑的考试。已经许多日子没有接到北京组织的指示了，张寒晖心里总是觉得空落落的，自从张平三出走之后，他身边除了陈庆斋和康清波，连个说知心话的人都没有。他想去一趟北京，找一下组织，因为他看到北京的报纸上发布了宪兵二团破获中共地下组织的消息，这让他心里非常难过，想到那些年在北京的奋斗，想到那有苦有甜的经历，张寒晖非常想见见组织上的人。

陈庆斋也看到了他的苦闷，但是，定州的地下组织已经破坏了，残存的党员和组织都不敢公开露面。他和陈庆斋想把残存的组织收拢起来，可没有上级的指示，那些残存的党员都不敢承认身份。

在准备考试的日子里，张寒晖的儿子十岁了，女儿也七岁了，张寒晖平静地在这个小院里过起世外桃源的日子。邵锦屏真的感觉到了幸福，只有张寒晖知道自己的苦闷，他不想在这平静的日子里沉沦，他不断默诵着鲁迅的名言——不在沉默中爆发，就在沉默中灭亡。

邵锦屏已经习惯了他这样说话，她知道，他的心里装的是更大的天地。平教会的考试张寒晖轻松过关了，他正式成为平教会的教材编辑。他不知道，在这之前，曾经有人来西建阳找过张寒晖，来人当时是北平特委组织部长黄孟。因为赵云霄被宪兵三团杀害前，她在给组织写的诀别信上提到了，有一个同志，就在定州西建阳。但她只知道张寒晖的笔名，不知道本名，只知道他的家是定州西建阳的。

二

茫茫大地上，人们还是忙忙碌碌地过着春夏秋冬，老百姓还是在贫困交加中生活。虽然张寒晖编的那些教材没有让老百姓得到实惠，但是能从精神层面上得到一些慰藉。农民学员们爱唱的歌曲竟然是《可恨小日本》，张寒晖感到非常欣慰，最响的号角就是歌曲，自己原来醉心的话剧，不能起到唤醒农民的作用，真的能够唤醒老百姓，成为那个报告明天就要来到的鸡叫声，应该就是歌曲。

他暗暗进行着这方面的准备，大年三十这天，西建阳村远远近近地响起鞭炮声，张寒晖领着孩子在贴对联，艳婷给他端着糨糊。

艳婷高兴地说："爹，你今天好高兴！"

张寒晖回头说："过年了，你不高兴？"

艳婷说："高兴，穿新衣，戴新帽，放花炮，吃饺饺，让妈妈抱抱。"

张寒晖哼着说："过年了，哈哈笑，穿新衣，戴新帽，妈妈妈妈你抱抱……"

他把贴了半截的对联一扔，往屋里跑去。艳婷大声地说："爹，爹，你不贴了？"

艳婷端着糨糊追他，没有站稳摔倒了，把糨糊弄了一身哭起来。

背柴回来的邵锦屏大声说："林格他爹，你还猫在里屋干什么，还不出来，你看艳婷一身的糨糊。"

张寒晖从里屋出来高兴地说："你们先听听我新编的一首《新年歌》。"

过年了，哈哈笑，
穿新衣，戴新帽，
妈妈你抱抱。
过年了，哈哈笑，
吃年糕，吃饺饺，
爸爸放花炮。

邵锦屏知道他的脾气，就说："好，好，都三十多的人了，还和孩子似的。"

正月里，张寒晖到城里陈庆斋家拜年的时候，陈庆斋四岁的女儿穿着新衣服，撒娇地让妈妈抱抱她。正是春节期间，张寒晖顺便就唱了起来："过年了，哈哈笑，穿新衣，戴新帽，妈妈你抱抱。过年了，哈哈笑，吃年糕，吃饺饺，爸爸放花炮。"

他是故意唱的，陈庆斋的小女儿非常认真地学会了。没有想到，他们那个胡同里的小孩都会唱了。这天张寒晖和陈庆斋走到街上，看到几个小孩都在一边跳皮筋一边唱着。

张寒晖有些呆呆地看着小孩们，陈庆斋说："你怎么了？"

张寒晖的眼睛湿润了说："庆斋，我一直在找这鸡叫的方式，这次好像是找到了啊。"

陈庆斋糊涂了，说："什么鸡叫声，这大白天哪儿来的鸡叫声啊？"

张寒晖有点儿兴奋地说："就是叫大伙起床，告诉人们天就要亮了的鸡叫声。"

陈庆斋拉他一把说："你呀，又走火入魔了啊！走吧，你看人们都看你呢，好像你是魔怔了。"

张寒晖却高兴地对孩子们说："你们再唱一个，刚才唱得真好。"

孩子们瞪着眼睛看他，都不敢唱了，陈庆斋说："走吧，看你吓着孩子们了。"

等他们走了一段路之后，孩子们齐声唱起来："过年了，哈哈笑……"

陈庆斋也知道张寒晖的寂寞和孤独，经常来西建阳看望他，因为教材编辑处就设在东建阳村，张寒晖多了回家的机会。陈庆斋常在星期天的时候来找张寒晖，和他探讨一下形势。一次陈庆斋来的时候，张寒晖看他满身是汗就说："洗把脸吧，我这有自来水了。"

陈庆斋说："你这有自来水了，我看看。"

张寒晖领他到屋檐下面，一个向日葵的杆子通着水缸，他把杆子口上的塞一拔，清凉的水就流了出来。陈庆斋觉得非常新鲜，就敞开洗涮起来，他刚把肥皂打上头，就觉得没有水了。

陈庆斋说："寒晖，没有水了，赶快放水啊。"

肥皂水把陈庆斋的眼睛蜇得直流泪，他大声叫着说："张寒晖，你赶快放水啊。"

张寒晖从外面水井里提着水桶进院来，一边往房上走一边说："马上，马上，刚才是停电了。"

邵锦屏领着孩子们进来，看到陈庆斋的样子，抓起水瓢浇在他的脑袋上说："他是没事找事，你也和他一样胡闹啊。"

张寒晖把水倒在房上的水缸里，向日葵杆子里的水又流了下来，林格和艳婷高兴地说："自来水来水了。"

吃饭的时候，陈庆斋对张寒晖说："寒晖，你这是玩物丧志啊，这是为了什么？"

张寒晖严肃地说："我为什么？我就是想让孩子们知道，将来的社会就是这样的。"

邵锦屏小声地说："庆斋你吃饭，他这人就是这样，净干脱裤子放屁的事。"

孩子们都笑起来，陈庆斋也笑了说："寒晖有他的道理，有他的道理。"

张寒晖苦笑了一下说："我这就是苦中作乐吧。"

邵锦屏有点儿不满意地说：“他这个人就是不知足，我觉得这两年挺好的，他安静地挣点儿薪水，我在家种地，我觉得这日子过得挺知足的。”

陈庆斋没有说话，张寒晖说：“对，对，你说得对。”

三

其实，陈庆斋知道张寒晖的心情。自从张平三走后，定州的地下组织又遭到了严重的破坏，到处都是白色恐怖，人们都不敢谈论国家的事情，唯恐自己遭到特务的抓捕。张寒晖参加的教材编写处，从东建阳搬到了定州城南东朱谷村。张寒晖背着行李来东朱谷村的时候，把父亲留下的二胡带来了。

父亲留下的二胡成了张寒晖排解孤独和苦闷的寄托，二胡声里寄托着他许多的不甘和向往。在一个雪花飘飞、寒风刺骨的天气里，张寒晖独自走上破败的定州南城门，拿出袖子里的洞箫，对着南城门楼吹起来。

洞箫的声音低沉而悠远，他沉浸在对过去的回忆和对明天的向往情愫之中。三年了，他在等待着组织的指示，建立恢复定州的地下党组织。让曾经火红一时的革命活动也走出低谷，他心中汹涌着的岩浆随时都可以喷发。

晏阳初已经意识到了目前形势的严峻，他准备放弃定州这个实验基地，已经着手在南方建立新基地。他对属员们训话的时候就说了，我们的事业重心将转向南方。

定州的职业学校已经转为县政府办理，张大肚子更加张狂，他几次对陈庆斋说：“我知道是谁给我下了绊，他现在就是靠晏阳初罩着，告诉他，强龙不压地头蛇，南方人毕竟要走的，到那时候我会收拾他的。”

陈庆斋把这些话告诉张寒晖，张寒晖说：“你听他瞎吹牛吧，他姐夫这县长也不知道当得成当不成呢。”

陈庆斋说：“要是晏阳初他们走了，你怎么办啊？”

张寒晖说：“你放心，组织上不会不管的，我们现在就是要努力发展人员，别被敌人目前的张狂吓住。”

陈庆斋跟着张寒晖发展了许多青年学生。张寒晖利用平教会工作的便利，发展了几个村的积极分子，让这些人都成为党组织的后备力量。但是，表面上谁跟他说话他都不谈政治。

在一个个难眠的长夜里，在一个个雨雪纷纷的白昼，张寒晖就像地下运动的岩浆一样，悄悄地发展着、积蓄着革命力量。他对华北的形势非常清楚，他对陈庆斋说：“你放心，我们肯定要和日本鬼子在华北进行决战。我们发展的这些人目前要隐蔽，如果真的打起仗来，他们就成为我们最可靠的力量。”一天，陈庆斋来找他，看到他正在整理旧秧歌剧本，就说：“这些都是封建文化，你怎么对这个也感兴趣啊？”

张寒晖整理的这个定州秧歌剧本叫《老少换妻》，说的是大灾之年里老百姓卖儿卖女，一个老汉买了一个十八岁的女孩，一个青年人钱少，买了一个六十多的老女人，他们在一个客店里相逢了，这个老女人为了成全两个青年男女，设计让他们逃走，自己给老汉当老婆。剧本内容非常低俗。陈庆斋说：“这些东西就是让老百姓们瞎看呢。”

张寒晖说：“你知道老百姓为什么愿意看这些东西吗？因为这些与他们的生活接近，也因为他们也是这样生活的。这其实是个好戏，就是因为唱秧歌的没有文化，为了吸引观众就往里面加了许多低俗的内容，其实，这是一个对美好生活向往的好戏。你看这个老梅香啊，人虽然老，但是她的心灵还是非常美好的，为了成全这对青年男女，付出了自己。这就是农民美好的一面。”

张寒晖整理好这个剧本，在平教会的推动下，让定州的民间剧团演出了，反响热烈。在许多村，搞平民教育的老师们要想推动工作，就要带着剧团下去。康清波的小戏班也排演了《老少换妻》，张寒晖亲自出演了其中的老梅香，得到广大观众的认可。一次晏阳初在说平教会的工作时，笑着说：“我们普及农民教育这么多年，还不如一个秧歌戏的力度大，说平教会许多人可能不知道，要说我们演出的《老少换妻》可是家喻户晓啊。”

村里的秧歌剧团演出《老少换妻》后，邵锦屏问张寒晖说：“真有这么好心的人？你就是瞎编呢。”

张寒晖说：“这世界上还是好人多啊，咱们身边这样的好心人多的是。”张寒晖说着，想起了自己的母亲把三弟卖了为大哥娶媳妇的事，不由感慨万千，他问邵锦屏：“你觉得这个戏好不好？”

邵锦屏说：“好。”

张寒晖说：“好在哪儿？”

邵锦屏说：“你这是考我是吧？我告诉你，你给我讲过的大道理多了，我都听不懂，可你编的这个戏我一看就明白了，人要多做好事，多为别人着想。”

张寒晖整理的《老少换妻》这个传统剧目，成了定州秧歌戏经典保留剧目，到现在都还在演出。诙谐的台词，浅显的人情道理，都在这插科打诨的过程中，也让老百姓的素质得到了升华。

张寒晖对陈庆斋说：“这鸡叫不仅要会叫，还要叫得好听，这样人们才会听你的鸡叫声。”

四

平教会的工作已经进入到尾声，因为华北的局势已经到了非常危急的时刻。日本人想侵吞华北的意图已经十分明确，北京已经成为了中立城市，宋哲元的部队也撤到了南苑一带驻扎。

1934 年的冬天，已经三年没有得到党组织消息的张寒晖，接到了组织上的指示，北京派人来和他联系，准备恢复被敌人破坏的定州党组织。

这天，陈庆斋领着一个《北平晨报》的记者来找张寒晖。这个记者名叫李德仲，他受北平特委黄孟的委托来定州工作。

张寒晖正在定州城内回民街的住所整理平教会的教材，陈庆斋笑着领一个人进来说："这是张平三派来的人，他是找你的。"张寒晖看到一个不熟悉的面孔，他疑惑地说："你是哪儿来的？找谁啊？"李德仲说："我是《北平晨报》的记者，要找张寒晖。"

张寒晖谨慎地说："请问，你是来联系平教会材料的吧，这个我们要请示晏阳初总干事长，我们只是工作人员，做不了主的。"

李德仲看看屋内的其他人，小声地说："经过张平三同志的介绍，北平特委的黄孟同志让我来找你，咱们是不是找个地方说话？"

张寒晖平静地说："对不起，我们不接受采访，我只是一个普通的教材编辑，你要是想了解情况，还是去平教会总部，就在城内东大街的贡院里。"

李德仲着急地说："我的工作非常紧急，不能够耽误，你看我们是不是找个地方谈谈？"

张寒晖冷冷地说："我还是那句话，我们不接受采访。你请便。"

受到冷淡的李德仲出来之后，对陈庆斋说："这个张寒晖是不是革命意志衰退了？怎么这样啊，拒人千里之外呢。”

李德仲来定州之前，黄孟找他谈话说：“定州的党组织没有全部被敌人破坏，根据张平三同志的报告，还有一个叫张寒晖的存在，你去的时候先找他，然后再设法恢复定州的地下党组织。”

从平教会出来，陈庆斋觉得挺对不住李德仲，就说：“李先生，实在不好意思啊，我没有想到他会这样。他平时不这样啊，别说你来，就是一般的学生找他，都非常热情啊。”

李德仲又说：“他这么做也是对的，如果他不这么做，就不对了。”

陈庆斋是因为李德仲带着张平三的亲笔信，才领着他来找张寒晖，李德仲说：“我去茶馆等着，你再去找他，就说有一把宝剑需要他看看。”

陈庆斋刚一进门，张寒晖就非常气愤地说：“庆斋，你怎么这么不小心，你知道他是什么人？”

陈庆斋委屈地说：“他带着张平三的亲笔信，我也是觉得你这几年的心情不好，总是接不到组织的指示，这不上级来人了，我想这是好事啊。”

张寒晖解释说：“庆斋，你没有搞过地下工作，上级来人是有接头暗号的，没有像他这样的，直接就说工作。如果他是个密探怎么办？我们上了他的圈套，让敌人把我们抓进去吗？我们进去不要紧，干革命工作我们不怕进敌人的监狱，可是我们进去了，工作怎么办？”

陈庆斋说：“那个人说了，他有一把宝剑，让你看看？”

张寒晖心头一震：“什么宝剑，他有说谁的宝剑吗？”

陈庆斋说：“他在茶馆等着我们呢，你是不是去看看？”

张寒晖把手头的工作安排了一下，跟着陈庆斋出来走到大街上，冬日的定州大街上人员稀少，风吹得黄土漫天飞扬。张寒晖用围脖把脸遮上，顺着大街走去，他有点儿纳闷，这个来人怎么一点儿也不懂地下组织规矩，这么直截了当地进行接头。

李德仲看到小茶馆的门帘一掀，张寒晖进来走到他的前面，近视眼镜后面透出精明的眼神，看自己的神情里有些许的批评。他急忙说："我有一把宝剑，想请你给看看。"

张寒晖还是看着他，没有回话，李德仲端起茶碗来喝了一口，郑重地说："十年磨一剑，霜刃未曾试。"

张寒晖的眼睛里透出喜悦的光芒，他说："这里不是谈价钱的地方，我们找个地方慢慢说。走，去回民街我住的地方具体谈。"

风中的街上没有行人，张寒晖高兴得就像个孩子，有说有笑的，他还拿出钱来对陈庆斋说："你去买烧饼，顺便买点儿小驴肉，还有弄点儿酒。"

陈庆斋高兴地说："你们两个慢慢谈着走，我去准备"。

他们从操场胡同走出来，过了县城的十字街，拐进一个小胡同，就是陈庆斋家的后院。这里非常僻静，平时就很少有人来。住房内干冷干冷的，只有一个木板床，床上的被褥都十分简陋，桌子上、床上摆了许多旧书和教材。

张寒晖张罗着让他坐下，拿水壶倒水才发现里面是空的。李德仲拦住他说："十年磨一剑，霜刃未曾试。"

张寒晖高兴地说："今日把示君，谁有不平事。"

李德仲高兴地和他握手说："寒晖同志，我叫李德仲，对外的身份是《北平晨报》的记者，内部我是受黄孟同志委托来找你，我们这次就是要重建定州县委，我是特派员，把被敌人摧毁的组织重新建立起来。为了反对日本人和宋哲元的冀察政务委员会政府搞华北自制，中央命令我们立即恢复被敌人破坏的地下组织，积极发展新生力量。我这次来就是要在原有的基础上，建立定无藁中心县委，你被任命为定县党组织的领导成员之一，待时机成熟成立定州县委。”

张寒晖喜形于色地说：“可把你盼来了，这几年我一个人在黑暗中瞎闯，心里的苦闷没有地方诉说，有了困难也没有人来帮助解决。我像盼星星盼月亮一样盼你们来呀，先给我讲讲政治形式。”

李德仲看着远方说：“中央苏区没有能够粉碎国民党的第五次反“围剿”，已经放弃了中央苏区开始战略转移。现在我们河北党的中心任务就是：发展组织，隐蔽待命，等候时机，迎接红军北上，防止华北成为第二个东北。”

陈庆斋托着烧饼和驴肉进来说：“都齐了。”

张寒晖说：“再去搞点儿炭来，把火盆点上。”

陈庆斋高兴地说：“哎呀，这几年都没有见你这么高兴过了。”

张寒晖笑说：“组织来的亲人，我们还有什么不高兴的。”

火盆烧起来，小屋里的热气马上就高了，张寒晖高兴地把酒倒上说：“我肺不好，医生说不让喝酒，但是，你今天来了，我们必须庆祝一下。来，庆斋，你也喝一杯！”

第二十一章 秘密召开党员代表大会

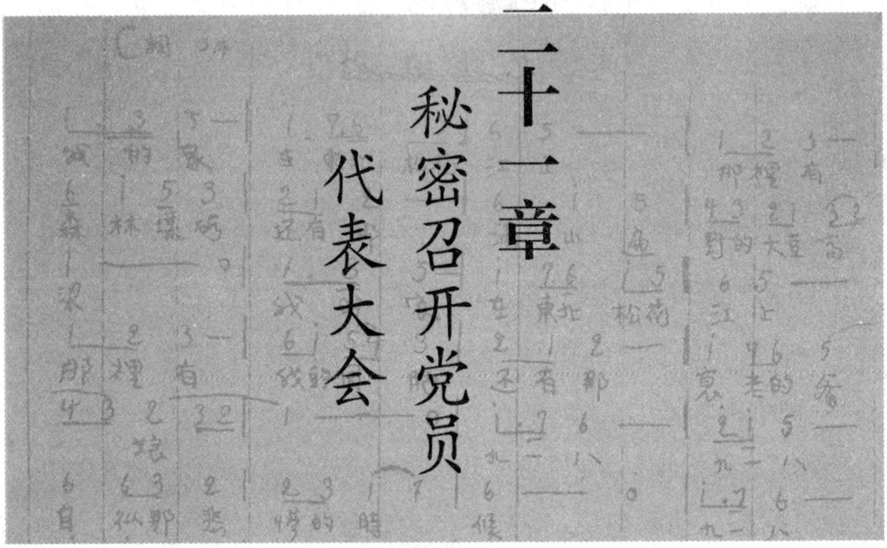

一

这一年多来，在张寒晖的帮助下，李德仲的工作进展得非常顺利，不但恢复了许多村的地下党员，还在王褥、东亭、砖路等村建立了党的基层组织。

李德仲来定州恢复党组织，他是一个东北人，对定州的社会和底层的情况不了解，要是没有张寒晖，他的工作可说是“老虎吃天，没处下嘴”。为了让他有一个掩护的地方，张寒晖通过金牛眼药的老板为他担保，成立了民声报导社。

但是，他更多的时间是在张寒晖的住处，一个是能够及时商量问题，还有一个就是能够在他这蹭饭吃。李德仲比张寒晖小十来岁，把张寒晖当成老大哥，什么事都和他商量，张寒晖在回民街的住宅就成了他们聚会和商量工作的地方。

张寒晖在平教会的工资当时是八块钱，他把其中的两块交给邵锦屏，剩下的就作为了革命经费。李德仲有时候为了节省，故意过了饭点回来。张寒晖知道他没有吃饭，就对他说："德仲啊，你看这剩饭，要馊了，你吃了吧，要不扔了多可惜啊。"

李德仲还有点儿不好意思地说："你看我这刚吃饱了，吃多了要撑着的。"

张寒晖拿起小锅说："我这就喂了狗去。"

李德仲急忙地拦住他说："糟蹋粮食可是犯罪啊，我不能这么看着你犯罪不是？"

他三嘴两嘴把剩饭吞到肚里，张寒晖拍着他说："德仲啊，你就不要死要面子活受罪了，这些我都经历过了。你呀，既然我们是革命同志，就要说实话。饿了就是饿了，没有吃就是没有吃。"

张寒晖这种老大哥的作风让李德仲非常感动。两人在一起有说不完的话，从各人的历史到未来的憧憬，还有许多政治和历史方面的探讨。有时候晚了，李德仲就和张寒晖挤在一个床上，反正他的报导社就是一个小门脸，里面也是一个硬木板床和一张桌子。

在长夜难眠的时候，李德仲向张寒晖述说了他的家庭和历史。李德仲的祖父是山东闯关东过去的，到了他这一代有了点儿积蓄，能够让他上学了。就在他考上东北大学后，发生了九一八事变，他和他的同学们都流浪到关内。因为东北大学的校长是张学良，他们的生活开始由东北军给经费，后来，因为他投身了抗日救亡运动，就和他们断绝了关系。他来定州的经费也不够用，那些在白色恐怖中没有变节的同志们，有的生活非常贫困，李德仲不得不从自己的饭费里扣出点儿钱来救济他们，他自己却饿着肚子。每逢李德仲说起自己故乡东北松花江的时候总是眼含热泪。

李德仲说：“你知道一个想念家乡的人是什么心情吗？”

张寒晖说：“我知道，我曾经离开定州这个地方，去北京寻找出路。我曾经拿着一个铜板过了三天，我饿得都走不动路了。可是，我不敢多花啊，我如果把这个铜板花完了，就真的身无分文了。”

李德仲说：“我也是，幸亏我遇到了张平三，参加了地下党的外围组织，还参加了东北流亡学生救国会，这才找到了人生的出路。”

半夜里，他们轻轻地唱起了《五月的鲜花》这首歌，李德仲说：“我听张平三说，你会写歌，九一八事变之后还写过关于抗日的歌曲。”

张寒晖说：“那都是旧瓶装新酒，用老歌的曲子填新词。”

李德仲说：“我是学工业的，不懂艺术，我真的想写一首关于我们东北人流浪关内的歌，把我们心里的许多苦难和悲伤都唱出来。”

张寒晖笑着说：“说不定我会写一首这样的歌呢，到时候你先唱起来。”

革命者的生活是艰苦的，但他们的心灵是崇高的，在那个年代，找到这样的知音非常不容易，这是经过血与火的考验之后的革命友谊。他们都有一个远大的革命目标，都有着艰苦的革命经历，这让他们在进行革命工作的时候就像亲兄弟一样。

一次，在西建阳张寒晖家吃饭时，邵锦屏和李德仲开玩笑说：“德仲啊，我看寒晖对你比对我还亲，同吃同睡的。只要他一回来，三句话不离你，说你年轻能干，怎么样，还没有娶媳妇吧？”

李德仲也开玩笑说：“嫂子，你可不要吃醋啊。”

邵锦屏也笑着说：“我还是真的吃醋呢，我们寒晖这人就是这样，什么时候对客人都比对自己家的人亲。”

李德仲说："嫂子，我不知道你这是贬他还是表扬他呢？"

邵锦屏说："你们的事我不懂，可是我知道，自从你来了之后，我们寒晖笑的次数多了，发愁的时候少了。原来他拉个二胡都是那些哭人的调子，现在他拉起二胡来也是喜洋洋的声音。我听不懂，可是我知道，他的心里高兴着呢。"

这年八月份，在北京的河北省委派了叶德光来定州，建立了定州、无极县、藁城县的中心县委，李德仲为书记，张寒晖当选为中心县委委员。张寒晖还在定州建立了"左联"，并担任负责人。他们团结了许多进步的学生教师，还建立了以贫困农民为主的定州义勇军。因为张寒晖在县里文教界是位有影响的人物，又会搞统战工作，为李德仲的工作提供方便，许多村的地下支部都是在张寒晖的帮助下建立起来的。

二

有许多次，张寒晖和李德仲商量事，见到陈庆斋进屋就不说话了。这让陈庆斋非常尴尬，这样的次数多了，免不了让他误会。他媳妇也问他说："这些日子寒晖怎么不来咱们家了？"

陈庆斋不好说什么，就回答他说："人家的事多呗。"

庆斋媳妇说："不对啊，原来他有什么事都和你商量，你们之间是不是有了隔阂啊？"

陈庆斋反驳她说："你一个老娘儿们，别多掺和事啊，我和寒晖是小学同学，这么多年在一起工作，我们有什么隔阂？"

张寒晖也发现了他的情绪，就说："庆斋，你要理解，组织上是有原则的，有些事情必须保密，别因为这个就觉得自己受了冷落了。"

陈庆斋说：“原来张平三在的时候，就说过让我参加组织的事，如果不是突然出了叛徒，地下组织遭到破坏，我肯定早就是党员了。”

当时陈庆斋的家就是他们开会的地方，本来张平三想发展他加入党的组织，是张寒晖提出的暂时不让他入党。因为多年的地下工作经验让他意识到，地下工作必须有些中间人为组织提供地下堡垒。他怕陈庆斋参加组织后暴露，就说：“我们还是留下这块地方当我们的庇护所吧，兔子还知道留三个窝呢。”后来果然应了张寒晖的话，没有被暴露的陈庆斋成了组织上和张寒晖联系的联络人。

张寒晖说：“你真的要为共产主义事业奋斗终身吗？”

陈庆斋坚决地说：“真的，我已经下定决心了，为了革命事业不怕牺牲，不怕流血，把党的事业进行到底。”

张寒晖说：“你要接受组织的考验，我们不吸收对党的事业没有坚定信心的人。”

陈庆斋过了一阵没有回应，就催促张寒晖说：“怎么还不考验我呢？”

张寒晖笑着说：“着急了？”

陈庆斋说：“你当然不急了，你是组织上的人，我着急啊。”

张寒晖说：“你急就不行，这是组织考验你的耐心，我们的事业是要许多人参加的，什么样的情况都要面对，你如果耐不住寂寞也不行。”

陈庆斋说：“哎呀，这没有动静也是考验啊。”

张寒晖说：“你们职业学校里，你有几个朋友啊？说说，换命的有没有？”

陈庆斋笑着说：“你在职业学校的时候，我们两个是换命的朋友。你走了之后，我也有几个贴心人，但还没有到换命的份儿上。”

张寒晖严肃地说：“我们现在的任务就是要扩大我们的队伍，你要利用自己的身份，把倾向革命的人团结起来，我们的公开口号就是抗日救亡。如果你没有自己的朋友，怎么进行革命啊？”

陈庆斋听了张寒晖的话之后，就采取了不同的方法，团结了三四个教师。他们都是青年人，都有着对新时代的激进思想，尤其是说到抗日救亡，他们都表示只要组织上信得过，他们一定跟着组织走。

组织工作开展得非常顺利，到了需要召开一次全体会议的时候了，李德仲却非常忧愁。在这个白色恐怖的时候，召开这样的会议是否安全，如果让敌人获得到情报，说不定会把积蓄的这点儿力量毁于一旦。

他的想法张寒晖也考虑到了，他说：“我们这个会议一定要召开，时间地点我想办法。”

李德仲说：“上级指示，现在我们这个地方不光有国民政府的特务，还有秘密的日本特务，他们知道我们共产党主张抗日，所以他们和国民党特务一样，就是想破坏我们的组织。我们召开会议就要有人来，这些人来了之后，以什么名义集会，这都是问题。还有经费怎么办，这些人要是来了，我们起码要管饭，不能让同志们来了饿着肚子走吧。”

张寒晖说：“德仲，这个我考虑了，我想办法从平教会争取一部分资金，多了没有，吃几顿饭还是可以的。”

但是，在什么地方召开这个会，成了李德仲最着急的事，在城里肯定是不行。张寒晖提出在乡下用平教会的名义，这也符和平教会的宗旨。李德仲不想用平教会的名义，如果以他们的名义，平教会就要参与。现在，平教会成员已经有了变化，那些北京来的教授们有的回了北京，有的去了南方。县政府趁机就塞了许多人进去，虽然平教会名义上进人都要招考，但就连张大肚子这样的人都当了理事。

三

这天，康清波进城来赶集，顺便给张寒晖捎来了大白菜和一袋子小米。

这是邵锦屏让他捎来的，因为这一阵子张寒晖有一个多月没有回西建阳了，邵锦屏不放心，让康清波捎东西，也是打探一下他的情况，邵锦屏就是担心他的身体。康清波来的时候，李德仲和张寒晖正在吃饭，他们碗里端的是棒子面和萝卜块做的稀粥。

康清波说："哎呀你们也太艰苦了，怎么光吃这个啊，连个干粮也没有。"

李德仲说："这个怎么了，这比我们东北吃的也强，你知道东北的老百姓吃什么吗？混合面，就是用棒子芯和榨过油的豆饼磨的面，大人吃了难受，孩子们吃了拉不下屎来，日本人都不许中国人吃大米，谁家吃了大米就是经济犯，抓进去坐牢的。"

康清波说："我也听人说过这事，当了亡国奴那是牛马不如啊。寒晖，当着李记者也没有外人，这些日子我也帮着你们干了许多事，东亭这一带的组织都是我跟着你们找的，可是你们都考验陈庆斋了，为什么不考验我啊？"

张寒晖说："你听谁说的我考验陈庆斋了？"

康清波低头说："反正我知道，你们要不考验我，我可是有意见了。"

李德仲放下饭碗说："说说你的意见，我听听合理不合理啊。"

康清波说："我也要参加组织，自从寒晖给我讲《共产党宣言》那天，我想了好多日子，你们提出的主张和理想都很符合我心里的想法，我也要参加组织。"

李德仲说："参加组织不是说句话的事，要自己提出申请，还要有人介绍，你提出申请了没有？"

康清波着急地说："我现在申请行吧？"

张寒晖说："你呀，今天就算是提出申请了，我们也得考验你。"

这时候，陈庆斋进来看到康清波说："清波来了。"

他看看张寒晖又看看康清波，欲言又止的样子，李德仲说："你说吧，老康也是我们的同志。说吧。"

陈庆斋说："我在职业学校的换命朋友已经发展到五个，也成立了左联读书会，必要的时候想让你们去讲课，你看这事怎么样？"

张寒晖说："这个课我去讲吧，德仲同志不宜多出面。"

陈庆斋担心地说："就是张大肚子还是校长，你去是不是不合适啊？"

张寒晖摆手说："这没有事，左联是在县政府备了案的，张大肚子也没有理由阻止啊。他要想听就让他听，我们讲戏剧改革，他听不了三分钟就会无趣地走掉。"

陈庆斋高兴地说："这就好了，你在定州文化界属于大人物，他们知道你去，肯定高兴。我这就去布置，名义就是戏剧改造，你们说怎么样？"

陈庆斋对康清波说："晚上不要走了，我们一起喝一杯。"

康清波说："不行，我已经定了正月里要演秧歌，要回去准备排练呢。"陈庆斋走了，康清波悄悄问张寒晖说："寒晖，你看是不是组织上也给我一点儿任务，不然的话怎么考验我？"

张寒晖看看李德仲，思索了一下说："老康啊，我看你们就把演戏的事定在正月里，要闹得动静大一点儿，就宣传要唱大戏。"

康清波有点儿不解地说："咱们一个村的小秧歌戏班子，还闹什么大动静啊？"

张寒晖笑着说："你呀，没有考验，你要考验；真要考验你了，你还有意见了，组织上这就是在考验你啊。"

康清波也笑起来说："你这个考验考不住我，村里唱戏的事咱是手拿把攥。"

张寒晖严肃地说："你的任务就是把戏唱大，什么事都是你出面，我们平教会支持你经费，你就组织村里准备吧。要在腊月里把事张扬出去，张扬得越大越好"

康清波有些纳闷地说："唱戏与考验我有什么关系啊？"

张寒晖说："来，我们具体商量一下，这戏怎么唱。"

康清波说："怎么唱，还不是打家伙就唱呗。"

李德仲微笑着说："寒晖，你是说利用唱戏掩护我们开会？"

张寒晖会心一笑说："我们也来他一个草船借箭，瞒天过海。"

康清波不知道他们说的话后面是什么意思，但是他知道，这戏唱得有门道，所以，他就非常高兴地说："你们说唱什么戏，我就马上回去进行准备。"

张寒晖把平教会整理的传统秧歌戏本拿出来，这些都是经过张寒晖修订了的，都可以演出。康清波一回村就把消息传了出去，四下村乡里都知道了，过年正月里，平民教育促进会进行修订的秧歌戏，在西建阳村进行公演。

早就在年前，张寒晖就派人去各个村里张贴了海报，几乎每个村都贴着大戏报，特别是上面写着新编定县秧歌戏《老少换妻》，这个老少皆知的秧歌戏让许多老百姓心里泛起波澜，大家都跃跃欲试地等着看戏。

四

定州人有句俗话，西建阳的秧歌不用看，辘轳叉子支门扇。就是唱戏的台子都是用各家的大门门扇搭的，在过去只有财主人家才有大木门。康清波他们虽然是村里的小戏班，但是康清波请了几位定州秧歌的名角来助演。

三庆班最有名的旦角小贵子和他的徒弟宋文川出演女主角。本来秧歌戏在定州就有拴老婆桩子一说，他们这一张扬，十里八乡都知道，西建阳要唱大秧歌戏了。西建阳的各家各户也都通知了自己家的亲戚，正月里来村里看戏。

四叔家的大门扇被康清波借去搭舞台了，那天康清波来借大门扇的时候，四婶子说："清波，这大门呢不借，你这唱小班这么多年了，你还不知道什么戏不能够在家门口唱吗？"

康清波说："四婶子，你说什么戏不能够唱啊？我们是唱十八摸还是唱三脱光了？你放心，我康清波家还有闺女呢。"

四婶子还是不放心地说："不行，不行，我听人说了，这大戏报都贴到安国县去了，人家都说来西建阳村看《老少换妻》，我这大门不借，你们找别人家去吧。"

康清波说："四婶子啊，这次不光是咱们村的人，我把你爱看的小贵子也叫来了，他也来演戏。四婶子啊，这你心里肯定不知道多高兴呢，你就把大门扇借给我们吧。"

四婶子说："不行，我说不行就不行。你们演这戏伤风败俗的，我们家大门就不借。"

唱这一台大戏搭台子，要用十二块大门扇，这村里连四婶子家的大门算上，正好十二块，缺了他家的大门扇还真不行。

四叔也说："这北边闹得兵荒马乱的，你们还唱什么戏啊，算了，别唱了。我也看不惯这秧歌戏，就是要饭吃的家什子，什么大戏。"

平时人们都说，没有这个臭鸡蛋，也做槽子糕，可是没有四婶子家的两块大门扇，就唱不成戏。大清早的康清波就来找张寒晖。

张寒晖正在准备开会的材料，他坐在自己家的炕上，手里写着，嘴里说着。见康清波来就问戏台准备得怎么样了，康清波说："二十四拜都拜了，就差一哆嗦了。"

唱戏的幕布还有许多服装，都是从平教会借来的，那些演戏的演员也定下了。就是这戏饭，都是张寒晖解决的，他从平教会的戏曲部争取来的项目钱，足够几十个演员吃十几天。听康清波说四婶子不借大门扇的事，就笑了说："什么人什么打发，四婶子这个人就是个顺毛捋，你说村里唱戏这么大的事，不给四叔安排个差事，她心里能够高兴吗？"

康清波拍着脑袋说："你看看，我这人就是想得不如你周到，我这就去。"

张寒晖说："我四婶子这个人就爱争强好胜的，你这回笼包子不好吃，让林格妈跟你去吧。"

康清波要走，张寒晖说："等着，我给你写个聘书。"

张寒晖用红纸给四叔写了一个聘书：兹聘请张老先生为大戏之接送客，主管戏班吃喝之事。康清波嘿嘿一笑说："哎呀，我就没有想到这么多。"

接到大红聘书，四婶子的脸色马上一变笑着说："你说这是咱们村的大事，我们也算是个书香门第吧，我们不帮忙谁帮忙啊，你们想什么时候摘门扇，就什么时候摘吧。”

邵锦屏也告诉四婶子说：“我也是来请四叔的，你侄子说了，正月里他的朋友都要来看戏，让四叔准备着陪客人。到时候，四叔你可要把自己的本事亮出来啊。”

张寒晖这么一安排，让四婶子非常有面子，早早就把四叔的长衫浆洗好，还用棒槌在捶布石上捶得平平展展的。四叔也洋洋得意地对人说：“现在寒晖是大人物了，他在外面的朋友来，我不能给他丢人啊，我们张家怎么也算是书香门第啊。”

四婶子斥他说：“滚一边去，你这人就是给二两颜色就开染坊。”

正月初五开的戏，第二天，张寒晖的朋友就陆续来了。四叔在村公所里指挥厨子们给戏班子做饭，林格老远地叫着四爷爷跑过来。

林格说：“四爷爷，四爷爷，我爹叫你过去，外面的朋友来了。”

四叔对带班的厨子说：“今天这饭你们要都用点儿心，别让人家笑话我们西建阳的厨子不会做饭。”

带班的厨子嫌他絮叨，说：“四爷，你赶紧去吧，外面的客人都来了，你不去，这显得不尊敬人家啊。”

四叔说：“你这是撵我走啊，我就是走了也有人监督你们，要是人家角儿们说这饭菜有什么不好，我找你算账。”

李德仲带着几个人等在台阶下面，看到四叔进来都给四叔拜年，四叔双手一拱说：“开年大吉，同喜同喜。”

在客人们的逢迎下，四叔觉得非常有面子，尤其是李德仲和叶德光都是从北京来的。这让四叔更有面子，那几天都是他陪着。

开全会那天，人到得多，在张寒晖家里的北屋里外摆了两桌。四叔是人来疯，一看这么多人，他的劲头就上来了，把酒杯一端，一个个碰杯。一轮下来，他就醉了，张寒晖把他搀到旁边屋里，他倒头就睡了。

李德仲让陈庆斋注意外边，他说："咱们现在开会。"

张寒晖让邵锦屏也去看戏，邵锦屏说："来了这么多客人，我去看戏，这多不好啊。"

张寒晖小声地说："我们要商量大事，你去看戏不是白看的，戏台就在村口上，你要多注意。要是城里的警察们来了，你马上就让林格回来告诉我，就说我警察局的朋友来了。"

邵锦屏会意地说："那我就去了，这家里的事啊什么的，你照管好了。"

陈庆斋说："嫂子，你放心去吧，这也不是招待朋友，我代替你当伙夫。"头天晚上，邵锦屏对张寒晖说："明天你的朋友都来了，咱们家也没有什么好菜，就是白菜条和盐豆，你买的酒也是定州产的山药干酒，这多不好啊。"

张寒晖说："要吃好的，人家在城里回民楼就吃了，人家是来看戏的，绝不是图吃什么、喝什么的。"

邵锦屏带着孩子出门的时候，对陈庆斋说："那就辛苦你了，我和孩子们去看戏，家里的事你替我干了。兄弟啊，你这客人还得让你下厨房啊。"

张寒晖一使眼色笑着说："庆斋，让你去你就去吧。四下里看着点儿，明白不？"

叶德光还特意到旁边屋里看了看睡得香甜的四叔，张寒晖也觉得有些奇怪，自己一共买了两瓶山药干酒，喝了一瓶，怎么还有一瓶啊？满屋子十几个人，就喝了一瓶山药干酒，四叔怎么醉了呢。

李德仲把酒壶的酒给张寒晖倒上说："你喝一个吧。"

张寒晖一喝，凉水，他看看叶德光说：“你的事是吧？”

叶德光说：“我们都是喝的这个，就四叔喝的是真酒。一瓶酒都让四叔自己喝了，别人的碗里都是白水。”

张寒晖也笑起来说：“你这个大学生啊，我张寒晖没有酒了吗？”

叶德光说：“这是李书记的主意，大家是来开会的，不是来喝酒的。”

张寒晖也笑了说：“庆斋，你们是怎么变戏法的，你们喝凉水，让四叔喝酒。”

陈庆斋说：“两个酒壶，给四叔倒酒的酒壶里是真酒，我们酒壶里是凉水。”

刚才还装得醉醺醺的李德仲对来人们说：“现在，定州党员代表大会正式开始。”

后来，四叔怎么也闹不清楚，自己陪酒的时候，本来就一瓶酒，别人都没有事，自己怎么就喝醉了。

四婶子指点着他说：“你呀就是没有喝过酒，没有听说过陪客人的自己喝醉了，人家都说醉客不醉主，没有你这样的。”

第二十二章 将他调往东北特科

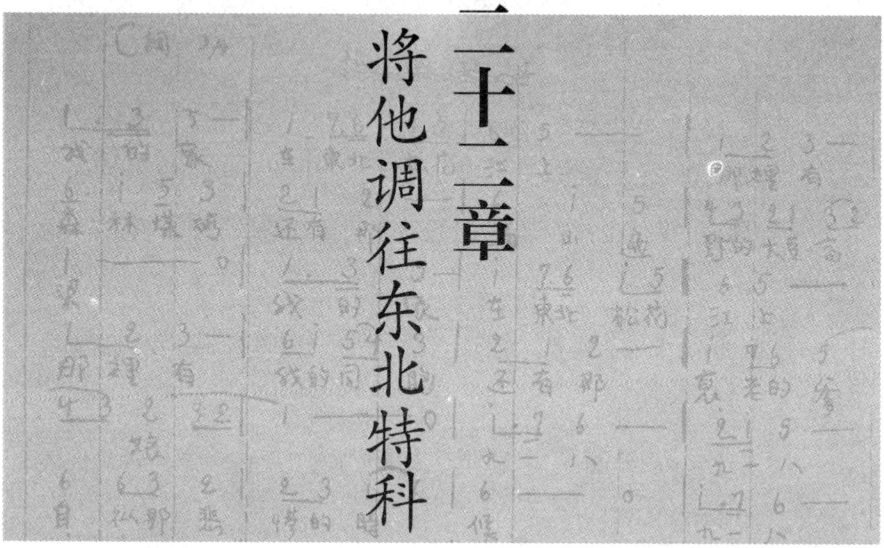

一

村里的秧歌戏唱了三天，党员代表会秘密地开了两天。这几天，家家户户来看戏的客人不少，村里人来人往，家家都有客人来看戏，他们不知道，就在台下看戏的观众被这浓郁的地方风味的秧歌剧情带得欢笑怒骂或眼泪汪汪的时候，来自定州十几个村的地下党代表，代表着几十个党员，召开了积极积蓄力量、努力发展地下党组织的工作会议。他们其中的许多人在 1937 年七七事变之后，都成为定州抗战时期著名的领袖人物。

送走了开会的人，正是正月初八，这是村里秧歌戏的最后一天，这天晚上，压轴大戏《老少换妻》要演出。李德仲让叶德光回北京汇报工作，他要留下来去其他几个县视察工作。他说："寒晖，这两天太忙了，我还没有看你改编的戏呢。"

张寒晖松一下筋骨说："也是啊，这几天都忙着开会了。今天晚上，我们就好好地看戏吧。"

晚上的戏就是吊了人们一个月胃口的《老少换妻》，李德仲说："鲁迅先生有句话说得好，一部《红楼梦》，经学家看见《易》，道学家看见淫，才子看见缠绵，革命家看见排满，流言家看见宫闱秘事。不知道你这部《老少换妻》说了什么？"

张寒晖笑着说："我在改编剧本的时候，就是想着把定州普通老百姓的文化素质提高一点儿，你看看就知道了。这部戏是非常有趣的，也是老百姓喜欢看的，但是原来低俗的唱词和道白多一点儿。我把这些都去掉了，换成了老少皆宜的台词和唱词。"

因为是最后一场大戏，演员们早早就准备演出，汇集到席棚搭的后台化妆。因为这些人都是康清波邀请来的，他每天都忙活在舞台前后。负责拉幕的人突然找他说："清波，你过去看看吧，这大幕拉不开了。"

这戏台上挂的大幕是平教会演话剧用的，是张寒晖借来的。锣鼓文武场的人正在打通。这锣鼓声就是催促吃过晚饭的人们快点儿来看戏，马上就要开演了。这时村里的街上已经是人来人往、呼朋唤友非常热闹。戏台下面更是热闹，早就在吃晚饭之前，许多孩子都把自己家的板凳搬来占了位置。虽然离开戏还有一会儿，但是下面早就挤满了看戏的人们。

康清波来到前台一看，原来吊天幕的滑轮脱轨了，他让人搬来梯子爬上去，把滑轮修好下来，秧歌戏名角小贵子走到他面前说："康老板，麻烦你个事，我想见见张寒晖教授。"

康清波说："见他好说啊，我领你去。他今天上台票戏，正好开戏前见一下面。"

小贵子说："这出戏是我师傅传下来的，他临死之前就说过，这戏是个好戏，就是粉戏太多。谁要是有能力给改改，这可是一出好戏啊。"

师傅说是说了，可是这些秧歌艺人都是农村的，基本上都没有读过书，唱词和道白都是口传心授，就是师傅说一句，徒弟记一句，那些粉词也不知道怎么改。小贵子曾经找过一个人，让人家修改剧本，人家说："就你们这要饭吃的破戏改什么改，瞎唱得了。"

这么多年来，这成了小贵子的心病，年前他拿到剧本之后让人给念了一遍，他听完就拍手叫好说："这是个高人啊，是我们秧歌的福星啊。"所以他想见见这个高人，后来他才知道这个高人就是西建阳的张寒晖，他今天一来是唱戏，再就是见见这个高人。

这时候，邵锦屏领着林格，抱着艳婷拿着板凳来到戏台下面，女人们都和她打招呼说："来啦，来啦。"

邵锦屏的脸上洋溢着幸福和满足地说："来啦，这孩子听说唱戏，连饭都不吃了，就急着来看呢。"

林格着急地说："我不着急，是我娘着急，她说我爹今天要唱戏呢。"

邵锦屏打他一下："瞎说！"

林格认真地说："我没瞎说，是你老是催我，快点儿，快点儿。"

邵锦屏羞涩矜持地说："这孩子，我不是给你说过，家里的话不要到外边来说吗。"

林格说："是你说我着急啦，我又没有说你。"女人们开心地笑起来。

康清波告诉林格说："今天就看你爹演戏了。"

邵锦屏说："他也没有唱过戏，别丢了人。"

康清波笑着说："你呀就等着看好吧，大教授演戏，准错不了。"

后台，张寒晖正和李德仲说话，给李德仲介绍定州的秧歌艺术的情况，说到了小贵子唱戏入迷，他赶着牛车往地里送粪，一边走一边唱，到了该跪下的地方，他就跳下车来，跪在地上唱。路人逗他说："你的牛车翻车了，你还在这跪着唱。"

小贵子说："这就是跪着唱的，牛车翻了也得跪在地上。"

李德仲笑起来说："你们定州净出这样的牛人啊，你张寒晖也是一个牛人。"

他们正说话，康清波领着小贵子进来说："寒晖，我们的秧歌名角贵子师傅来看你。"

小贵子一抱拳说："张教授，我早就想着拜访你，了不起啊，你改编的老少换，说真的，我们演起来真的很舒服。以往啊，有些戏词说出来都觉得丢人、脸红。说真的，我们秧歌戏为什么进不了大剧院，就是因为太粉，人家大剧院要的是艺术。"

张寒晖说："谢谢小贵子老板，你夸奖了，夸奖了。"

小贵子说："张教授，听说你在北京也是上过台的，今天，我能和你同台演出，万幸啊！"

张寒晖在教康清波他们排练的时候，可以说能唱这出戏的所有唱词，康清波还说他的嗓音是金不换。张寒晖笑着说："献丑，献丑了，我这个人闹着玩还行，真的唱大戏，我怕给你们丢人啊。"

小贵子突然一个半跪说："今天谢谢张教授赏脸啊。"

二

老远就听见了西建阳村唱戏的锣鼓声，这声音在宽阔的原野上传得很远。陈庆斋散会后就回城了，职业学校的一个同志来告诉他，张大肚子说他今天晚上要去西建阳看戏。他问这个老师，他还知道什么了。老师告诉他，他还带着县稽查队的人去。陈庆斋得到这个消息时天快黑了，他急忙骑着车子就往西建阳奔，因为李德仲他还在村里，他怕出事。

进了村他就直奔张寒晖家，到门口刚要叫门，看到了门上的锁子。他想打问一下，可是街上一个人都没有，他便又着急地向戏台走去。

今天的戏因为有秧歌戏名角小贵子，吸引了四里八乡的人们都来看戏，戏台下面挤得密不透风。陈庆斋想挤进去找人，可是前面的人就是不让，他费了半天劲都挤不进去。

这个时候，戏台上正演到二鬼深更半夜敲寡妇婶子的门。今天小贵子演出的是老梅氏，他在别的地方演出的时候，他一出场就笑声不断，今天也是这样，他刚在台口一出现，人们就开始叫好了。

剧中人吴二鬼上：二婶子，二婶子，怎么没有动静哪？二婶子，开门来！

老梅氏：唉！这半夜三更的谁还结记着我咧？

唱：老梅氏在房中正纺棉花，忽听的门外边有人叫我，我有心开开这两门扇，常言道寡妇门前是非多，隔房邻居看到了怪把我笑话，我不开门回去了吧……

吴二鬼：二婶子开门来。

老梅氏：忽听的门外边二婶子二婶子直个劲地叫我，用手开放了门两扇，原来是吴二鬼这小子在外边站着。哟，我当是谁哩，这不是二鬼这小子，小子小子，门外头冷，来，屋里说话。

吴二鬼：嗨，你那屋里也暖和不了多少。

老梅氏：小子，你是夜猫子进宅，无事不来。

吴二鬼：我是夜晚进宅，无事不来。

老梅氏：半夜三更来找你二婶子有什么事？

吴二鬼：你不是总是说让我给你找个人吗？

老梅氏：哎呀，我的小子，那是你叔刚死了，你婶子还年轻哩，白天还好过点儿，就是到了黑家哟，这心里就抓耳挠腮地不好受。现在你婶子老了，就不想这事了。

吴二鬼：今天这个茬儿就是专门要你来了。

老梅氏：还有专门要我这样的，是个什么人哩？

吴二鬼：来了个小相公。

老梅氏：多大岁数了？

吴二鬼：二十多岁。

老梅氏：二百多岁，不去。

小贵子拿捏农村寡妇非常到位，人们都不断地笑起来，陈庆斋想打听一下都没有人理他，他只好从后台绕过去，刚想到台上看一下，突然有个穿戏装的老太婆拥抱住他。

陈庆斋紧躲说："老人家，使不得，使不得。"

老太婆说："刚才在戏台上说来了个小相公，果然就是个小相公，你带我走吧。"说着就拉陈庆斋往外走，陈庆斋手脚无措地说："老大娘，老大娘，你听我说。"

到了席棚外边，老太婆说："庆斋，有什么要紧事吗？"

陈庆斋难以置信地说："张寒晖？你是……"

张寒晖小声地说："什么事，这么着急啊。"

陈庆斋把张大肚子他们要来看戏，还带着稽查队的事一说，张寒晖说："我让清波已经安排了，他们已经来过走了，我四叔出面，他们这些人不过是想诈点儿酒钱而已。"

陈庆斋说："没有事就行了，我马上赶回去。"

张寒晖说："你着什么急，既然来了就看我演出，后面半场是我的老梅氏，你看看，批评一下。"

散了戏之后，陈庆斋和李德仲回到张寒晖家，邵锦屏正在给他们烧炕洞，热烈的火苗把土坯炕烧得烫手。张寒晖端着小米粥进来说："庆斋也赶了几十里的路，过来喝碗小米粥吧，是你嫂子给你们熬的。"

李德仲听到陈庆斋说让女人抱住的时候，耸耸肩膀笑得抬不起头来说："哈哈……没有想到，这个张寒晖还真是多才多艺。"

陈庆斋笑得不笑了，直起身说："寒晖在北平艺术大学就是有名的第一老太婆。"

三

这一年，外面的形势发生了巨大的变化，1935 年 10 月，被蒋介石围追堵截了一年多的红军，胜利到达了陕北，11 月日本特务策划汉奸殷汝耕成立了"冀东防共自治政府"，蒋介石仍然坚持攘外必先安内的反动政策，把一枪不放撤进关内的东北军调到陕北围堵红军，在西安成立了西北"剿匪"司令部，他自任总司令，张学良为副总司令。12 月 9 日，北平学生在北平地下党的领导下，冲破白色恐怖举行了声势浩大的抗日救国游行示威，爆发了举世闻名的一二·九运动。

在定州市委的领导下，定州各个基层党组织都成立了秘密的抗日救国会。张寒晖配合中心工作，利用平教会的平台组织演出了新话剧，策应当时北平的抗日救国运动。他在东朱谷村成立的抗日救国会，抗日战争爆发后，出现了闻名全国的定州抗日英雄三山之一的甄凤山。

因为陈庆斋和康清波在工作中的表现，1936 年 2 月，经过张寒晖介绍，组织上接受他们为正式党员。本来说好当天举行宣誓，可是因为河北省委的李峰来定州视察工作，张寒晖负责保护他。所以，他们的入党仪式就推迟了几天。

张寒晖陪着李峰走了几个基层支部，为了便于掩护，张寒晖让他装扮成一个卖猪胰子的人。李峰在大城市搞地下工作，没有干过这个，张寒晖就以下乡采风的名义远远地跟着他，出现什么状况他就去解围。有个老太太买了他的猪胰子，他连钱都没有要。

张寒晖说："你怎么不收钱啊？"

李峰说："你没有告诉我单价，我不知道按照多少收啊。"张寒晖和他都笑了起来。

李峰在实地考察的时候，看到了河北一带，尤其是定州的沙河两岸老百姓心中的怒火就像要爆发的火山，他非常满意张寒晖他们的工作，他说，这时候的定州的大地就像一堆干柴，只要点燃一把火，就能够烧起冲天大火。

李峰也介绍了一二·九运动的情况，让张寒晖浑身都升腾起火苗，面对日本帝国主义的步步逼近，他真的想去东北参加抗日联军，和日本鬼子面对面地干。

李峰沉重地说："我们这里肯定会有一战的，日本帝国主义的野心不光是华北，他们的目标是整个中国。"

张寒晖说："我们这里已经布下了大阵，让他们来吧，到时候肯定是一呼百应，形成声势浩大的抗日队伍。"

送走了李峰，张寒晖惦记着陈庆斋和康清波入党宣誓的事，连住地都没有回，背着卖猪胰子的木箱赶来了。

张寒晖进到陈庆斋家来学着定州清风店的口音说：“买胰子球不？”

陈庆斋说：“不买，你这做买卖的，怎么还到家里来了，小二他妈，你这是怎么看门的？”

陈庆斋媳妇说：“嗨，你这个做小买卖的，怎么往人家家里闯啊，我们不买胰子。

张寒晖把帽子一摘说：“你看是谁来了？你买也得买，不买也得买。我是寒晖啊。”陈庆斋细看笑起来说：“哎呀，是寒晖啊。”

张寒晖点点头说：“怎么，不认识了啊？”说着打了一个喷嚏。陈庆斋媳妇说：“你是否冻着了？”张寒晖说：“你们是不是说我坏话了，我怎么在路上就一直打喷嚏呢。”

陈庆斋故意夸张地说：“大地呀，苍天哪，他这是冤枉人啊。如果这话是坏话，我宁愿让人说一辈子。”

陈庆斋媳妇就笑起来说：“你怎么卖起猪胰子了？”

张寒晖说：“我怎么就不许卖猪胰子啊，告诉你，我可是演过话剧的，什么人都能够装扮成的。”

陈庆斋心情非常激动地说：“你老娘儿们，怎么什么都打听啊，去外边看着点儿。”

张寒晖把剩下的猪胰子给了陈庆斋媳妇，她说陈庆斋：“你看人家寒晖哥，哪里像你啊。”

陈庆斋的心情非常激动，屋子里里外外都打扫拾掇得干干净净。陈庆斋对他妻子说：“去外面站岗放哨去。”他媳妇说：“这还用你说啊。”

康清波是跟着张寒晖来的，他把张寒晖的猪胰子箱子放在一边说：“庆斋，我今天真的非常高兴啊，心里就像过年一样。”

陈庆斋说："我也一样，今后咱们就是一条战壕里的战友了。"

两个人激动地先握手，互相叫了声同志，两个人都笑了起来。

这几天，因为没有宣誓，陈庆斋和康清波都等着急了，康清波说："这个张寒晖让我们等着，他倒是不来了。这人怎么这样啊，你赶紧去找找他啊，别是出了什么事吧。"

陈庆斋说："寒晖说，这几天有个要债的缠住他了，他都不许我去找他。"

康清波问张寒晖说："那个要债的走了？"

张寒晖说："走了，走了，让我打发走了。"他打开盛着猪胰子的木箱，从箱子夹层里拿出一本黄历，书里夹着一张小小的红纸，上面用黄纸剪了镰刀斧头的党徽图案，他细心地贴在墙上说："现在我代表县委宣布，经过本人申请经党组织审察，县委已经通过了你们两个的入党申请，同意陈庆斋、康清波两位同志的入党申请，从今天起你们就是我们中的一员了。从今天开始，你们就光荣地成为党的战士，现在请举起右手宣誓。"

小小的党旗在墙上闪着光明，陈庆斋和康清波都举起右手，他俩跟着张寒晖在党旗面前庄严地宣誓："牺牲个人，保护组织，为共产主义事业奋斗终身，永不叛党。"

四

1936 年春天，中共中央为了加强对北方局的领导，加强统一战线工作力量，对"围剿"陕北红军的东北军开展统战工作，为了加强西安地下党的力量，北方局要选拔一批和西安有关系的地下党员，充实西安东北特科的力量。

李德仲知道张寒晖和刘尚达的关系，就把他的情况汇报给北方局，经过研究决定调动张寒晖前去西安。这天，李德仲把张寒晖和陈庆斋叫到一块，说："今天我们先传达省委文件，再说一下组织上的安排。"

关于形势的变化，张寒晖和陈庆斋都清楚，因为报纸上关于日本人的野心，还有陕北红军的消息都有透露。李德仲去天津开会他们都知道，他这次回来肯定带来了好消息。听李德仲一说，都会心地笑了。

看到他们两个都信心十足地等着听自己传达消息，李德仲说："你们是不是先给我搞点儿吃的，我已经饿了两天了。"

张寒晖说："你怎么不早说呢，你这也是大记者了，怎么就饿了两天呢。"

李德仲说："这些年北方局也是十分困难，我们开会就管了一顿饭，连住的地方都是自己解决的。我把带着的钱花光了，说真的，我这一路上是逃票回来的。"

张寒晖掏出身上带着的五角钱说："庆斋，你先去买几个火烧，还要买点儿咸菜。"

嚼着发硬的火烧夹咸菜，李德仲说："现在，我们的中央红军已经在陕北站稳了脚跟，为了加强白区党的工作，省委传达了北方局的文件精神。积极努力扩大组织，坚决反对关门主义和冒险主义，我们的任务就是扩大组织，积蓄力量。由于东北军调到陕北"围剿"红军，中央已经和他们进行联络，争取他们和我们一起反蒋抗日。北方局决定，加强对东北军的工作，由于张寒晖同志在陕西有社会关系，决定将他调往东北特科，去西安工作。"

李德仲问张寒晖有没有困难，张寒晖说："没有困难，组织上让我去哪儿就去哪儿，我都没有说的。"

李德仲告诉他，让他马上跟西安的刘尚达联系，先找一个掩护自己的职业。张寒晖也说了平教会的事，因为平教会总部要南迁，让所有的工作人员自己定，是否跟着南迁。就是因为还没有和李德仲商量，他就没有定下来。

已经担任了地下县委宣传部部长的陈庆斋说：“我们的宣传工作可是全指着寒晖了，他这一走，我心里挺失落的。”

李德仲笑着说：“你呀，要学会独立工作，不要什么都靠张寒晖，他是我们的大人才，能够在县委工作这两年已经是我们的福分了，关于这次调动，也是对我们县委工作的考验。省委也通报了一个消息，就是南京政府派出了许多特务，想趁机破坏我们党在河北地区的地下组织。寒晖这次走，我们一是保密，二是名义上跟着平教会南迁，这样也能够保护你的家人。你要更加小心，不要对外透露自己的家庭情况。”

张寒晖这两年和李德仲一起开展地下工作，由于两个人的性格合得来，猛然说离开，觉得心情上有点儿不舍。他端起白水说：“今天，我们就以白水代酒，就算是分手酒吧。”

李德仲的眼睛也热了说：“这次来定州恢复党的组织，没有寒晖，我也许就完不成任务，我也不想跟你分手，但是我们要以组织的事业为重。来，白水当酒，喝。”

给刘尚达的信发了出去，一直等不到回音，也许是对方不好安排，也许是信在途中丢失了。他一边整理平教会的材料，一边做好了去西安的准备。如今正是麦收过后的天气，平教会的许多人员都开始南迁了，张寒晖为了不暴露自己，也拾掇了铺盖离开了平教会在回民街的住所。

暑热的天气蒸腾着热气，路两边的庄稼都在扎根，接张寒晖回村的康清波挑着行李，两人一边走一边说话。还没走到西建阳村，陈庆斋就骑着自行车追上来了。陈庆斋一边擦着汗一边说："我怕耽误了，这信在学校的信箱里放了两天了。这个张大肚子，真不是东西，他还想检查我的信。"

张寒晖拿过信来，三个人到路边的树荫下歇脚，张寒晖看过信说："好事，尚达给我安排到西安二中当教员了，教国文和艺术。"

陈庆斋说："你什么时间走？我给你买车票去。"

张寒晖说："你的经济也不富裕，我自己想办法解决吧。"

陈庆斋说："我跟李德仲说一下，让他从经费里出一点儿。"

张寒晖说："算了，他我还不知道，组织上的经费早就补助了那些困难的农民党员，我自己解决吧。今天我们就此别过了，我什么时候走，你就不要出面了，我们还是要警惕为好。行了，你回城里去吧，我和清波马上就到家了。"

陈庆斋有点儿恋恋不舍地说："寒晖，你多保重啊。"

邵锦屏正带着林格和艳婷在井台推着水车浇地，突然林格大声说："你看，我爹回来了！"

邵锦屏一看张寒晖风尘仆仆地走来，身后的康清波还挑着铺盖，她的心里一紧，迎上去说："怎么这时候回来了？"

张寒晖笑着说："怎么，我这时候不能够回来啊，走，家里说去。"

第二十三章 家在东北松花江上

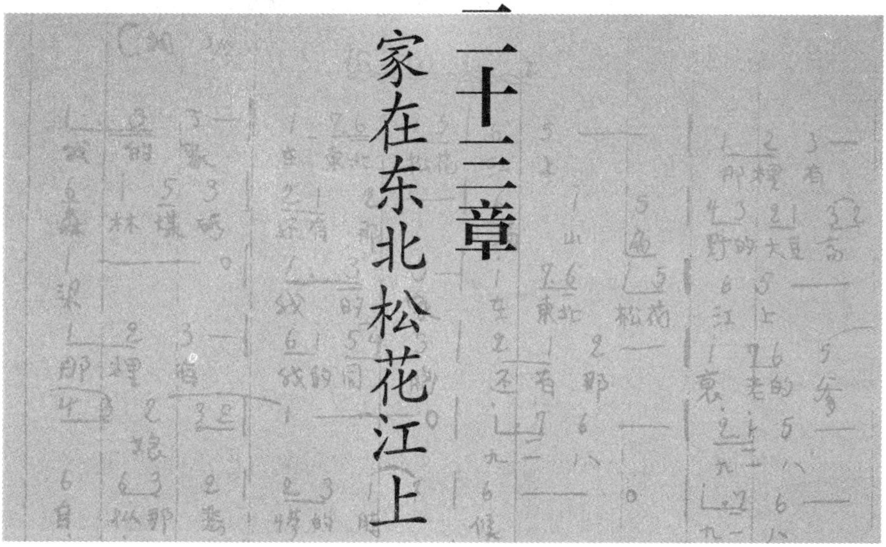

一

从定州到西安，那个时候还没有直达列车，要到郑州转车。由于河南这个地方多年的军阀混战，从车窗里看到的都是凋零的农村。进了河南地界的农舍，已经换成了尖顶的茅草屋。这是张寒晖第一次看到，乌黑的草房上压着厚厚的茅草，看到的人都是瘦骨嶙峋。

车上的人们大多说的是关于北方的日本人，所有的人都担心和日本人打起来。有的见过日本人的部队，说人家的装备比二十九军的强。也有的人说，再强也比不过二十九军的大刀。

张寒晖眯起眼睛，他什么也不想说，也不能够说，他觉得这次到西安去，身上和心上都有压力，目前的形势非常清楚，蒋介石就是不抗日，还把本来应该出现在抗日前线的东北军调到陕西“围剿”红军。李德仲说：“张学良已经和红军有了接触，但是，他目前的心态还是摇摆不定。可是，他的下层士兵都知道打内战没有出路。所以说，上级领导决定加强东北军特科的力量，就是想发动东北军士兵的力量，促使张学良举起抗日的大旗。”

车上有人抽烟，呛得张寒晖把车窗打开，热风随之吹进来，他只好又把车窗关上。他看到了两个和林格、艳婷一样的小兄妹，偎在父母身边，听他们的口音都是东北人，听他们说话的意思，是从南方调到陕西的东北军家属。他们从东北逃难过来的，投奔在军队上的亲戚。

他不由地想到自己的儿女，如果日本人真的侵略河北到了定州，他的两个孩子是否也会这样，一股油然而生的悲凉浸遍了全身。

那天晚上，孩子都睡着了，张寒晖还在院里坐着，从屋里流溢出的熏蚊子的蒿草烟气有一股薄薄的香气。这都是去年邵锦屏从坟地里割下来的蒿草，把刚割下的青蒿拧起来晾干，夏日放在屋内燃烧驱赶蚊虫，就成了农家的防蚊的灵药。

邵锦屏走到他身边，坐下来问："有难事了？"

张寒晖说："我得走。"

邵锦屏说："走？到哪儿去，到湖南还是去四川啊？"

张寒晖说："都行吧。"

邵锦屏说："我早就说过，你到哪儿去我都不拦着，你别觉得我累赘。没有你，我一样拉扯两个孩子长大。"

张寒晖说："我哪儿也想去，就是手里没有剑杀不了人啊。"

邵锦屏说："说吧，多少钱。"

张寒晖说："家里有二十块钱不？也就是买车票的钱。"

因为头过年张寒晖就说过，平教会要南迁，让所有的工作人员跟着走，他问邵锦屏说："你让我走，还是留下呢？"

邵锦屏爽快地说:“我要不让你走,你心里不痛快,你难受,我心里也不好受。我要让你走,我一个人在家里遭罪,其实,我一个人遭罪也不算什么,只要这地里还打粮食,只要这井里还有水,我们娘仨的光景过好过坏,全凭我们的运气了。只要没有大灾大难,我们就能够挺过去,比别人家差一点儿,我也不会让孩子们去讨饭,你就放心吧。”

张寒晖曾经跟邵锦屏说过,平教会是一个机关单位,如果让人南迁是会给路费的,他还想把给的路费盘缠省下一些来留给家里的,现在想从家里拿路费,肯定不是跟着平教会南迁。

邵锦屏说:“平教会的差事不办了?”

张寒晖没有回答,这就是默认了,邵锦屏知道他的脾气,只要是不反驳的话,就证明邵锦屏说对了。她的心里一紧,说:“这次是去北京还是哪里?”

张寒晖没有说组织上的安排,只是说:“尚达当了民众教育馆的官了,我去那边挣钱多点儿,试试吧,也说不定啊。我这个人,没有给家里的孩子置下什么产业,你跟着我这些年受罪多,享福少,这是你的命里注定,也是我没有本事。我这个人,你就别指着了,有我就只当是没有我。”

邵锦屏说:“你这话说的,怎么有你当没有你?老话说:嫁鸡随鸡,嫁狗随狗,嫁个碾棍抱着走。我这人脾气不好是真的,短不了给你闹个脾气什么的,你也别往心里去。你的心眼好,知道给我说个知心话什么的,还有你也是着急给家里挣钱,想着让我们过好日子。可是,你不说我也认命,生来这半合命,走遍天下不满升。你干什么去,我不问,也不知道你们的内情,可是,你想办的事是该办,我不拦着你。”

倒是四叔和四婶听说张寒晖又要外出，来劝他说："我的大侄子啊，你这也都是三十五六的人了，在咱们定州这地方也算是个名人了，你怎么还要走啊？"

四婶说："你这一走，锦屏怎么办啊，你就不为她想想。"

张寒晖笑着说："四婶、四叔，你们多照看着她点儿吧，大侄子就是天生的颠簸命。你们就放心吧，我这人在一个地方待不住的。"

四叔说："大侄子啊，你的为人我也看到了，你的朋友我也都知道了，他们都是一群好人，是一群和咱们老百姓不一样的人，都有点儿文化和墨水。你四婶说得也对，她也是为了侄媳妇好，两个孩子大了，她的负担也非常大的，你呀，出门别忘了往家里打钱就行了。我这人一辈子虽没有出过西建阳，也算是个胳膊上跑马的人，可就是没有你这样的勇气，离不开这个穷家啊。我嘱咐你一句话，出门在外，走道走中间，别和别人斗气。只要你在外面好好的，家里吃糠咽菜的也心里舒坦。"

四叔说这活的时候，眼泪流了下来，四婶说："你看你，这是怎么了，孩子跟你说几句话，你这是流的什么泪啊，这让孩子心里难受不。"

四叔说："你这话说得对，我这是老了，寒晖这孩子打小就弱，他娘死得又早，没有了我二哥之后，看他这几年，老老实实地干个差事，挣的多少吧也是守家待业的，让人放心。说真的，他这又一走，我的心里挺难受的啊。"

张寒晖说："四叔，我跟你说句真心话，我不是要走，我是出去躲灾的，因为你知道，县长是张大肚子的姐夫，这些年，我和他有了许多过节，要不是晏先生罩着，我早就让他陷害了。你老人家明白我的意思就行了。”

四叔小声地说：“要是这样啊，我就不拦你了，要走就麻利地走，别让仇人知道了你的行踪。你出去躲躲也好，这捻捻转不倒还笑死人了呢。他张大肚子也有走下坡路的时候，到那时你再回来。”

接风的饺子送行的面，邵锦屏熬夜推磨子把家里存着的麦子磨成面粉，她要做一顿好吃的给丈夫送行。磨坊房顶上有个窟窿，半圆的月亮一线光从里面照进来，邵锦屏的小脚急速走在磨道里，磨子发出呼噜的声音，在月光下簌簌地漏出麦糁子来。远处的杨树上有个鸟儿在夜里叫着，发出悠悠的声音。

张寒晖进来要替她推磨，她倔强地说：“不用，我自己来。你这一走，也许十年八年回不来，我到什么时候都等着你啊。”

张寒晖要筛面，邵锦屏夺过马尾罗说：“歇着你的吧，这哪里是你们老爷们干的活儿。”

张寒晖说：“你什么也不让我干，我心里不落忍的，这让我有了许多的愧疚，我怎么来报答你呢？”

邵锦屏说：“两口子说什么报答，这不就远了。都说不是冤家不是夫妻，你这些年没有打过我，也没有骂过我，想想这点，我就知足了，你看看这街上，谁家不吵包子打架的。听人说，四婶子就挨过四叔的许多打。”

邵锦屏说这些是真的，她每每听了别的女人诉说挨打受气的时候，就暗暗地庆幸自己找了这么一个知书达理的丈夫。她的鼻子一酸，眼泪就流了出来，她偏过头没有让他看到。

张寒晖从伸进磨坊的树枝上摘下一个树叶噙在嘴唇上，吹出了低低的声音，邵锦屏听得出来，这是公爹经常拉的二胡曲子，她不知道这个曲子的名字，但是她听出来这是一条大河慢慢地流过，水流非常曲折，有深有浅，就像一个小媳妇在诉说自己的生活。

磨子的呼噜声在树叶抖动的曲子声里散发出一种异常幸福的情调，邵锦屏觉得这磨子推得异常轻快，她的心里不由地开放出一个大大的花瓣，在清晨的风声里承接着天上掉下来的雨露，她觉得这个夜晚是她在这个世界上最美好的夜晚。

二

1936年仲夏的定州大地上，葱绿的麦田就像一片片翡翠在阳光下闪着光，刚刚秀穗的小麦随风起伏，大道旁的杨树已经长满了绿叶。这个时候是平原上的农民最忙碌的时候，到处可以看到摇辘轳的浇地身影。其间，也有铁制水车的哗啦声。拉水车的牲畜有时候会仰头发出叫声，它们的声音迎合着天上飞过的鸟叫声。如果没有远远的天际线下传来哭坟的声音，这就是那个时代最美妙的生活景象了。

一早康清波就把马车赶过来，他昨天晚上就给张寒晖说好了，他送他去县城车站，张寒晖说："你忙你的，我这就不用送了。"

加入了组织的康清波浑身是劲儿地说："你这一去，离着红军就近了，如果你能够带着红军过咱们这边来，那才是好日子呢。"

张寒晖说："你这脾气比较急躁，要注意，有什么事多找庆斋，他是负责跟你联系的。还有，你出门比较多，要注意不暴露自己的身份，知道吗？"

康清波说："你放心，我会注意的，再说了，组织上不说话，我是不会自己行动的。"

张寒晖低沉地说："我一想起孙汉勇那几个被杀害的弟兄，心里就难过，这次北方局换了领导，我感到他们的工作方式是正确的，胡服这个人啊，真的不一般，我早就听说过他，我们北方局的斗争局面肯定会很快铺展开的。到时候，我们的人就团结起来，打倒帝国主义，打倒军阀，打倒封建主义，人民就会过上幸福的日子。”

康清波说：“寒晖，小日本会打到我们这里来吗？”

张寒晖说：“他们的野心不小，我们这个富饶的大平原，他们早就红眼了，肯定想打过来的。”

康清波说：“你放心，寒晖，只要日本人敢打过来，我第一个组织队伍。告诉你，我已经让人打了一条鸟枪，还学会了做火药。到时候，我就领着人们打狗日的们。”

张寒晖说：“你看你，这事还没有来，你就着急了，我说你什么了，你一定要注意保护自己。还有，这鸟枪的事也不要太张扬了，如果让张大肚子的姐夫知道了，说不定要拿你当个垫背的。”

康清波说：“你放心吧，哪年冬天人们都去唐河滩里打兔子，这都知道，多我一个鸟枪也多不了什么，我经心着呢。”

张寒晖说：“行，只要不引起人们的注意就行，未雨绸缪，这也算一回。到时候，我如果带着红军来到咱们定州，在这里竖起抗击日本侵略者的大旗，你和庆斋还有咱们十几个地下支部的人们，就能够拉起一个巨大的抗击日本侵略的力量。”

邵锦屏从厨房里出来，看到他们还在说话，碗里的面都坨了，就说：“你们呀，一见面就有说不完的话，先吃面呀，你看都坨了。”

康清波说：“寒晖走了，家里有什么干不了的重活儿就说话，我这没有别的还有一把子力气呢。”

康清波把马车赶过来，林格非常兴奋地要拿挂红樱的鞭子，康清波说：“这个不行，这是吆喝牲口的。鞭子一动，马就走了。”

艳婷拉着张寒晖的衣裳说：“爹，我不让你出门啊。”

张寒晖抱起她来说："爹有事，你在家要听娘的话，不要捣乱，我让你写的字，你学会了没有？"

艳婷娇羞地说："我哥还没有我写得好呢。"

林格也不示弱地说："我写字不好，我跟你学打鸟枪，一枪打个黑老鸹，一枪打个马尾鹊。"

邵锦屏把包袱递给张寒晖，眼里满含着泪水，她欲言又止地说："到了往家打封信来，别让人挂念。"

张寒晖点头说："你放心，有尚达他们照顾，没有事。"

邵锦屏把着包袱不放手地说："你身子骨弱，又咳嗽，没事不要熬夜，人的身子是大事。家里你就别牵挂，有我，你多写信。"

张寒晖跳到车上，康清波把鞭子一甩说："坐好了，咱们启程了。"

突然林格叫着他们说："等一下，等一下，爹你丢了一样东西。"

林格跳着窜着跑进家门，一会儿就拿着二胡跑出来说："爹，你的乐器。"

张寒晖跳下车接过二胡，抱起他来亲着他的脸说："还是我的儿子想得周到，这二胡我带着。"

林格小声说："爹，我娘说你爱音乐，这二胡是我爷爷的爱物，让你带着它就是别忘了我们，看到这个二胡就和看到了我们一样。爹，我真的不想让你走。"

张寒晖的眼里溢出泪水，他努力笑着说："爹是去办大事呀，林格，你要听娘的话，不淘气，等爹回来给你买驴肉烧饼。"

艳婷说："还有我，也给我买驴肉烧饼啊。"

张寒晖说："买买，都买。"

林格点头说："爹，你可要结记着回来呀。"

张寒晖说："回来，爹办完了大事就要回来的。"

邵锦屏接过孩子说："你这一走，不知道哪年哪月才能回来。"

张寒晖强忍辛酸地说："照管好林格和艳婷，你多费心，爹的坟我去磕过头了，到烧寒衣纸的时候，你替我多烧几张。"

邵锦屏说："你放心吧，这事我忘不了的。"

康清波说："寒晖，走吧，别误了火车。"

张寒晖跳上大车，康清波挥动鞭子马车飞奔起来，张寒晖回头看去，妻子和孩子都在向自己挥手，他的眼睛湿润了，这些年东奔西走，在外奔波，他从来都没有像这次这样伤感。他觉得是不是因为岁数大了，怎么对家乡这么眷恋了？他突然从心里有些悲伤，他从心里心疼妻子，这个女人跟着自己到现在，真的没有过过几天好日子。现在自己又要远走高飞了，她一个女人带着两个孩子，也许会过得非常艰难，下雨刮风的时候谁给她遮风挡雨啊，夜晚打雷的时候，谁给她仗胆啊，她这个人是非常怕打雷的，看到天上的雷电就感到恐惧。许多打雷的夜晚，她都是钻在张寒晖的胸前，她说这样她就不怕了，就有了依靠，就觉得心里踏实了。

张寒晖觉得脸上凉凉的，原来是流下了眼泪，他有些埋怨自己，在心里说："张寒晖你怎么变得这样了啊，这是党的事业在召唤你，这不是你自己要抛弃他们，这是革命的需要啊。"

突然，疾驰的马车慢了下来，对面是一个送葬的队伍走过来，前面打引魂幡的是一个七八岁的小男孩，棺材上坐着的肯定是他的姐姐，康清波停下车让他们先过去，听着女孩子的哭声，肯定是死了爹，原来母亲也死了。只听她痛苦地哭着诉说："爹啊，你怎么扔下还没有成人的儿女走了啊，娘前年去的时候有你啊，现在你又走了，我们靠谁啊，爹娘啊，什么时候才能够聚在一起，什么时候我们才能够见到你们的身影啊！爹啊，娘啊，你们都走了，我们还怎么活下去啊！”

直到飞奔的马车变成火车轮子，在火车的汽笛声中，火车头吐着黑烟、车轮飞转的时候，他还没有忘了那个女孩子的哭声，张寒晖默默地坐在车窗旁，深情地望着窗外向后急退的田地、河流和树林，他拿出二胡，默默地抚摸着，仿佛看到老父亲那远去的身影，看到妻子那因离别而悲伤的眼神，看到孩子们那稚嫩的脸。他没有想到，这次离开直到 1946 年逝世，他再也没有回到他魂牵梦绕的家乡，再也没有见到自己的亲人，自己的妻子和儿子、女儿。

三

火车停在河南的郑州车站，列车员让人们下车，许多旅客都说：“我们要到西安去的，怎么在这里下车？”

列车员说：“我们这趟车被军队征用了，你们要等下面的车过来。”

郑州车站上满是东北军的士兵，他们都操着东北口音，一句一个妈了巴子的，充满了东北人的气势。有的旅客说：“你们就是对中国人横，拿出这个本事去打日本人，也不至于你们在这里耍横啊。”

一个军官听说了，火冒三丈地说：“你再说一句，再说一句我敢崩了你。”

旅客也不服气地说：“你敢，你有本事去打日本人啊。”

军官挥动手中的鞭子要打人，张寒晖拦住他说：“长官，长官，他不知道内情，这都不怨你们当兵的，都是上面的命令不让你们抵抗。”

军官的怒火小了点儿说：“你这个人说的话还算中听，看这读书人就是比别人懂道理，行，看在你的面子上，我就不追究了。”

这些东北军的队伍拦住了开往西安的火车，让旅客们下车，他们征用了列车。

张寒晖提着行李，拖着疲惫的身躯对一个看着像是军官的人说：“我到西安去是有急事的，能不能搭你们的车去西安啊？”

军官不耐烦地说：“这是部队征用了的军车，不行，不行，你要是奸细怎么办，想探听军事秘密怎么办，你少想这好事。”

张寒晖还想让他通融一下，就说：“我有一个兄弟在你们东北军当兵，说不定他就在这车上，你照顾照顾，怎么样，都是你们东北军的老乡。”

军官看他一眼说：“你咋这么多废话，说不行就不行，你赶快走开，别让当奸细抓了你。”张寒晖只好提着包袱走进候车室。

候车大厅里挤满了东北难民，一个个都是灰头土脸的，还有许多孩子老人。有操着东北口音的人在骂这些东北军士兵：“他妈的，怎么在关内跟着老蒋干了这几年，都成了不讲理了。”

另一个说：“行了行了，他们也是一肚子的火气，你没有听到消息吗，这次他们在陕西攻打红军吃了败仗，上去就丢了几个团。要在以前，他们的东北军也算是能打的队伍啊，跟红军打仗就㞞了。”

“他没有不㞞的，给老蒋当枪使，该㞞就得㞞。我儿子就在队伍上，我在信里就跟他说了，跟红军打仗要长个心眼，别真打，枪口抬高一寸，就算是在庙里烧了头炷香了。”

除了候车室，外面的广场上也坐了不少人，从窗户里看出去，站台上东北军的士兵们正在上车，他们看上去都面色忧郁。张寒晖从售票处的阅报栏里看到了去年的《国民日报》，上面有一个消息：陕北红军已经穷途末路了，蒋介石委员长正调集各路人马“围剿”。

张学良的司令部也移到西安，正式就任西北“剿匪”司令部司令，统筹西北“剿匪”大业，有张学良出面携手西安杨虎城部，消灭窜扰西北的“匪患”，指日可待。

从这张报纸上张寒晖感到了自己肩上担子的沉重，他这次来西安，主要是帮助东北军特科对东北军进行工作。原来他都是搞学校和农村工作的，对军队方面的了解非常少。在定州驻防过的东北军五十四军，他倒是见过一些，他们这些人身上都有一股东北人的彪悍和侠义。

听那个东北口音的人说话，倒是了解一下东北军情况的好机会。张寒晖装作寻找地方坐下休息，向两个说话的东北老乡凑过去，拿出自己的干粮给孩子们吃。

年纪大的一边感谢一边说：“这位先生，府上什么地面的？”

张寒晖说：“我是保定地面上南边定州人，你知道不？”

老汉说：“这个我知道，我们从你们那边过来的，从北京到保定是坐的火车，过了保定火车就不通了，我们就坐的马车，走到定州才又上的火车。”

张寒晖问身边的男人说：“你们都是东北来的？”

男人点点头说：“老家是东北那疙瘩的，我们是从北京过来的，原来东北军是驻防北京的，少帅带着人们去江西打仗，我们就留守北京，老蒋命令东北军去陕西，少帅带着队伍就去了陕西，他想在西安安营扎寨，命令我们这些家属到西安来了。我们想着啊，少帅有他的想法，就是占住西北这块地盘，自从进关以来，东北军就是没有窝的老鸹啊，不知道这次在西北这里能不能给我们一个窝。”

年轻一点儿的人说：“小日本算是把我们东北人祸害到底了。”

说话时一个孩子哭泣着喊：“妈妈，妈妈，我饿。”

孩子妈妈拍打着他说：“快了，到了西安找到你爹就什么都有了，有馒头豆包，还有大米饭。”

张寒晖把自己兜里的干粮拿出来给她的孩子，女人推辞着说：“谢谢先生，谢谢。使不得，使不得。”

张寒晖听她的口音就问说：“大嫂，你是东北人？”

女人说：“吉林，我们是吉林人，他爹在张少帅的卫队旅。小日本占领了我们的土地和家园，还要抓我们这些人去当苦力，家里实在是活不下去了，听说少帅带队伍到了陕西，我们就投奔到这里来了。”

张寒晖说：“都说东北是个好地方啊。”

女人说：“是好哇，再没有我们那地方好的了，我们家就在松花江边上，那是最富有的地方，到了秋天遍地是大豆和红红火火的高粱。可现在年轻人跑出来了，我们的老人和年幼的兄弟姐妹还在那里受苦受难，不知道哪年哪月才能够见到他们。这一辈子还能够回去吗，还能见到我的爹娘和我的兄弟姐妹吗？”

这天晚上，张寒晖独坐在车站候车室外边，他默默注视着天上的弯月，耳边响起了那女人的悲伤话语：我的家就在东北松花江边，那里有遍地的大豆高粱，还有数不尽的煤炭矿藏，年轻人跑出来了，可是我们的家人和许多兄弟姐妹还在那里受苦受难，不知道哪年哪月才能够见到他们。这一辈子还能够回去吗，我的爹娘啊，我的兄弟姐妹呀……

在火光中，张寒晖仿佛看到了日本人在烧同胞的房屋，狞笑着杀害同胞的生命，掠夺着无尽的宝藏……他拿出洞箫来轻轻地吹着，难以入睡的旅客们都在听着他的箫声，一个个默默地流淌着眼泪。

站台上等待着准备登车的东北军，在站台上点起火堆，他们背靠背坐着，有许多的东北军士兵听到了箫声默默地流下了泪。一列运送他们的火车进站了，坐着的士兵们都起身上车，他们默默无言，听着那时有时无的箫声。

四

站台上的士兵都上了车，突然一个士兵从车上跳下来。他胖胖的身材，穿着一身士兵军服，发了疯似的向候车室跑去。他是奔着这箫声去的，这声音太熟悉了，虽然他不相信会在这里碰上张老师，但是他却想要去看看。

他就是王二牛，就是五年前投奔东北军队伍里孙汉勇的王二牛，他现在已经成为一个非常合格的军人了，是张学良总部卫队旅学兵队的士兵，他的队长就是孙汉勇。当他跑到候车室门口时，那箫声突然没有了，就像刚才刮了一阵风一样。他心中日夜牵挂的张老师，你在哪里啊，难道刚才他听到的是风声？

卫队旅原来是驻防合肥的，张学良的作战部队虽然开进了陕西，但东北军的总部还留守在合肥。蒋介石在洛阳召开军事会议，逼东北军全部西进。张学良把在合肥留守的总部和留守部队士兵也调往西安。他给军官们训话的时候说过："你们都是跟着我出生入死的好兄弟，我们先占住西北这个地盘，才能够打回东北。"

王二牛能进入学兵队是一次偶遇。一次王二牛值班的时候轻轻地哼唱起《可恨小日本》，他没有想到会让张学良听见，张学良问他说："想家了？"

王二牛说："报告总司令，我不想家，我就是想跟着司令打一回小日本。"

张学良的脸色一变说："你敢随便议论军事决策，来人，给我绑了送军法处。"

张学良的卫士把他抓起来，王二牛大声说："我有什么错，总司令要抓我？我死也死个明白啊。"

张学良说："毙了。"

王二牛挣扎着说："总司令，我犯了哪一条，你跟我说明白啊，我有什么错误啊？"

张学良突然笑了说："好小子，有股劲，还算是有种，上过学？"

王二牛说："职业学校。"

张学良拍拍他的肩膀说："好好站岗，你这歌唱得好，小日本就是可恨，好好干。"

几天之后，他就调到总部学兵队当了通讯员，孙汉勇也调到学兵队当队长。这个学兵队归卫队旅管辖。孙汉勇带着他们从合肥过来，就是要到西安去。孙汉勇也听到了幽幽的洞箫声，正想和王二牛说，不想听到了箫声的王二牛突然下车向外跑去，孙汉勇不知道他要干什么，也就跳下车来追在他后边大声地说："王二牛，你回来。马上就开车了，你要干啥呢？"

王二牛在前边跑，孙汉勇在后面追过来，他抓住王二牛说："想当逃兵？"

王二牛不服气地说："你才想当逃兵，我是去找这个吹箫的人。"

孙汉勇不解地说："吹箫怎么了的？"

王二牛扬着头说："你听，是我的老师。"

果然是熟悉的家乡小调在弯月下徘徊，这个是定州秧歌的曲调，这让孙汉勇似乎是被什么触动了心思，莫非真是张寒晖？

突然，急促的哨音响起来，火车要开了，有人在喊着说："总部学员队全部上车，马上就开车了！"

王二牛恋恋不舍地说："肯定是张老师，别人吹不了这么好。"

孙汉勇拍拍他的肩膀说："走吧，也许是他，也许不是他，河南这地方，出门要饭的都会这种小曲儿。"

箫声穿云裂月，火车上的军人们都从车窗里探出头来听着，火车在箫声中慢慢地开动起来。进到车厢里，王二牛突然唱起来："可恨小日本……"

全体士兵一起唱起来，汇合着火车启动的声音，非常雄浑有力，候车室里的张寒晖也听到了歌声，他打开窗户急切地望去，列车和歌声渐渐远去，难道是王二牛吗？张寒晖百感交集，他看到一个三十来岁的青年妇女坐在角落里默默地流泪，张寒晖看到了她的泪眼里满是仇恨……

张寒晖不知道，这个青年妇女就是孙汉勇在东北娶的媳妇翠花。那天，日本兵进了屯子，她抱着孩子跳出篱笆墙，可是后面的日本兵把她摔倒在地上，把她手里的孩子夺过去。她奋力保护着自己和孩子，被日本兵拖往柴堆里，她呼喊着孩子，一个日本兵用刺刀把孩子刺死，她用牙咬住伏在她身上的日本兵的脸，日本兵用刺刀向着她的胸膛刺去。她本来想死去的，可是她想来找男人，让他们回去打那些强盗小日本。

张寒晖看她浑身打着哆嗦，知道她也许是在发烧，就找出一件外衣披在她身上。她两眼茫然地看着他，张寒晖说："你也是去找东北军的？"

翠花点头苦苦地笑笑说："报仇，报仇，让他们回去报仇。"

第二十四章 面临一场艰巨的斗争

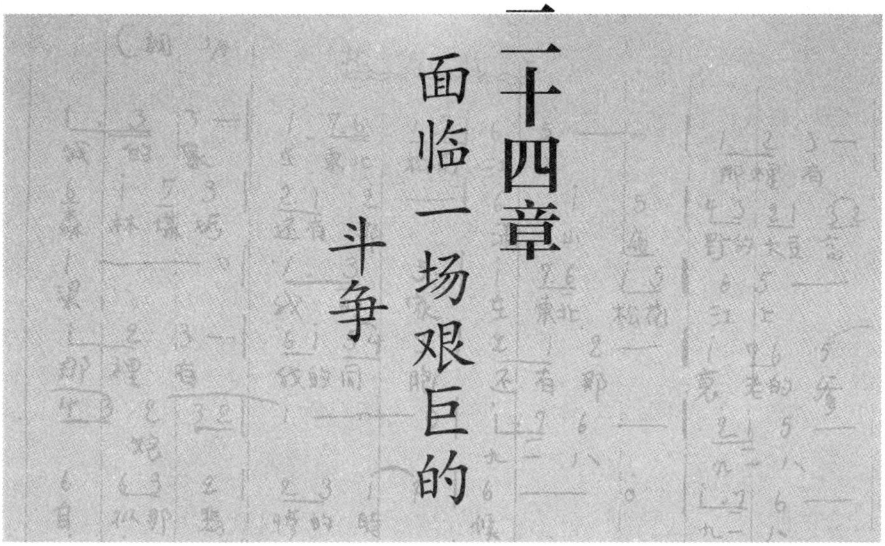

一

刘尚达和女学生刘芳已经是第三次来西安火车站了，他接到张寒晖的回信就算着日期，算着他到达西安的时间，组织上的同志们都在焦急地盼望着他的到来。刘芳说：“刘老师，张老师不是出什么意外了吧？”

刘尚达说：“不会出什么意外，你不要瞎猜，他除了身体弱没有别的问题的。”

刘芳担心地说：“是不是被路上的劫匪截住了？”

刘尚达笑着说：“劫匪截他干啥，见面你就知道了，他这个人总是不修边幅的，他不穿一身要饭的衣服来就不错了。”

刘芳笑着说：“这也是你们这些大知识分子的通病，从来就不把身外之物当个事。”

刘尚达用草帽遮挡着太阳说:"他可不这样,他这个人是真无产者,有的时候身上都只有一个铜板。我们在北京的时候,他就是一天吃一顿饭,为了省力气,他躺在床上不起来,可是一收到稿费,就叫着我们去大吃一顿。"

刘芳有点儿向往地看着远方说:"真羡慕你们这革命者的生活。"

刘尚达说:"你呀,没有受过苦罢了,我可不想再过那样的日子,你知道挨饿是什么滋味吗?看到墙上的食品广告都想拿来吃。"

刘芳是刘尚达发展的进步学生,是西安二中学生中的文艺骨干,她是靠着父母做小买卖上学的学生。她长着一张圆脸,两只大大的眼睛总是透着明亮的光。她已经是党的外围组织的学生会副会长了。她多次听刘尚达讲张寒晖的故事,对这个充满浪漫色彩的人非常崇拜。

刘芳说:"听说张老师当过大学的助教,他是不是特别有架子?"

刘尚达说:"你见了面就知道了,他这个人既幽默又洒脱,大多的时间就是一个孩子。他可是爱开玩笑的,什么人都敢幽默一下,你可是要注意了。"

刘芳说:"刘老师,你别吱声,等他从火车站出来,你让我先辨认哪个是张老师好吗?"

进站的汽笛声响了,一会儿出站口就有旅客走出来,刘尚达和刘芳站到出站口,等着迎接张寒晖。可是旅客们都走完了也没有发现张寒晖的影子,刘芳说:"这又是白来了吧。"

刘尚达说:"再等等,他这个人走得慢,或许就在后面呢。"

就在刘尚达等得焦急的时候,身后有个人问他:"是刘尚达吗?"刘尚达一转身,看着对方一身农民打扮,愣了一下说:

"你……"

张寒晖说："刘尚达，你这个嫌贫爱富的家伙，难道连老同学都不认识了？"

刘尚达当时还真没有想到，这个穿着一身农民服装的人就是那个风流倜傥的文艺青年张寒晖。他一下子搂住他说："你个张麻子，咋才到啊，把我们都想死了。"

刘芳在一边也奇怪地看着张寒晖，这哪里是刘尚达经常讲的大学助教，分明就是一个刚从地里走出来的庄稼汉。张寒晖也发现了刘芳疑惑的眼神，就问她说："这位小同学是跟着刘老师来的？"

刘芳尊敬地说："我叫刘芳，是西安二中的学生，也是刘老师的部下，我们都非常崇拜你，刘老师说你是一个大知识分子，也是个大艺术家。"

张寒晖说："你不要听他吹嘘，他这是拉大旗做虎皮，包裹着自己吓唬别人，是不是？"

刘芳说："张老师，你不愧是大艺术家，出口就是鲁迅先生的话，真让我们崇拜啊。"

张寒晖说："你这个小女同学也了不起，肯定读过不少书吧。"

刘芳说："我们是在刘老师的指导下读了一些书。"

看张寒晖和刘芳说得热乎，刘尚达叫过两辆人力车，一拍张寒晖的肩膀说："你还是大知识分子呢，怎么重色轻友啊？走走，大家还等着见你呢。"

刘芳坐了一辆人力车，刘尚达和张寒晖坐在一辆车上，张寒晖焦急地说："组织上给了什么任务？"

刘尚达说："看你着急的，心急吃不了热豆腐，你先和大家见一下面，也算是一个欢迎仪式。"

张寒晖一改刚才的诙谐，沉重地和刘尚达握手说：“同志们都好吗？”

刘尚达见他满脸沧桑、心事重重的样子，就说：“寒晖，你从前不是这样子呀，是不是身体不舒服？”

张寒晖有些悲愤地说：“山河即将破碎，日本强盗大敌当前，老百姓就要遭难，可是，蒋介石还在调兵“围剿”我们红军。这次来的路上，军方为了调兵，把买票的旅客都轰下来，我真想大哭一场啊。”

刘尚达说：“我们也非常着急，东北特科的同志们也非常着急，现在上层正在进行各个方面的较量，给我们的任务就是怎样能把底层的东北军士兵发动起来，让他们促使整个东北军能够和红军一起抗日。这样有了基层的支持，上层也好说话，实现抗日统一战线的大联合。”

张寒晖说：“这是大形势，你说说具体工作的情况怎么样，你们都采取了什么形式进行工作，有哪些具体的行动和推动，怎样才能够推动红军和东北军联合抗日？”

刘尚达无可奈何地说：“你这个张麻子啊，怎么还是这样急脾气，我们是苦无良策，若不是这样，我们也不着急让东北特科调你过来，同志们都等着欢迎你呢。你先尝尝我们陕西正宗的羊肉泡馍吧。”

张寒晖早就听刘尚达多次说过这个陕西小吃，但是他没有吃过，就叹了一口气说：“好吧，恭敬不如从命，我到了你的地盘就听你的指示了啊。”

刘尚达说：“牛羊肉泡馍是陕西省著名小吃，历史悠久。早在崇祯年间，西安就有了专营羊肉泡馍的“天锡楼”，在西北地区颇有影响。西安的牛羊肉泡馍老马家最正宗，先用优质牛(羊)肉、牛(羊)骨，配以花椒、大茴、草果、桂皮等调料，入锅内煮至酥烂，浓汤汁备用。用优质水调面团烙成“虎背菊花心”托托馍，掰成小碎块。在炒锅里放上浓浓的汤汁，再添适量水煮开，放切好的熟牛(羊)肉和适量湿粉丝稍滚，再将掰好的馍块倒入，加调味品煮1—2分钟，淋熟羊油盛入碗中。食用时佐以糖蒜、辣子酱、芝麻油、香菜等。”

张寒晖说：“你别打广告了，说得我都馋了，我的干粮都分给路上的小孩和老人了。”

当时，刘尚达就吩咐拉车的说：“到老马家老店去吃羊肉泡馍。”到了店口，刘芳下车过来说：“刘老师，我就不去了，我在学校等着你们吧。”

刘尚达说：“这也行，你到南斋办公区我的小院里去，让我侄子善述给你钥匙，让他把他的东西搬到外间，把里间腾出来。”

张寒晖说：“不行，不行，我这人住不了正间的，我就在外边堂屋打地铺就行。”

刘尚达说：“你就客随主便吧。”

二

跑堂的热情地和刘尚达打招呼：“来啦，里边请，他们都在里面等着您哪。”

刘尚达拉着张寒晖往里走，穿过灶间的一个小门，里面是一个小院。一个人从雅间出来向他们招手。

雅间里有四五个人围在桌子边，一见他们进来，就都站起来打招呼。

刘尚达高兴地说：“寒晖是我大学艺术系的同学，也是我们党内大革命时代的老同志，他是李大钊同志的学生。”

大伙热烈鼓掌。

刘尚达说：“同志们，我们西安现在的革命形势很好，党中央和杨虎城、张学良已经达成了秘密协议，准备成立西北抗日联合政府。但是，南京方面在极力阻挠这种局面的形成，上级有指示，我们目前的主要工作就是利用一切合法的形式进行宣传，推动东北军联合抗日。西安二中是西安的文化大本营，是西安先进思想的策源地，我们经过研究，寒晖同志的公开身份是二中国文教员，请寒晖同志先谈谈他的想法。”

张寒晖愧疚地说：“同志们，我的心情非常沉重，我要求派我到士兵中间去，用枪和子弹向日本侵略者开火”。

跑堂的送进来羊肉泡馍，说：“同志们，你们边吃边谈。”

刘尚达说：“我认为，寒晖同志的思想不对头，文化阵地很重要，尤其我们现在的西安最需要文化宣传，军统和中统的文化特务也在渗透，想控制这里。领导要求我们把东北军底层的士兵作为宣传对象，让他们能够知道自己是为什么离开东北，为什么到现在都回不了老家。”

张寒晖说：“你介绍一下东北军的情况吧，我们好进行工作。”

刘尚达说：“工作要做，这泡馍应该先吃。”

其实，刘尚达有许多话要跟张寒晖说，他这个人干具体工作还可以，如果让他负责一方面的工作，他就抓了头皮。这次把张寒晖调来就是他主导的，因为他知道张寒晖不但在艺术上高人一筹，在实际的工作上也有许多经验办法。

走在大街上，刘尚达才暴露出了自己的忧虑，他说：“我现在是老虎吃天，无处下口啊。这么大的事情，我都不知道该怎么进行。”

张寒晖看到西安大街上来来往往的东北军士兵还有军官，向刘尚达问道：“他们都在干什么？他们要去干什么？他们知道当前的局势吗？他们的心里想什么，你知道吗？”

西安二中学生深入到东北军前线进行宣传

刘尚达说：“这些我还真的不知道，你知道我这人就是喜欢干具体工作，上面分配什么任务，我就干什么任务。这次东北特科把宣传的任务交给我，我真的不知道从哪儿开始呢。”

张寒晖说：“你们和东北军下面的底层士兵有联系吗？”

刘尚达说：“你不知道这些士兵的情况，他们一个个都非常蛮横，张口就是你想干啥。我也想接近他们，可是没有地方开始啊。”

张寒晖说：“这个不难，他们东北军士兵的情绪，我们应该理解，他们到哪儿都是给蒋介石卖命，他们在江西没有得了好果子吃，败在了咱们中央红军手下，这次他们到西北来，也吃了几次败仗，他们心里的气还少得了吗？”

刘尚达说："具体的工作好干，你说这宣传工作怎么开展，前几天我去联系东北军的驻军，想和他们搞一次联谊，给他们演节目，他们的一个团政治处处长说，你们陕西秦腔就会直着脖子吼，哪有我们东北的二人转好听，你们会唱东北的二人转吗？陕西人不唱秦腔唱甚，陕西唱二人转吗？让我们对基层的士兵进行宣传，我觉得有点儿对牛弹琴。"

张寒晖说："人家说得不错啊，你说的对牛弹琴不对，这牛也是懂音乐的，要不怎么牛童吹着竹笛就能指挥了牛走路呢？你说是吧，我们要学会怎么对牛弹琴，如果牛不听，也是我们没有把琴弹好，对不对？"

刘尚达说："这次你来，宣传工作由你策划进行，我就是配合你的工作，你说上西，我不上东，你说去南，我不上北。怎么样，我这个工作态度还行吧。"

张寒晖说："肯定不行，你这是消极被动的思想，你要主动积极地把工作干好才行。"

刘尚达说："你张寒晖来了，我就是你的小伙计，你说怎么办我就怎么办，可以吗，大老板？"

他们发现，街口站了许多穿黄色哔叽服装的士兵，一个个都带着钢盔，身上佩戴的武器也都是冲锋枪，没有东北军和十七路军背的长枪。长官都是长筒皮靴和小呢子面的德国式军装。听他们的口音，大部分是浙江一带的口音。

张寒晖说："这是南京宪兵三团的人，他们原来在北京。怎么来西安了，是不是蒋介石要来啊？"

刘尚达说："这个情况我真的不知道，特科也没有通知。"

张寒晖小声地说："说不好军统的人也来了，这个戴笠可是个无孔不入的人。张学良做事比较张扬，他最近在社会上发表的言论肯定让军统感到了不安，也让蒋介石感到了不安，我们必须要小心，要采取最稳妥的方式进行工作。”

刘尚达说：“现在西安是张学良的天下，谁敢把他怎么样了。”

张寒晖说：“这些特务们谁都敢抓，我们必须小心。”

一个带队的班长拦住他们说：“检查证件，你们是哪个单位的？”

刘尚达说：“我是二中的教导主任，这位是我们刚聘用的国文教员。”

班长看着张寒晖说：“西安二中吗？这个学校我们知道，西安著名的学校，你们聘用教师没有标准啊？”

刘尚达说：“你这是什么意思，我们怎么没有标准？”

班长看着张寒晖一身庄稼衣服说：“他也是教员？”

刘尚达说：“你怎么以衣帽取人，你知道他是谁吗？”

班长说：“他是谁我不知道，你的证件拿出来。”

刘尚达把证件递过去说：“给你，给你。”

班长看了他的工作证说：“你的没有问题，你这位教员有没有证件呢？”

张寒晖说：“这位老总啊，我还没有办理证件呢。”

班长两眼一瞪说：“没有办理？不行，送到滞留所去。”

刘尚达急忙拦住说：“你要干什么，你们有什么权利随便滞留人？”

班长说：“我们就是干这个的，危害国家紧急条例你不知道吗？”

刘尚达着急地说：“他怎么危害国家了，你要讲道理吧，他是我们聘请来的国文教员。”

班长对过来的士兵一挥手说：“把这个乡巴佬带走。”

张寒晖甩开要抓他的士兵，对准这个班长说："我没有二中的证件，并不等于我没有别的证件。"

班长说："你有什么证件？拿出来，听你的口音是河北过来的，告诉你最近日本方面派出了许多奸细，你是不是奸细啊？"

张寒晖把平民教育促进会的工作证件拿出来，还有定州教育科的证件也拿出来说："你看吧。"

班长看了他的教材编辑证件还有教育科的教员证件，眼睛一眯说："这些都不能证明你在西安的职业，带走。"

刘尚达着急地叫着说："你们这是不讲理啊，怎么有证件也这么刁难人啊。"

张寒晖说："你马上去找江隆基校长，让他出面。"

刘尚达的脸上满是大汗，他绝对没有想到，张寒晖刚到西安就遇上了这么一个碰头彩。

三

东北军总部学兵队队长孙汉勇接到媳妇的来信，知道她这些天就要来西安，但是，几次都没有接到，这让他非常着急，按信上的日期，翠花肯定早就到西安了，可是到今天她还没有动静。

这些天西安特别紧张，因为在张学良去南京开会期间，董军长擅自派出一个师和红军作战，师长都被红军俘虏了。张学良接到信之后，连夜坐飞机赶回西安。他下了一个紧急命令，所有的东北军部队和直属队，没有东北军总部的命令一律不准擅自行动。

莫非是路上出问题了？他今天又派王二牛去了，可是到了中午还没有回来。这些天，军统特务们对东北军监视得非常严，许多人被抓去进行审问。

他就怕王二牛这个浑小子惹事，说话没有把门的，就为他公开教唱《可恨小日本》这个歌，政训处就给他打电话，让他管好自己的部下，不要招来军统特务惹麻烦。”

今天是总理纪念周，从会场出来，孙汉勇就等着王二牛回来，他来回地走动着，口中嘟囔着：“已经快到开饭时间了，这个小兔崽子还不回来，回来看我剥了他的皮。”

勤务兵进来说：“队长开饭吗？”

孙汉勇摇摇头说：“王二牛回来再说，这个小兔崽子咋还不回来。”

就在孙汉勇着急的时候，王二牛满头大汗地跑回来了，他从外面一进来就大声说：“报告队长，这次还没有接到，我从火车头到火车尾巴都看清了，没有翠花嫂子。”

孙汉勇焦急地说：“你小子是不是又瞎逛去了？你说你这干的什么差事，叫你接个人都接不到，你看清楚了没有？三十岁，短发圆脸，大眼睛，说话东北吉林口音，女的。”

王二牛小心地说：“报告队长，你让我接的嫂子，不是女的还是男的？”

孙汉勇不耐烦地说：“王二牛，你什么时候学成贫嘴淡舌了，小心我抽了你的筋。”

王二牛大声地说：“是，小心抽了我的筋。”

孙汉勇佯作恼怒地说：“滚，吃饭去吧。”

食堂里，学兵队员们正在准备吃饭，见了王二牛都嚷起来说：“二牛，听说你会写歌的老师来了？老师的新歌什么时候写出来？”

王二牛得意地说：“你们急什么，着急娶几个媳妇了。”

学兵们都大声地嚎起来：“嘘……”

值日官一声号令："立正！"

孙汉勇满脸愁云地走进食堂说："全体都有了，稍息，立正，可恨小日本——预备唱。"

全体学兵一起唱起来："可恨小日本……"

孙汉勇等学兵们唱完，刚要说开饭，勤务兵进来说："队长，宪兵三团滞留所里有叫翠花的女人。"

孙汉勇着急地说："姓什么？"

勤务兵说："王翠花。"

孙汉勇急忙叫王二牛说："二牛，先别吃了，跟我去宪兵三团滞留所，你嫂子在那里。"

他们开车来到宪兵三团滞留所，拿出证件，看守的人放他们进去，看到的王翠花却不是孙汉勇要找的王翠花。孙汉勇有点儿失望地说："不是，不是。"

他不知道，就在那天他们在郑州车站把旅客们往车下轰的时候，翠花就在那一车旅客中。他也不知道，翠花发烧病倒在车站上，幸好有一个同路的人给了她退烧药。她虽然挺了过来，却在慌乱中把车票丢了。她身上的钱已经花光，买不起车票，就沿着公路向前走，白天就乞讨一点儿饭，晚上就睡在野地的草棚里。张寒晖遇到的那个妇女就是翠花，就是孙汉勇的妻子，她身上还披着张寒晖给她的衣服。

孙汉勇失望地走出来，回身上车的时候有点儿心酸地说："二牛，你说，你翠花嫂子不会是在路上出事了吧？"

王二牛说："你放心，我嫂子那人是个好人，肯定没有出事，你再耐心地等等吧。"

孙汉勇从关内逃到关外，参加了东北军。因为他识字，不久就当了个班长，他经人介绍和翠花结了婚。这个东北女人死了男人，身边还有一个女儿，就是因为太穷埋不了人，要价十块大洋就把自己卖给了孙汉勇。结婚的那个晚上，翠花说：“你是当兵的，我算是卖给你的女人，告诉你，我虽然是卖给你的，可不是你的奴才。你要是拿我当人，我就是你的女人；你要是心里觉得是买来的，我也不让你吃亏。外面就有窑子馆，我已经问过了，人要是卖过去，给二十块大洋，你要是觉得吃亏就把我卖了，你还能够赚十块钱呢。”

孙汉勇把大衣一脱，说：“你要是真心实意地跟着我，我告诉你，我不是东北人，我是从河北过来的。要是我们过好了，我还要回我的老家去，我老家是定州的。”

翠花说：“我不管你是哪儿的，只要你好好地待我和我的孩子，我就死心塌地跟着你。”

要不是九一八事变，要不是孙汉勇跟着东北军撤到关内，他觉得翠花是世界上最好的女人。谁也没有想到，这日本人进攻沈阳北大营事变，把他们分开了四五年，原来部队在南方，他想让翠花过来，可是太遥远了，怕她找不到。这次他跟着张学良来到北方之后，就写信让她来找他。

国破山河在，亲人在何方啊？孙汉勇觉得心里有着无限的悲愤。在十字路口等信号的时候，突然他从汽车的车窗里看到外面的人力车上有个人非常像张寒晖。他打开车门下来，谁知道街头的宪兵岗哨要检查他的证件。

孙汉勇气愤地指着汽车上的牌子说：“老子是东北军总部的，你没有长眼睛啊，你是干什么的，我什么证件也没有，你拿出你的证件来，你们凭什么检查我的汽车。”

宪兵说：“横什么横，有本事去找委员长理论，你们东北军都长着反骨呢，不定什么时候撤了你们的番号。”

孙汉勇拿出手枪对着宪兵说：“你小子再说这样的话，我就枪毙了你。”

一个尉官过来说：“吵什么吵，这是例行公事，你们快走，我们查的是日本奸细。”

孙汉勇收起手枪，愤愤不平地说：“我们东北军里还有日本奸细？笑话。”

但是，当他寻找人力车的时候，早已不见了踪影，他小声地说：“莫非张寒晖也来了西安？”

四

幸亏张寒晖有平民教育促进会的证明，他在滞留所也没有受太大折磨，例行填了一张表格，把手里的证件登记上，还登记了自己来西安是长住还是短住。问话的文书说：“你在河北好好的来这里干什么？我也是河北人，我们算是同乡了。告诉你，这里不平静，你呀最好还是回去吧，说不定哪天这里就会演出三岔口了。”

他在里面待了一夜，有人给他送来了晚饭，稀粥饼子还有咸菜。一间房子里挤了几十个人，半夜里还有人被拉出去审问，有些穿戴一新的都是贩运货物的商人，他们被打得浑身是血地抬回来。

张寒晖问他们说：“你们都是买卖人，为什么还要挨揍打呢。”

挨打的人说：“兄弟啊，你不知道红军就在西安北边吗，这国民党是怕我们把货物卖给红军。”

张寒晖说：“红军怎么样啊？”

挨打的人说：“我们做买卖的，谁给的钱多，我们就把货卖给谁，人家讲究公买公卖的。唉，别说了，这年头真是人死王八活啊。”

张寒晖说：“我们也是被宪兵三团的人抓来的，他们不是在北京吗，怎么来这里了？你们都是当地人，肯定知道为什么。”

挨打的人说：“告诉你吧，这小六子想和红军联合起来不打内战，听说杨虎城也和小六子搅和在一起了。老蒋不放心他的盟兄把弟，就把宪兵三团派到这里来了。”

张寒晖试探地说：“你说，这张学良真的要和红军联合啊？”

挨打的人说：“听说小六子现在连大烟都戒了，当初他在东北的时候干什么去了，现在翎毛都让老蒋抽得差不多了，要炸翅，你想老蒋肯干吗，说不定什么时候还要把他的军权收回去。我要是小六子，早就打他老蒋了。没有见过老蒋这些人，什么宪兵三团，纯粹就是一群绑票的土匪。”

另一个人急忙制止他说：“行了，别说了，明天把款交了就算取保候审了。让人报告上去了，说不定得个通共的罪名呢，算了算了，破财免灾吧。”

半夜里，那个挨了打才让家人拿钱保他的人睡不着觉，自言自语地说：“人家红军对我们那个亲切啊，当官的都那么和气，我觉得要是红军得了天下，肯定对我们这些买卖人好。”

另一个人踹了他一下说：“你这人，祸从口出，你不知道啊？”

挨打的人说：“反正钱是花了，还不让说，我就说。我这次去北京进货，看到了到处都是日本人的天下，我看老蒋这江山，不是让日本人占了就是让红军占了，真不是东西。”

第二天早上，挨打的人和他的同伴都被叫出去，好像是释放了。

直到下午快吃晚饭的时候，值班员叫张寒晖说：“你走吧，有人来保你了。”

原来，从昨天下午到现在，刘尚达一直在为张寒晖寻找门路。幸亏张寒晖的平民教育促进会证件起了作用，要不然真的会投进监狱里去，和张寒晖一块进来的人，已经有好几个人都被监狱的囚车拉走了。

刘尚达看到张寒晖急忙拉住他说："没有挨打吧？"

张寒晖说："没有，所有的人进去都挨打了，我没有。"

原来，昨天下午东北特科的人就找了国民党省党部的内线，通过他们找到省政府的秘书长，告诉宪兵三团，张寒晖是晏阳初先生的职员。他们是从河北过来的，本来晚上就能够出去的，但宪兵三团的团长没有在，只等他今天上午回来了才办了手续。

刘尚达说："寒晖老兄啊，真不好意思，一到西安就给了你一个下马威啊。"

他们从滞留所出来的时候，天就快黑了，刘尚达早就给他在自己的办公室安排了住处。

晚上，刘尚达没有回家，而是让自己的侄子买了一些小吃回来，还拿了一瓶酒。刘尚达说："咱们已经有好几年没有像这样了，今天我们就痛快地喝一回。"

张寒晖说："我这几年戒酒了，主要是经济困难，再说了，喝酒容易误事。"

刘尚达说："我们也不多喝，一边喝酒一边说说当前的任务和东北军的内部情况。"

刘尚达喝了一点儿酒，脱下外衣就穿一个汗衫，他告诉张寒晖，目前张学良已经和我们的领导同志进行过多次秘密谈判，这里面有一个关键点，就是搞统一战线要不要蒋介石。我们的主张就是，只要蒋介石真心抗日，我们也可以结成同盟。在国民党的第五次全会上，张学良曾经和蒋介石进行过多次谈话，但是蒋介石还是主张先“剿共”，现在张学良的思想还是处在摇摆状态。

张寒晖说了在滞留所听到的商人们的话，他高兴地说：“可以说，老百姓对我们红军还是很有好感的。现在的西安可以说是各种势力都进来了，国民党的陕西党部混有军统、中统特务。面对这么混乱的思想和行为，我们就要找到我们宣传的突破点。”

刘尚达说：“以前西安二中颜色太红了，引起了各个方面的注意，也让我们的活动受到了许多方面的阻碍。我们搞的许多演出和文化活动，都是因为太红了，受到了官府多次警告，要我们安心教学，把教学放在首位，不要介入当前的政治局面。”

张寒晖谈了他在定州的一些情况，也谈到自己带着孙汉勇他们砸盐店的经过，这样的行动虽然痛快淋漓，但是有些不计后果，带来的是不必要的损失。“所以，我们要根据目前的形势，采用适合实际的活动方向，既要宣传了我们的主张，也不要让国民党特务抓到把柄。”

刘尚达高兴地说：“正是这样，我们才要求上级派人来，派一个有丰富宣传经验的人来，我接到通知就非常高兴，你一来，我肩上的担子就轻了一半。”

张寒晖笑着说：“强龙不压地头蛇，这里的工作还是要靠你和东北特科的同志们进行，我只是一个小卒子，你们让我往哪儿拱，我就往哪儿拱。”

刘尚达高兴地说：“我是过河卒，你是过河车，你的作用大，我就跟在你的后面摇旗呐喊。”

多年的地下工作经验让张寒晖深切意识到，他将面临的是一场艰巨的战斗，他也感到了身上巨大的压力。因为在这之前，他也没有遇到过这种局面，虽然中央方面已经在东北军上层进行了统战工作，他们的主要作用就是向底层官兵进行宣传，这样的工作他是第一次接触，也没有现成的经验，尽管困难重重，他依然坚决地说："尚达，你放心，我们要共同团结战斗，一定会打开局面。"

第二十五章 唤醒了大地

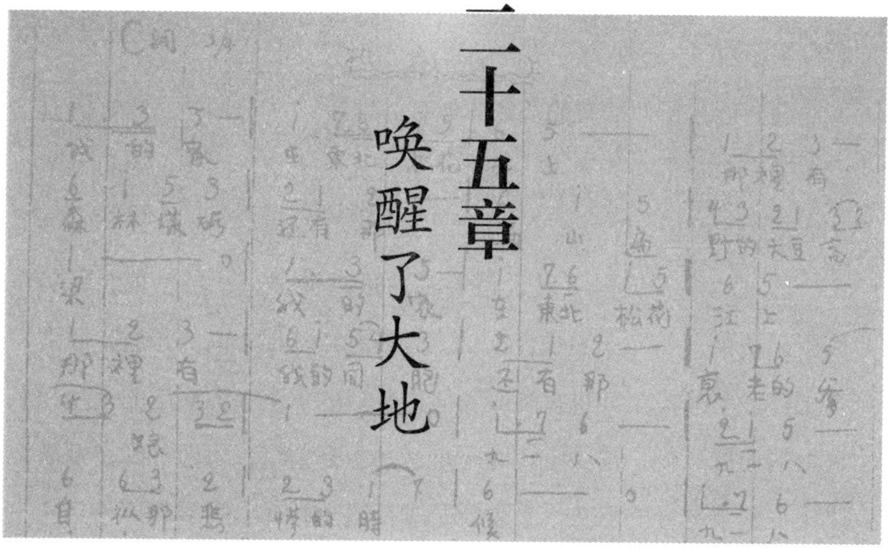

一

东北特科批准了张寒晖的建议，就是以西安民教馆的名义成立西安二中业余剧团，到东北军演出。他们搞了几个小话剧和活报剧演出，效果不是太好。刘尚达带回特科的指示，就是他们的演出虽然达到了一定目的，但这与他们的任务还有很大差距，没有起到推动东北军基层士兵积极参加联合抗日的作用。

特科领导对他们的工作不是非常满意。刘尚达怕伤了张寒晖的自尊，非常温婉地传达了特科的指示。张寒晖听了他的话，知道自己的工作没有达到上级的要求。

张寒晖的脸色非常疲惫，这些天他要给学生上课，还要参加各种排练，尤其是二中业余剧团演员都是要求进步的学生，他们热情高，但是演技差，这让张寒晖花费了好大力气。他的身体本来就不太好，不分日夜的劳累加上天气闷热的缘故，让他的肺病加重了。

刘尚达安排刘芳来照顾他，天天给他熬中药。每当感到组织上这样照顾自己，他就有许多内疚和不安在心里纠结。

看到刘芳给他端来的药汤，他真诚地说：“刘芳同学，我真恨自己咋就没有孙悟空的本事，抡起金箍棒大闹天宫。同志们对我寄予了非常大的希望，咋就打不开这个局面呢。”

这时的西安城里可以说是各派力量纵横交叉，虽然东北军的高层正在谋划和红军的联合抗日。但高层和基层之间的矛盾也非常多，许多军师级军官也在酝酿着他们各自的出路。而底层的士兵和底层的连排长们，是决定东北军命运的主要力量，可他们尚在懵懂之中。鉴于这样的形势，必须公开进行政治教育，唤醒底层士兵的意志，反对国民党南京政府的压制，让东北军士兵们都明白，只有抗日才会打回老家去，要拥护联共抗日的张学良带领东北军打回东三省。

他在问自己，是鸡叫来的天明，还是天明带来了鸡叫？虽然鸡不叫天也会明，但是，这鸡到底是为什么叫呢？鸡叫的作用就是唤醒那些明知道天要亮了，但是还没有意识到要起来劳作的人们。要寻找一个既不受国民党文化部门审查，也要符合广大东北军士兵心情的文艺作品形式，并起到巨大的推动作用。这让张寒晖知道自己正面临着一个巨大的考验。

刘芳说：“张老师，身体是工作的本钱，你要把病治好，看到你这样，我们都非常心疼啊。”

刘芳为了给张寒晖熬药，身上的衬衫都被汗水湿透了，她清秀的脸上带着一种母爱的温馨，这让张寒晖心里一动，但是他马上就让自己恢复了平静，他把刘芳当成一个小辈人说：“小芳啊，你这么照顾我，别耽误了你的学业啊。”

刘芳说：“张老师，家和国家都不保了，还说什么学业不学业，现在我们这些学生都在想着马上进行抗日战争，我们都会积极主动走上前线。可是，这政治形势就像天气一样，总是这么阴沉沉的，哪怕是下一场大雨也好啊，哪怕是电闪雷鸣，也总比这不死不活的好啊。”

刘芳的话给了他巨大的勇气，他接过药汤说：“刘芳，你这话说得好，我们现在就是缺少这样的演出，我们应该是黎明前高叫的公鸡。你知道我的心里着急啊，我真想当成这个公鸡，你知道我的心里是多么沉重啊。”

刘芳给他倒上一杯热水，放在他的床前说：“张老师，其实我们心里都知道你是大艺术家，你肯定能够给我们带来一个电闪雷鸣的世界的。”

张寒晖听了刘芳的话，心里的压力更大了。学校的学生都知道来了一个大艺术家，可是这个大艺术家现在是一筹莫展，他觉得自己就是一个病鸡，就是一个没有喉咙的哑鸡。你的雄心大志都到哪儿去了，你不是渴望能够在世界大变局的时候一展你的歌喉吗？

看到张寒晖的样子，刘芳说：“张老师，你不要自责，我们也知道你的难处。你是学话剧的，可是在这个就要燃烧的古城里，谁还有时间来看话剧呢，东北军这边在为自己的命运前程寻出路。我觉得现在是高举胳膊喊口号的时候，你说对不对啊？”

张寒晖说：“刘芳，你说人们喜欢看什么？尤其是东北军还有他们的家属？”

刘芳说：“东北人都爱看二人转，他们就有一句话，宁肯不吃饭，也要看二人转。我们是不是换个演出方式，我们的业余剧团以后就唱二人转怎么样？”

张寒晖笑起来说：“这不行，二人转这个艺术形式我们可以借来使用，可要想达到艺术效果，就需要有深厚的基本功，再说，我们剧团不会唱二人转啊。这个表演形式是他们世代相传下来的，闹不好，就成了东施效颦了。”

刘芳笑着说：“张老师，我是给你开拓一下思路，我也不知道该怎么办。”

张寒晖喝下药汤之后，起来走动了几下，他说：“我们也要根据形势调整自己的行动，你说的二人转这个事倒是可以作为参考，东北人爱听唱，你提供了一个非常好的建议。”

从外面回来的刘尚达一进门就说：“你这是一卧草堂春睡足啊，你知道外面发生什么事了吗？”

张寒晖急促地说：“什么事？东北军抗日了？”

刘尚达笑笑说：“没有这么大，陈教授来西安巡讲了，是应陕西艺术界的邀请来的。”

张寒晖说：“你说的是陈治策老师？他这个大教授来西安干什么？他也要来推动东北军抗日吗？”

刘尚达说：“你这个猜得还真对，这是我们党的地下组织邀请来的，目的就是要打破目前西安这一坛死水的局面。”张寒晖说：“又是话剧，又是话剧，东北人除了爱听二人转之外，好像是什么都不想听啊。我们的小话剧怎么样，都是非常艺术的作品，竟然没有人看。如果不是学生观众支撑着，我们就是一败涂地了。”

刘尚达从身上掏出一个油印的剧本说：“这是陈老师的新作，《鸟国》，他知道你来了西安，特地让你看看。”

张寒晖接过翻了几页说：“又是这些神话剧，离东北军的实际情况太远了，我觉得不行。”

刘尚达有点儿不悦地说：“你看都没有看，怎么就知道不行？我看了一遍，虽然我不如你的鉴赏水平高，但起码是一个比较接近现实的东西。你再看看行不行？”

张寒晖把剧本放在床头，不高兴地说：“我看，看还不行啊，你这人咋就不能让人说句话呢。”

刘尚达有些急躁地说：“我也是有病乱投医呀，我这不是着急吗？现在局势发展得这么快，咱们的宣传工作跟不上去，我是真着急啊。我的麻子哥，你就显一显神通，好好看看这个本子，如果行，我们就赶紧排练，我们一定要跟上目前的政治形势，配合中央的工作。”

张寒晖使劲咳嗽起来，也非常着急地说：“你着急，我就不着急了？可艺术不是说大白话，你应该知道，我们都是搞艺术出身，这些你也不是不懂。我真恨不得化为鲲鹏，飞到西安上空大吼一声，东北军的弟兄们，和红军联合抗日啊，只有这样你们才有出路，你们才能够回到老家去。”

刘尚达笑了，拉着张寒晖的胳膊说：“这不是陈老师和你的思想一致吗，你想变大鹏，他写的剧本名字叫《鸟国》，你看一遍好不好，我的张大教授，我的张大哥，我的麻子哥。”

他们两个这样，倒让刘芳在一边笑得弯下腰说：“你们两个都像大孩子。”

二

宣传工作没有成效，这让刘尚达十分焦急，因为西安的东北军下层官兵几次和红军打仗都吃了败仗，他们都想找一条出路，东北军将向何处去。当时，一本叫《活路》的小册子，是由东北军我党的高层人士撰写的，就是关于目前国内形势和东北军还有十七路军向何处去，怎么才能够寻到一个活路。

借鉴《活路》这本书的内容主题，刘尚达想把陈治策的《鸟国》作为一个艺术的“活路”，艺术地再现驻扎在西安的东北军和大批流亡关内的东北民众的心情。他们过着有家不能回的悲惨生活，他们日夜盼望打回老家去，尤其是东北军将士中充满了强烈的抗日愿望。希望通过《鸟国》的公演，以唤起更多的民众团结一致、奋起抗战！刘尚达拿来的《鸟国》剧本只有词，没有曲，在上海演出时采用的是西洋歌剧《浮士德》中的《凯旋歌》和俄国的《船夫曲》等曲调。他对张寒晖说：“为了向民众普及和便于传唱，是否采用通俗易懂的民族曲调演唱？”

张寒晖没有学过音乐，没有学习过作曲，仅谱过一首儿歌。让他来为该剧谱曲难度的确很大。但是，他知道这是党给他的任务，他决心把曲子谱好。

为了给张寒晖创造机会，有利于他尽快作出曲子，刘尚达安排别的老师代他上课，让刘芳照顾他的生活。他说：“我的麻子哥啊，你要拿出你的全部力量来啊。”

刘尚达说刘芳：“我把张老师托付给你了，他若是有个小灾小病，你可是要负责任啊。”

刘芳笑着说：“你放心，刘老师，张老师如果出了毛病，我负完全责任，你就把心放到肚里吧，我肯定不会让他出事的。”

刘尚达说：“你也不要有压力，他这个人，要是没有人管着，他就是拼命三郎，当年要不是我们硬把他押回老家，他一个人就敢闯东北军的营房，说不定真的找张学良的老爹张作霖拼命啊。”

张寒晖笑着说："刘尚达，你别哪壶不开你提哪壶，要不是我嫌你的脚臭，熏得我出不了气，我才不去求熊佛西教授给你开方便之门，直接让北京的特务把你抓走。"

刘芳对他们提起在北京的生活非常感兴趣，就说："张老师，你给我们讲讲你们的故事吧。"

张寒晖笑着说："没有什么故事，当年我们都是二十多岁，思想狂得很，觉得自己就是天下第一，我跟你说吧，当前的西安形势就有点儿像当年北京的形势，我们那时以天下为己任，觉得只有自己才是救世主。"

看着张寒晖的样子，神采飞扬，意气风发，刘芳觉得他非常伟大，这些日子和张寒晖接触得多了，总觉得他身上有一股火一样的激情，他就像天上的太阳，总是把身上的光和热散发给别人。在他身边，就觉得自己也浑身充满了力量。

张寒晖有时候就把刘芳赶走，他说："哎哟哟，你这个孩子啊，赶快去上课，在这里看我一个没落的老青年做作业，有什么看头啊。你别听刘尚达的，他就爱大惊小怪的，我有什么事啊，我还没有到完不成作业就自杀的程度啊。"

刘芳笑着说："张老师，现在整个西安城都在为我们东北人的前途忧虑，都在寻找我们的活路，如果找不到这个活路，我就是学习成绩再好，有什么用啊？"

张寒晖从这个小姑娘的脸上看到了东北人民对自己的希望，他像表态似的说："刘芳，你放心，我肯定会把这十几首曲子谱出来，一定把我们这个戏唱好。"

到现在张寒晖都恨自己当初为什么没学习作曲，在这风起云涌、激烈动荡的时代，歌曲就是那引吭高歌的公鸡，再没有比歌曲这个形式能够直达人的心灵了。

那些日子，张寒晖全神心地投入了作曲的工作，废寝忘食，头发顾不上理，就是吃饭的时候，都在喃喃地哼着曲子，嘴里念念有词：恨，恨，恨……

他在小院里来回徘徊，有时候突然来了灵感，一边叨咕着，一边把叨咕的乐谱写在纸上，为了节约，他用的是伙房里记流水账的旧账本。

刘尚达给他拿过一沓稿纸说："西安二中再穷也没有穷到让我们的大作曲家在旧账本上写歌啊。"

张寒晖说："尚达，你把这些白纸拿回去，我这个人你还不知道吗，我这个人穷惯了，在这么好的白纸上写一些废掉的东西，我心里不舒服，而且还影响情绪。"

刘尚达把白纸放在他的屋子里说："只要你把曲子写好了，我们的歌剧顺利演出，这是天大的事业，难道还不值几张纸钱吗？"

不管他怎么说，张寒晖还是用旧账本写谱子，他一边用二胡来校正自己的发音，一边改正已经写好的曲子。刘芳进屋来都是踮着脚，因为一不小心就踩了他写好的曲子，因为地下的许多账本页上都是他写的简谱和一些他自己能看懂的符号。他拿着写好的曲子，比画着哼几句，觉得不满意就随手一扔。

地下飘落了许多这样的纸片，他哼着哼着就弓身咳嗽起来。刘芳悄悄进来说："张老师，这几天你咳嗽得厉害。"

张寒晖回过头来说："没事，我这身体就这样，咳嗽是老毛病了。"他用力挺起身子，又开始哼唱起来。

恨！恨！恨！恨！

恨敌人太轻视咱，

侮辱我同胞，任意肆摧残。

冷嘲热骂，看咱们漆黑一团。

豺狼都是野性子，畜生哪有心肝？

……

豺狼都是野性子，畜生哪有心肝？

讲什么“世界和平”？

说什么彼此相安？

厉我兵，秣我马，

大家都齐动员，

此耻不雪，此仇不报，不活天地间。

经过张寒晖十几天的努力，终于全部完成作曲任务，刘尚达高兴地说：“怎么样，可以彩排了吧？”

张寒晖亲自带着学生们排练，参加演出的几十个学生信心十足，一个个浑身是劲儿，都着急地催问说：“什么时候演出呀？”

刘尚达和张寒晖分析目前的局势，蒋介石正在督促张学良和杨虎城“剿共”，要他们一举消灭陕北的红军。张学良现在是犹豫不决，他现在就想在蒋介石同意的情况下和红军联合抗日。

张寒晖说：“现在我们要把火烧起来，让他的后院大火冲天！”

刘尚达说：“上级指示，最近，军统特务活动猖獗，宪兵三团对东北军监视也很严。让我们对东北军基层士兵进行宣传的时候讲究策略。我们这个歌剧先不拿到社会上去演出，请一些东北军的士兵来看彩排，听听他们的意见，看他们怎么说，如果能够打动他们，就到东北军各个单位去巡回演出。我们以慰劳东北军进驻西安的名义，我已经和省群众教育馆打了招呼，他们也可以出一部分经费。只要我们不公开宣传我党的主张，演出是没有问题的。”

张寒晖激动地说："好，现在是干柴遍地，就需要火种了。"

刘尚达笑着说："现在是长夜将明，就看你这只叫明的鸡，是不是能够唤醒大地上的人们了。"

张寒晖跳上台子亲自指挥学生们排练合唱，他觉得自己浑身的血都在沸腾了，他觉得自己化作火种，正在点燃这个时代。人们都已经睁开了眼睛，张开了双臂，就等他一声鸣唱，天边的红日就会喷薄而出，抗战的烈火会冲天而起。

三

但是，谁都没有想到，《鸟国》失败了，台下的观众是刘尚达请来联谊的东北军，几百名士兵们热切期待着，大幕一拉开，就响起热烈的掌声。但是，随着剧情的进入，剧中该鼓掌的地方观众却鸦雀无声。

躲在后台的张寒晖不时向外张望，作为舞台监督的刘芳也是满头大汗，她不时看着下面，在她觉得应该有掌声的地方，下面的士兵们却一点儿也不激动。

张寒晖失去信心地说："这鸡没有叫好啊，没有叫好。"

刘芳说："张老师，你别着急，还没有到高潮部分呢。"

张寒晖无力地摇摇手说："刘芳，你别安慰我了，我知道，这鸡没有叫好，没有叫好。"

大幕徐徐拉上了，下面还是没有动静。突然，看戏的士兵们大声唱起《可恨小日本》，张寒晖精神一振，他跑到前台，看到一个青年军人正在指挥学兵们唱歌。他矫健的身材告诉人们，他已经是个青年了，但他稍显稚嫩的肩膀让人看出这是一个大孩子。

张寒晖的眼泪流了下来，这是王二牛，王二牛啊。士兵们唱得非常振奋，非常雄壮，他们在王二牛的指挥下用东北口音唱完了这首歌。

张寒晖急忙奔过去，拉住他的手说：“二牛，二牛！”

王二牛也没有想到会在这里见到自己的老师，他也激动地高声叫着：“弟兄们，这就是我的老师，他叫张寒晖，我们唱的这首歌就是他写的。”

士兵们都向张寒晖敬礼，一直在后排坐着的孙汉勇走过来，他说：“寒晖老弟，我们在这里相逢了。”

张寒晖也激动地说：“老孙啊，有七八年没有见面了吧。”

孙汉勇说：“我和二牛没有一天不念叨你，你怎么跑到西安来了？真没有想到。”

张寒晖不能说是组织调他来的，就说：“平教会撤退到南方去了，我也到老同学这儿当个教书匠，混口饭吃。”

孙汉勇说：“既然今天在这里碰见，我请客，刘主任也去，我们一块聚聚怎么样？”

孙汉勇也不管张寒晖答应不答应，就对值班的中队长说：“你把队伍带回去，我请我的老乡去吃饭，二牛，走，老地方。”

张寒晖歉疚地推却孙汉勇说：“今天请你们来看戏，没有达到目的，这戏你们觉得不好看，这怨我，我这是没有完成任务啊。我没有脸去吃你的饭，等什么时候拿出一个让你们满意的节目，我再吃你们的饭，我请客也行啊。”

孙汉勇说：“你这话说的，我们是老乡见面，你去也得去，不去也得去。走，王二牛，把张老师给我抬到汽车上去。”

王二牛应声叫着几个士兵过来，就要拖着张寒晖。

张寒晖坚决地说：“我不去，我没脸去。”

孙汉勇信任地握住张寒晖的手说："老弟，你怎么还是这个脾气，歌唱得不好，还可以重新唱啊。拿出咱们砸盐店的气魄，一定会写出好歌来，今天这戏不是不好，只是没有演出大伙心中最想看的。说良心话，现在就是缺少一首让东北军从士兵到总司令听了都揪心的歌，能够唤醒他们的良知，同仇敌忾，打回老家去！"

操场上列队走去的学兵们唱着《可恨小日本》，学校业余剧团的同学们走在他们旁边，与东北军的士兵进行交流，学生们也唱起了这首歌。刘尚达悄悄地说："孙汉勇是我们的同志，我们可以去，也交流一下思想，搞一个新的节目，你说好不好？"

张寒晖说："这次我变成草鸡了，我怎么好意思去喝酒啊。这酒先记着账，什么时候我这鸡叫得大家都认可了，这酒我就喝。"

孙汉勇说："你看你，酒你不喝，饭得吃吧。"

张寒晖只好上了孙汉勇的汽车，在汽车上孙汉勇说："目前，东北军内部也不团结，有的想归顺中央军，有的想打红军立功，也有的想打回东北去。现在，东北军从上到下都听张学良的话，但东北军也面临着三岔口，如果他们走对了路子，就会生存下去；如果他们走错了道路，等待他们的就是全军覆没，说不定让蒋介石改编了他们。《鸟国》这戏也挺好，但是当兵的都看不懂，一群鸟儿在干什么，东北军里的人大部分都非常想家，对这神话剧的歌就不爱听。他们想的就是打回东北去，这是东北军士兵心里的想法，所以，我说一句外行话，什么时候你的歌唱出来，让人心里像猫抓一样揪心，那就成了！"

刘尚达歉疚地说："适合当前形势的歌曲太少了，张寒晖作曲的这个剧，听起来曲调还是非常好听的，但不是太到位，你说是吧？"

王二牛大胆地说："张老师，我们学兵队正在准备给下面演出节目，你能不能给我们写一个新歌，写一个让他们的士兵听了流泪的歌曲，听了就想马上打回老家去的歌子。”

张寒晖非常愧疚地说：“实在对不起，我不会谱曲，真的，我学的是戏剧和话剧。这次，我是老马学蹿啊，没有想到这么失败啊，我以后再不会写歌了。”

孙汉勇回过头来说：“张老师，你就别推辞了，我代表东北三千万父老乡亲拜托你了。”

张寒晖惊愕地说：“你这是把我放在油锅上煎啊，我知道自己有多大的油水，《鸟国》这些歌，用老曲子添新词。我就这么大的能耐，老孙，你还不知道我。”

刘芳的眼里满含着泪水，激动地说：“张老师，我的好多同学都是从关外流浪来的，他们每天晚上都会在梦中哭醒，他们的爹娘和故乡都在日本人的铁蹄蹂躏之下，张老师，我替他们拜托你了。”

张寒晖惊愕地看着他们说：“不行，不行，我知道自己有几斤几两，我勉强能够演个话剧什么的，我这肩膀窄，担不起这么重的负担。”

孙汉勇忽然踩了一脚制动，人们都往前一拥，原来是宪兵们在检查，孙汉勇说：“寒晖，这任务就交给你了，你完成也得完成，完不成也得完成。”

四

过了检查口拐个弯就到了老马家饭店，伙计过来说：“几位老总里面请，我们的老板是河北来的，他最拿手的菜是冀菜，直隶官府菜，你们尝尝厨师的手艺行不行。”

孙汉勇一摆手说：“今天我们请一位艺术家吃饭，你要好好伺候。”伙计点头哈腰地说：“一定，各位老客二楼雅间请喽。”

刚才他们的汽车过来时，看到一路军警戒备森严，汽车被军警的检查哨拦住。

孙汉勇伸出脑袋说：“我是总部学兵队的，我要去前面的老马家饭店会几个朋友。”

军警说：“报告长官，这条路已经戒严了，谁也不许通过。”

孙汉勇问：“为什么？”

军警悄悄地说：“肯定有大人物过来，南京宪兵二团的人早就派出来了，见可疑的人就抓，谁都不准议论东北军的事，少帅怕部队和宪兵发生冲突，让我们出来维持秩序。”

孙汉勇吃惊地说：“东北军不让人说，东北军就不叫东北军了吗？”

军警惭愧地说：“长官，这是政训部的命令！”

孙汉勇激动地说：“你们也不要自己的家乡了吗？”

军警小声地说：“我们宁可牺牲生命，也不会不要自己的家乡。”

孙汉勇激动地竖起大拇指说：“好兄弟，是条汉子，是东北人的性格。”

军警为难地说：“是条汉子有啥用，我们当兵的做不了上面的主，就怕你们当官的厌了。”

酒菜上齐，孙汉勇举杯敬张寒晖说：“亲不亲，故乡人，美不美，家乡水，让我们在陕西相会的定州老乡喝了这杯酒，这酒是咱们河北的老白干酒。”

王二牛端起酒来说：“张老师，不知道我娘她怎么样了？”

张寒晖和他碰杯说：“你娘都好，她就是想你。”

孙汉勇辛酸地说：“离开定州八年了，不知道我那老娘还在不在人世，她老人家白养活了儿子，她还不知道有了一个孙子，他叫小宝，还有个吉林的儿媳妇，她叫翠花。”

王二牛把酒喝下去说：“等咱们回头往东北打的时候，肯定路过定州，到时候咱们都回去看看。孙队长，你骑着你的马，我和弟兄们在后面跟着。到那时候看谁敢惹咱们，有仇报仇，有冤抱冤。”

张寒晖询问说：“现在东北军官兵心里最想的是什么啊？”

王二牛张口就来，说：“想家，我们队里的学兵们梦里都想爹想娘的，一提家乡就哭，他们不知道还能不能回去。”

孙汉勇点头同意说：“我和高级官员们也喝过酒，就是军师长们也想东北老家，现在，南京政府让东北军打红军，不打红军就撤番号整编。他们都怀念在东北的日子，那时候他们是当家做主的，想干什么就干什么，现在他们是亡家奴！”

张寒晖回味着说：“想家，谁不想家啊？咱们不想家吗？爹，娘，都在家乡，能不想家吗？我想，我想我的家乡，妻儿老小都在盼着我回去呢。我从外出求学，一天都没有在父母跟前尽过孝，一想起来这些心里就刀剜一样疼啊。”

三只酒杯碰在一起说：“这杯酒是敬在家乡的爹娘的！”

刘尚达说：“也算上我一个。”

四个酒杯的酒徐徐地洒在地上，四个人的眼睛里都饱含着泪花。突然，饭店包间外面有个人在唱东北二人转，好像是在诉说着思乡之情，满是凄楚和悲愤。这声音从外面传进来，又飘出去，飘落在西安的大街上，飘落在行走着的人们的心上。孙汉勇心酸地说：“伙计，这是谁在唱？”

伙计进来说：“这是个东北的女人，叫翠花，来找男人，没有找到，就在这里卖唱混口饭吃。”

孙汉勇一惊说："什么？叫翠花？你赶紧把她叫过来。"他的手有点儿激动地颤抖着，酒杯里的酒溢了出来，他的眼睛里满是期盼和热烈，门帘一动，一个东北女人进来说："各位客官，你们点什么曲子？"

孙汉勇怔怔地看着翠花，手中的杯子往外流着酒说："你叫翠花？"

翠花的嘴张着就是说不出话来，她喃喃地说："你是谁……"

孙汉勇缓缓地放下杯子，有点儿失望地说："我是孙汉勇，你不是我找的翠花。二牛，给她个座位，虽然不是我的翠花，看在你和我媳妇同名的分儿上，今天我请你吃饭。"

王二牛让她坐下，翠花不坐，突然跪在地上哭着说："我对不住你，我没有把咱们的宝儿看好哇——"

孙汉勇被她这一跪闹得有点儿突然，但是非常激动，他把翠花拉起来强忍着泪水说："你这是怎么了，怎么了？"

翠花极度悲痛地说："日本人，日本人把我的宝儿用刺刀给扎死了。"她慢慢地用东北二人转诉说着……东北的田野，她抱着孩子跑着，后面就是日本兵，她摔倒在地上，日本兵追上来，把她手里的孩子夺过去，她奋力保护着自己的孩子。她被日本兵拖往柴堆里，她呼喊着孩子，一个日本兵用刺刀把孩子刺死，她用牙咬住伏在她身上的日本兵的脸，日本兵用刺刀向着她的胸膛刺去……

孙汉勇猛地立起来，又像一堵墙一样倒下去。王二牛和张寒晖急忙扶住他，轻轻拍着他的背，呼唤着他说："汉勇，你这是怎么了？"

孙汉勇半天才长长出了一口气，慢慢地清醒过来，看到翠花他好像明白了刚才的事情，这个翠花不是自己的翠花，自己的翠花没有来关内，不知是被日本人拦住还是被日本人打死了。他眼泪无声地溢出来，说："我失态了，失态了。"

翠花猛地捋开胸口，迎面而来的是狰狞的伤疤，大家都看着她那胸前的伤疤，张寒晖把她的衣服拉上。她痛苦地唱起来："我的家在东北松花江上啊，门口两棵大白杨，宽宽的篱笆院，三间小草房啊。我家小包子他爹是东北军，他都不能保护好孩子，该死的是他，可是，他已经死在了江西。你们也是东北军，你们对不起我的孩子，也对不起家乡的亲人，你们不能够保家卫国，你们还算什么军人？你们一枪不放就跑进关里来，把死亡和耻辱留给了老人、孩子和女人，亲人们要你们还有什么用啊？"

翠花唱着突然哭出声来："我死在南方的亲人啊，你什么——时候——才能够回到——咱的家乡啊！"

这顿饭吃得惊心动魄，刘尚达也感到了目前工作的紧迫感，他动情地对张寒晖说："这到处都是干柴了，就缺我们的一根火柴了。"

张寒晖人坐在桌子旁，他的灵魂却在一边跑一边翻腾着刚才的二人转旋律：我的家在东北松花江上……

饭店外面，雷声响动，要下雨了。

孙汉勇把一瓶白酒打开，倒在碗里说："是中国人的都喝了！"

五

张寒晖在饭店里受到的刺激太大了，他的心灵上满是创伤。他回来之后，觉得身上热血沸腾，就在大雨里淋了半天，刘芳发现他的时候，他已经被雨水淋得身上都湿透了。

这天夜里张寒晖发烧了，刘尚达请来医生，给他打了针，还给他留下一天的药，医生说："他这人是老肺结核，一不能够受风受凉，二不能够着急上火。"

刘芳说："张老师这人平时就是嘻嘻哈哈的，非常幽默的一个人，他怎么会上火呢。"

医生说："上火是中医的说法，其实就是发烧。他身上的白细胞增多是为了灭菌的，所以要发烧。我们治疗肺病没有特效药，这烧退得太快了，不利于病人恢复，所以，只好就这样维持着吧。"

刘芳说："没有危险吧？"

医生说："这就看命大命小了，命大的活着，命小就死了。"

刘芳着急地说："医生你要救活他啊。"

医生拾掇着听诊器说："我们就是干救死扶伤工作的，没有一个医生希望病人死的，我这么说也就是让你提起注意。"

刘尚达送走了医生，回来说："寒晖这病不轻啊。"

刘芳着急地说："刘老师，那怎么办啊？"

刘尚达也非常着急地说："他这个人，犟起来谁也没有办法，你说那么大的雨，他不坐车，坚持在雨里走回来。他就是个怪人啊，我是拿他一点儿法子也没有。刘芳，演出失败，对他的刺激太大了，他什么时候都是争强好胜的。"

刘尚达参加东北特科会议回来，上级批评他们的工作没有进度，不适应目前西安的局势，因为蒋介石的介入，西安的形势正在发生重大变化。张学良和红军之间的盟约还没有正式达成，张学良还有顾虑，因为蒋介石来西安后，开始拉拢东北军中上级军官，张学良还顾虑二十万东北军士兵是否和他一条心。

尽管东北特科采取了各种形式的宣传，还印发了许多小册子，也对东北军基层官兵进行了演出和演讲，但是从反馈回来的信息看，收效不是太大。缺少一首能够打动东北军内心的歌曲，他们把希望寄托在张寒晖身上，可是刘尚达看他现在的身体状况，也不敢跟他说上级的意图，如果他知道了上级的批评意见，只会加重他的病情。

入夜，张寒晖烧得一会儿清楚一会儿糊涂，刘尚达换刘芳回去睡觉，他来守护着张寒晖。刘芳说："刘老师，你的任务也不小，你要上课还要管学校的事，还有组织上的任务，我年轻，你就把张老师交给我吧。"

刘芳这些日子和张寒晖的接触，让她对张寒晖产生了感情。她觉得这个张老师既像长辈更像一个大哥，能感到他的心里装着的是火热的岩浆，他的心里时刻都在沸腾着热情。有时候，她看着他清瘦的面孔，总是有一种非常亲切的感觉，好像是在上辈子什么地方遇到过。

她想到自己的身世，想到自己在外念书，真的需要一个这样的大哥哥时刻在自己身边。她看过许多文学书籍，她在书里想找的大哥哥一样的人就在眼前。她有时候不由自主地去抚摸他的手和发烧而显得红润的脸颊，但是每当这个时候，她就有一种做贼的感觉，她不知道张老师对自己是什么看法。

刘芳感到张寒晖的手在不住地抓动，她以为他要什么东西，看到他还是没有睁开眼睛，只是右手不住地动着，刘芳急忙握住他的手，但是她感到了张老师的手是在有节奏地动着。

张寒晖的灵魂正泅渡在汹涌澎湃的大海里，他眼前闪现出一组组令人肝肠寸断的画面：

汹涌的松花江，遍地的大豆高粱。

日军的坦克蛮横地轧过去，日军的飞机向着人群扫射。

火，熊熊燃烧的大火，火光中，孩子们在惨叫。

女人冲进火海，抢救自己的孩子。

男人、女人、孩子号哭的面孔。

流浪逃难的人们……

张寒晖沉浸在悲愤当中，他耳边仿佛听到了翠花的哭诉："我的家就在东北松花江边，那里有遍地的大豆高粱，还有数不尽的煤炭矿藏，年轻的跑出来了，可是我们的家人和我们的许多兄弟姐妹还在那里受苦受难，不知道哪年哪月才能够见到他们。这一辈子还能够回去吗，我的爹娘啊，我的兄弟姐妹呀……"这哭声，转而又变成了家乡定县老妇人哭坟的声音：

我不吃，也不喝，

也要抱着我那笑呵呵，

我不吃，我不穿，

也愿意看着我那胖嘟嘟，

我的孩儿，

我可怜的小孙孙啊，

什么时候，

你才能够回到奶奶的身旁。

……

张寒晖用妇人哭坟的声调哼唱了起来：

九一八,九一八，从那个悲惨的时候，

九一八,九一八，从那个悲惨的时候……

我的家在东北松花江上，

那里有森林煤矿，

还有那满山遍野的大豆高粱。

……

高烧中的张寒晖感到自己在奋笔疾书，他找到了自己想要的情感和旋律。

“我的家在东北松花江上……”

刘芳紧紧地握着张寒晖的手，喃喃地说：“张老师，是不是死神要从我身边把你夺走啊？你不能够走啊，你要和我们一起唤醒大地，唤醒东北军啊！如果不打日本人，如果不反攻东北，他们这辈子就永远回不了家了。”

她说这些话的时候，张寒晖的手好像是要回应她一样，还在不住地律动着。好像是答应了她的请求。突然，张寒晖睁开眼睛，看到刘芳正坐在自己床边，愧疚地说：“刘芳同学，给你增加负担了。我好像是写了一首歌曲，我给你唱一遍。”

刘芳急忙拦住他说：“张老师，你不要说话，你一说话就咳嗽得厉害。”

张寒晖坚定地说：“我一唱歌，这咳嗽就好了，早一天宣传抗日救国，就早一天促进全面抗战的到来。”

他刚张开嘴要唱，眼睛一合昏了过去，刘芳着急地说：“张老师，张老师。”张寒晖在高烧中慢慢地哼唱着：“我的家在东北松花江上……”

六

为了推动东北军抗日，我西安地下组织根据上级的命令，要在一二·九运动一周年这天举行全市学生大游行，也有去华清池向蒋介石请命的行动。

守护在张寒晖身边的刘芳，哼唱着他在梦中哼唱的歌曲。张寒晖突然醒了，他说：“我的二胡，我的二胡。”他一边拉着二胡，一边让刘芳不要停止哼唱，他顺手把哼唱出来的旋律记在账本上。

张寒晖顾不得自己还在发烧，加紧整理他刚写的歌谱，他说：

"西安的形势就像一团干柴，就需要这一根火柴了。"

在整理歌曲的时候，张寒晖用二胡伴奏着、唱着，悲惨的声调和思乡的唱词相结合，让人听了就掉泪。刘芳的眼泪一直在流，尤其是唱到"爹娘啊，爹娘啊，什么时候才能欢聚在一堂"的时候，她哭起来，她的哭带动了窗外的几个同学，她们早已是热泪涟涟了。

西安二中已经成了西安文化界的中心，12 月 8 日晚上，学生剧团在露天剧场为东北军演出话剧，大幕徐徐拉上，人们都没有退场，特别是东北军和他们的家属们，他们不想离开，意犹未尽。幕后刘尚达着急地说："寒晖，寒晖，还有没有预备的节目？"

张寒晖走过来说："没有，都演完了。"

刘尚达说："把你写的哭坟的那个拿出来行吗？"

张寒晖摆手："不行不行，太悲观了，我写的时候泪水就没有停。"

刘芳说："有人说这歌不好，消磨斗志，我看就好，我们晚上在宿舍里学唱时，泪水把枕头都湿了。没有排练过，就我和张老师会唱，没有乐队伴奏。"

刘尚达说："救场如救火，你们俩唱，拉开大幕！"

大幕再一次徐徐拉开，张寒晖被刘尚达推到舞台上，看到他上场，观众有些失望，他走向台前说："东北军的弟兄们，我是业余剧团的导演，为了答谢各位同胞的厚爱，我和我的学生刘芳一起，把一首思念亲人的歌曲献给大家，献给东北军的弟兄们。因为这是我们从大街上听来的，没有排练过，没有乐队伴奏，但是我们是用心来唱的。"

张寒晖和刘芳轻轻地唱起来：

我的家在东北松花江上，

那里有森林煤矿，

还有那满山遍野的大豆高粱。

我的家在东北松花江上，

那里有我的同胞，

还有那衰老的爹娘。

九一八，九一八，从那个悲惨的时候……

全场激愤了，他们都站了起来，一个个眼含热泪振臂高呼：“打回老家去，消灭小日本！”在场的东北军高举着如林的枪杆子高呼：“打回老家去，消灭小日本！打回老家去，消灭小日本！”

这支歌在西安东北军中流传着，这是一个东北人思念家乡的歌曲，这支歌曲就像天上的流云一样，从城内唱到城外，从士兵唱到将军，人们好像突然就都这么唱起来。这歌曲唱得军统特务们都没有办法禁止，你说这是政治歌曲吗？也不是。你说这是反战歌曲吗？也不是。你说是歌曲吗？也不是。你说不是歌曲吗？也是。

夜晚，放哨的士兵也哼唱着这首歌。那些来酒馆发泄情绪的东北军士兵再不发酒疯了，当他们喝醉了的时候，会一起大唱这首歌曲，唱得热烈如火，唱得大雨滂沱，直到唱得他们热血沸腾起来，唱得他们就想跟着张学良打回东北去。这首歌是谁写的？没人知道。人们一听到爹娘啊，都会热泪淋漓。

九一八，九一八，从那个悲惨的时候，

脱离了我的家乡，

抛弃那无尽的宝藏，

流浪，流浪！整日价在关内流浪！

哪年哪月，才能够回到我那可爱的故乡？

哪年哪月，才能够收回我那无尽的宝藏？

爹娘啊，爹娘啊，什么时候才能欢聚在一堂?!

……

西安城到处都是这首歌声，东北军沸腾了，西安各界沸腾了，虽然特务们也出面来禁止，但是这歌声此起彼伏，振聋发聩，没有任何力量能够阻止它的流传，谁都禁止不了。这支歌很快传唱开了，人们一边唱着歌一边流着泪水，歌声和泪水唤醒着沉睡的大地。

我的家在东北松花江上，

那里有森林煤矿，

还有那满山遍野的大豆高粱。

我的家在东北松花江上，

那里有我的同胞，

还有那衰老的爹娘。

……

张学良站在官邸窗前，看着深夜的西安城，看着大雁塔，看着万家灯火的夜空。突然，一阵悲凉的歌声从学兵队的房间里飞出来，在总部大院里回旋。

九一八，九一八，从那个悲惨的时候，

脱离了我的家乡，

抛弃那无尽的宝藏，

流浪，流浪！整日价在关内流浪！

哪年哪月，才能够回到我那可爱的故乡？

哪年哪月，才能够收回我那无尽的宝藏。

爹娘啊，爹娘啊，什么时候才能欢聚在一堂?!

张学良紧锁双眉，国恨家仇，自己的屈辱，还有东北老百姓的期盼，都让张学良的热血沸腾起来了。他原来纠结的因为蒋介石软硬兼施，这些年跟着蒋介石“剿共”，士兵们对自己颇有不满。他不怕别的，就怕他带头闹起来之后，这些士兵们不跟他走。现在，他明白了，东北军的士兵是和他一条心的，再没有比这更让他感到欣慰的了。干吧，为了洗刷自己，为了东北军，干了！

他把披风一扔转过身来说：“诸位，你们听到了吗？你们都听到了吗？你们说，我张学良该如何向东北军将士交代？蒋委员长还是让我们去进攻红军。我已经想好了，豁出我一个张学良，挽救东北军，挽救整个中华民族！听我命令，卫队营立即去把南京来的人都给我扣起来，包括蒋委员长本人，要杀要剐由我一个人承担！”

这天早上，二中张寒晖宿舍里，刘尚达拿着报纸冲进张寒晖的宿舍，兴奋地说：“西安事变，扣蒋成功，国共两党合作抗日！”张寒晖怔住了，良久才热泪盈眶喃喃地说：“抗日终于开始了！”

刘尚达激动地与张寒晖紧紧拥抱说：“你这次鸡叫，真的唤醒了大地啊！”

尾声

12 月 12 日凌晨，按照张学良、杨虎城商定的计划，东北军一部包围蒋介石驻地临潼华清池，扣留了蒋介石；第十七路军控制了西安全城，囚禁了从南京来的几十名国民党军政要员。张、杨并向全国通电，提出停止内战、一致抗日等八项主张。这便是震惊中外的“西安事变”。

中国共产党在西安事变发生前没有与闻。事变一发生，张学良连夜电告中共中央：“吾等为中华民族及抗日前途利益计，不顾一切，今已将蒋及其重要将领陈诚、朱绍良、蒋鼎文、卫立煌等扣留，迫其释放爱国分子，改组联合政府。兄等有何高见，速复。”13 日，中共中央举行政治局会议，毛泽东在发言中认为西安事变是有革命意义的，应该支持。

17 日，应张学良邀请，周恩来作为中共中央代表到达西安。在弄清情况后，中共中央以中华民族利益的大局为重，独立自主地确定了用和平方式解决西安事变的方针。根据这一方针，周恩来与张学良、杨虎城共同努力，经过谈判，迫使蒋介石作出了“停止‘剿共’，联红抗日”的承诺。尽管局势发展跌宕起伏，但历史潮流已经不可逆转地向着实行团结抗日、共御外侮的阶段发展了。

西安事变的和平解决，成为时局转换的枢纽。它粉碎了亲日派和日本帝国主义者的阴谋，促进了中共中央逼蒋抗日方针的实现。从此，十年内战的局面基本结束，国内和平初步实现。在抗日的前提下，国共两党实行第二次合作已成为不可抗拒的大势。